# 有人在說謊

# The

She tried to run.

# Other

But she can't escape.

# Mrs.



瑪麗・庫碧卡——著　周倩如——譯

*Mary Kubica*

# 莎蒂

那棟房子說不上哪裡不太對勁，讓我覺得焦慮，覺得不安，雖然我不知道是什麼原因讓我有這種感覺。表面上，房子恬靜宜人，灰色外牆加上與正面同寬的有頂大門廊，是一棟又大又方正的農舍。窗戶呈一條線整齊排列，相互對稱，看起來美觀大方。街道本身富有魅力，是一條樹木蔥鬱的小斜坡，每棟房屋都美麗迷人，維護得宜。

表面上，沒有什麼值得討厭的，但我已經知道不能光憑外表評斷事物。這天天色昏暗，像房子一樣灰濛濛的，更是雪上加霜。若是陽光普照，說不定我會有不同的感受。

「就是那一棟。」我指著房子對威爾說，因為那棟房子就跟遺囑執行人給威爾的那張照片裡的房子如出一轍。上禮拜，他飛到波特蘭去處理正式文件，然後再飛回來，與我一起開車來到這裡。當時他一直沒時間好好看一眼房子的模樣。

威爾停頓片刻，把車子開到路邊停下。我們坐在座位上，同時向前傾身，和坐在後座的兩個孩子一塊兒把房子看個仔細。起初沒人開口，直到泰特脫口說出那棟房子「糙級大」——像一般的七歲小孩一樣ㄔㄘ不分——於是威爾放聲大笑，很高興除了他以外，終於有人看見全家搬到緬因州的好處在哪了。

房子其實不算超級大，但跟三十三坪的公寓比起來確實很大，更別說還有屬於自己的庭院。泰特不曾有過屬於自己的庭院。

威爾輕踩油門，緩緩駛進車道。停妥後，我們魚貫下車——有人快有人慢，但最快的還是兩隻狗——伸展雙腿，光是結束這場長途車程就覺得感激涕零。外頭的空氣與我過去習慣的不一樣，充滿潮濕泥土的氣味，以及鹹鹹的大海和茂盛的樹林。聞起來一點也不像家。街道寧靜得叫人討厭。那是一種詭譎的寧靜，令我惴惴不安。人潮多的地方，壞事比較不容易發生。大家總有個迷思，以為鄉下生活比都市生活更美好、更安全，但其實根本不是這樣。尤其是考慮到住在城裡的人數多得不成比例，以及鄉下地區醫療系統的匱乏。

我看著威爾走向門廊階梯，狗狗們在一旁奔跑，簇擁在他腳邊。他不像我那麼無可奈何。他差不多是仰著頭大步前行，急著想進屋一探究竟。看到這裡，我不禁感到一陣怨恨，因為我壓根兒就不想搬家。

他在階梯前停下腳步，這才發現我沒有跟過來。他轉向我，見我仍站在車子旁，便問：「還好嗎？」我沒有回答，因為我不確定一切是否安好。

泰特追在威爾後面，但十四歲的奧圖像我一樣徘徊不前，一臉老大不願意。我們總是如此相像。

「莎蒂，」威爾把問題稍做修飾，這次改問：「妳來嗎？」他告訴我外頭很冷，但我沒有察覺，注意力全放在其他事物上，像是房子周圍的樹木高得把陽光都遮住了。下雪時，這條陡峭的斜坡肯定有打滑的危險。斜坡路的最頂端有個男人站在他家的草坪上，手裡拿著耙子。他停下除草的工作，倚著耙子站在那裡，我想是在看我。我舉起手打招呼，盡個鄰居的本分。他沒有揮手回應。他轉過身，低頭繼續除草。我的目光回到威爾身上，他沒有對那男人多作評論。他肯定像我一樣看到他了。

「來吧。」反之，威爾這麼說。他轉身和旁邊的泰特一起走上階梯。「一起進去瞧瞧。」他說。大門前，威爾把手伸進口袋，拿出鑰匙。他先敲了敲門，但沒等人來應門。威爾用鑰匙把門打開，伸手一推。奧圖從我身邊走掉，把我留在後頭。

我只好跟上去，因為我不想一個人留在外面。

進門後，我們發現房子年代久遠，裝潢十分老舊，像是紅木鑲板、厚重的打褶窗簾、錫製天花板、棕色和翠綠色的牆壁。聞起來有霉味，採光昏暗陰沉。

我們擠在門口，打量房子，室內是一般傳統的格局和幾個封閉的房間。傢俱很正式，毫不溫馨。

我的注意力迷失在餐桌的弧形桌腳上；在擺在桌上那失去光澤的枝狀大燭台；在泛黃的椅墊上。我差點沒見到站在樓梯頂端的她。要不是眼角捕捉到那似有若無的動靜，我可能根本就不會看見她。但她就站在那裡，穿著一身黑的陰沉人物。一頭黑色長髮，瀏海斜掛在臉頰兩側。眼睛畫上厚厚的黑色眼線。全身上下黑鴉鴉的，除了印在上衣的白色字體，寫著：我想死。鼻孔之間穿了環。相較之下，她的皮膚蒼白得可怕。身材削瘦。

泰特也注意到她。他一見到她，立刻離開威爾來到我身邊，躲在我的後方，把臉埋進我的背。像這樣被嚇著了，實在不像平時的泰特。像這樣被嚇著了也不像平時的我，但我很清楚我後頸的寒毛現在全豎了起來。

「哈囉。」我氣若游絲地說。

總算，威爾也看到她了。他朝她望過去，叫她的名字，開始上樓走向她，樓梯在他的腳下嘎吱作響，抗議著我們的到來。「伊莫金。」他說著張大雙臂，我想他是以為她會投入他的懷裡，讓他擁抱她。但她沒有，因為她已經十六歲，而站在面前的是一個她幾乎不認識的男人。這我不怪她。然而當我們發現一個孩子的監護權落在我們身上時，我也沒想到是這樣一個鬱鬱寡歡的女孩。

她說起話來語氣酸溜溜的，細如蚊蚋——她不曾大聲說話；她不必如此。輕柔的語調比起她尖聲大叫更令人忐忑。「他媽的離我遠一點。」她冷冷地說。

她隔著樓梯扶手低頭怒視。我不自覺把雙手伸到背後，摀住泰特的耳朵。威爾在原地駐足。他放下雙臂。威爾先前見過她，就在上星期飛來與遺囑執行人碰面的時候。就是那個時候，他簽下文件，正式取得她的監護權。不過當初所做的安排是我和威爾及兩個孩子開車過來的時候，她待在朋友家。

女孩氣沖沖問道：「你們幹嘛要來？」

威爾告訴她——答案很簡單，倘若沒有我們的話，她很可能會被安置在寄養家庭直到十八歲為止，除非於法給她自由，但以她的年紀來說是天方夜譚——但她要的不是答案。她轉身背對他，消失在二樓的一個房間裡。我們聽著她在裡面氣得摔東西。威爾準備跟過去，但我對他說：「給她一點時間吧。」他才作罷。

這個女孩已經不是威爾給我們那張照片裡的小女孩。一頭褐髮、滿臉雀斑，無憂無慮的六歲孩子。這個女孩不一樣，改變很多。這些年來她過得不太順遂。她是房子的附帶品，遺囑裡留給我們的另一樣東西，混在房子和傳家物，以及銀行剩餘的資產之中。她十六歲了，快是可以獨立自主的年紀——我提出過這個值得商榷的問題，她肯定有朋友或其他熟人可以收留她到十八歲吧——但威爾不肯。愛麗絲過世後，我們是她唯一的家人，儘管我和她在剛剛才初次見面。她需要和家人在一起。威爾當時這樣告訴我，雖是幾天前的事，感覺卻像過了幾個禮拜。會愛她、照顧她的家人。她沒有別人了，莎蒂。當時，我的母性本能一下子湧上，心想這個孤兒孤苦伶仃在世上，只剩我們可以依靠。

我本來不想來的。我本來極力主張，應該是她來找我們。但要考慮的事情實在太多，所以儘管我有所遲疑，我們還是來了。

這星期我已經想了不止一次，這樣的改變對我們家到底會有什麼樣慘烈的影響。絕不可能是威爾樂觀以為的嶄新開始。

# 莎蒂

七週後……

半夜，警笛突然把我們吵醒。我聽見警笛傳來的刺耳聲響，看見流瀉在臥室窗戶上的耀眼光線。威爾在床上一下子坐起來，抓起床頭櫃的眼鏡，在鼻梁間戴好。

「怎麼回事？」他屏著呼吸問道，暈暈乎乎，一臉困惑。我告訴他是警笛的聲音。我們靜坐一會兒，聽著長鳴的警笛越來越遠，聲音也逐漸安靜下來，但始終沒有完全平息。我們隱約聽見聲音停在街角的某處。

「妳覺得是怎麼了？」威爾問我，我直覺想到的是附近那對老夫妻。老先生推著坐輪椅的太太在大街上上下下，儘管他的行動也不太方便。兩夫妻都是一頭白髮，滿臉皺紋，他駝著背的姿態活脫脫像聖母院的鐘樓怪人。在我眼中，他總是疲憊不堪，總覺得推輪椅的應該是他太太才對。更慘的是這條街的地勢陡峭，是一條通往大海的斜坡路。

「尼爾森夫婦。」我和威爾異口同聲地說。要說我們的口氣缺乏同情心的話，是因為這對老人家而言是很正常的事。他們容易生病、受傷；他們會老死。

「現在幾點了？」我問威爾，但他已經把眼鏡放回床頭櫃對我說：「我不知道。」一邊湊近，伸手摟住我的腰。我下意識想要抽離他。

我們就那樣回頭繼續睡，把擾人清夢的警笛聲忘得一乾二淨。

到了早上，我盥洗更衣，因為夜裡被中斷睡眠而仍感疲倦。孩子們正在廚房吃早餐。我聽見樓下有動靜，戰戰兢兢踏出房門，覺得自己在家像個外人，因為伊莫金的關係。即使已經過了那麼久，伊莫金仍有辦法讓我們覺得尷尬不自在。

我沿著走廊前進。伊莫金的房門開了一條縫。她在裡面，我頓時覺得訝異，因為她人在房間的時候門從來不開的。她不知道門是開的，不知道我在走廊上偷看她。她背對我，湊近一面鏡子，在眼睛上方描著黑色眼線。

我透過門縫往伊莫金的房間裡瞧。牆面是深色的，貼滿藝人和樂團的海報，個個長得與她非常相像，黑長髮、黑眼妝、一身黑衣。她的床鋪上方掛著黑色薄紗，類似頂篷的東西。床鋪很凌亂，深灰色的細褶羽絨被掉在地上。遮光窗簾拉得緊緊的，不讓光線進出。我想到了吸血鬼。

伊莫金畫好眼線。她喀一聲蓋上蓋子，頭一下子轉得太快，我還來不及後退就被她看見了。「妳他媽的想幹嘛？」她問道，憤怒又粗魯的語氣讓我嚇得忘記呼吸，我也不知道為什麼。她已經不是第一次這樣對我說話，還以為到現在早就習慣了。伊莫金奔向房門的速度好快，起初我以為她要動手打我，雖然她從沒做過這種事，但她敏捷的動作和臉上的表情讓我覺得不是不可能。我下意識後退閃開，但她只是在我面前重重把門甩上。我很慶幸只是當面被甩門，而不是被打。房門和我的鼻尖僅有幾公分的距離。

我的心臟在胸口劇烈跳動。我站在走廊上，緊張得透不過氣。我清清嗓子，企圖平復驚嚇的心情。我走近一步，用指節輕敲房門說：「我再過幾分鐘要出發去碼頭，妳要搭便車嗎？」明知她不會接受我的提議，我還是問了。我的語氣熱情得叫我看不起自己。伊莫金沒有回應。

我轉身，隨著早餐的香味下樓。到一樓時，威爾就在瓦斯爐前。他穿著圍裙，站在那裡翻動鬆餅，一邊唱著泰特喜歡的那些歡樂CD裡的其中一首歌，以早上七點十五分而言過於熱鬧活潑的歌曲。

他一見到我，立刻停下手邊動作。「妳還好嗎？」他問道。

「還好。」我語氣不自然地說。

狗狗們在威爾腳邊繞圈圈，希望他會掉些食物下來。牠們是大型犬，而廚房很小。光是我們四人在這裡的空間都不夠了，更別說再加兩隻狗。我對狗狗叫喚一聲，等牠們過來，就把牠們送到後院去玩耍。

我回來時，威爾對我微微一笑，遞一個盤子給我。我只拿了一杯咖啡，叮嚀奧圖快點吃完早餐。他坐在餐桌前埋頭吃著鬆餅，彎腰駝背企圖讓自己看起來渺小。他缺乏自信的模樣令我擔心，儘管我一直告訴自己這對十四歲的孩子再正常不過。每個孩子都免不了經歷這段過程，但我好奇這說法是真是假。

伊莫金踩腳穿過廚房。她那條黑色牛仔褲在大腿和膝蓋的地方破了洞，腳上的鞋子是黑色的皮製軍靴，鞋跟將近有五公分。即使脫掉軍靴，她還是比我高。她的耳朵掛著黑色骷髏頭，上衣寫著「你就爛」。餐桌前的泰特想把字讀出來，正如他對伊莫金所有的文字T恤所做的事情一樣。他喜歡閱讀，但她站著不動的時間不夠長，讓他沒能好好細看。伊莫金把手伸向櫥櫃，猛地拉開櫃門，朝裡面看了看再用力甩上。

「妳在找什麼？」威爾問道，如往常般想討好她，但這時伊莫金找到一條巧克力棒，她一把撕開，咬了一口。

「我有做早餐。」威爾說，但伊莫金的那雙藍眼睛飄過餐桌前的奧圖和泰特，望向第三個為她準備好的空位，卻只說了一句：「很好。」

她轉身離開廚房。我們聽著她踩著軍靴人步走過木地板。我們聽著前門開了又關，只有等她離開了，我才能再次呼吸。

我替自己在隨行杯裡倒滿咖啡，然後越過威爾使勁伸長了手拿我的東西：鑰匙串和放在流理台上一只構不到的包包。我離開前，他湊過來要親我。我不是有意的，但我愣了一下，避開他的親吻，全是本能反應。

「妳還好嗎？」威爾又問了一次，疑惑地看著我。我把我發愣的舉動歸咎於自己突然湧上一陣反胃感。這不完全是假話。那場外遇至今已經過了好幾個月，但每次他觸摸我，那雙手仍感覺如砂紙一般。每次我都忍不住想知道，那雙手放在我肌膚上之前，還放過哪些地方。

一個全新的開始，他這樣說過。這也是我們決定舉家搬到緬因州的眾多原因之一，搬到這間本來屬於威爾他姊姊的房子，在她過世之前。愛麗絲多年來患有纖維肌痛症。她決定在症狀惡化前結束自己的生命。纖維肌痛症發作起來非常痛苦。症狀蔓延全身，通常伴隨著燈枯油盡的疲憊感。就我聽聞，疼痛相當劇烈——有時是刺痛，有時是抽痛——早上最為嚴重，一天下來才逐漸舒緩，但從未完全消失。這是一種沉默的疾病，因為沒人能看見那份疼痛，卻叫人身心折磨，越來越虛弱。

愛麗絲只有一種方法可以抵抗疼痛和疲憊，那就是帶著一條繩子和一張矮凳前往閣樓。但首先，她和一名律師見了面，備好遺囑，把她的房子和裡頭的所有東西留給了威爾。把她的孩子也留給了威爾。

十六歲的伊莫金成天只有天知道她在幹嘛。可能是去上學吧，起碼多數時間都待在學校，因為我們偶爾才會接到蹺課的電話。但她放學後的時間是怎麼度過的，我真不曉得。每次我或威爾問她，她要嘛充耳不聞，要嘛就耍嘴皮子：說她去打擊犯罪，促進世界和平，拯救他媽的鯨魚。「他媽的」是她最喜歡的詞彙之一，她經常掛在嘴邊。

自殺的後遺症可能讓伊莫金這樣的孩子感到憤恨，覺得自己被遺棄了，滿腔怒火。我努力想要理解她的感受，但如今變得越來越困難。

從小到大，威爾和愛麗絲的感情非常好，但這些年來逐漸疏遠。她的死讓他很不安，但並不是非常傷心。老實說，我覺得他主要是覺得內疚：沒有用心保持聯絡，沒有多多參與伊莫金的生活，不曾關心愛麗絲的病有多嚴重。他覺得他讓她們失望了。

一開始得知遺產的事情時，我建議威爾賣掉房子，把伊莫金接來芝加哥與我們同住。但自從芝加哥發生了那些事之後——不光是外遇，而是所有的一切——這是一個展開全新生活、重新開始的好機會。至少這是威爾的說法。

我們搬來至今不到兩個月，仍在熟悉情況，不過我和威爾很快就找到工作。威爾是兼任教授，一週有兩天在主島教授人類生態學。

身為島上唯二的內科醫生，他們簡直是捧上鈔票等我來。

這次，我湊前用雙唇貼住威爾的嘴巴，這是我出門的門票。

「晚上見。」我說完，再次催促奧圖動作快，否則就要遲到了。我抓起流理台上的東西，告訴他我去車上等他。「再兩分鐘。」我說，很清楚他會把兩分鐘拖到五、六分鐘，一如既往。

離開前，我親吻泰特向他說再見。他站在椅子上，黏答答的雙手摟住我的脖子，在我耳邊大聲說：「媽咪我愛妳。」我的心揪了一下，因為我知道至少他們其中一人仍然愛我。

我的車停在威爾那輛轎車旁邊的車道上。雖然房子附有車庫，但到處放滿了我們尚未拆封的紙箱。

我來到車旁，車子是冷的，窗戶覆蓋一層薄霜，從昨夜留到現在。我用遙控鑰匙把車門解鎖。車頭燈閃了一下；車內亮起燈光。

我伸向門把。但在我拉開車門前，餘光瞥見了車窗上的某樣東西讓我停下動作。駕駛座這一側覆蓋的薄霜上有幾道條痕。雖然在早晨的暖陽照射下已經開始融化，變得模糊，但仍然清晰可見。我走近一步，這時才發現那些條痕根本不是條痕，而是寫在車窗薄霜上的文字，所有的條痕組成了兩個字：去死。

我一隻手飛快摀住嘴巴。我不必多想就知道是誰留下這個訊息讓我發現。伊莫金不希望我們待在這裡。她希望我們離開。

我一直盡量表現得通情達理，因為她的處境肯定很艱難。她的世界發生天翻地覆的變化。她失去母親，現在不得不把自己的家和不認識的陌生人分享。但即便如此，也不構成威脅我的理由。因為伊莫金從不裝腔作勢。她說什麼就是什麼，她想要我死。

我回頭走上階梯，隔著大門呼喚威爾。

「怎麼啦？」他問道，從廚房走過來。「妳忘了什麼東西嗎？」他把頭歪到一邊，看著我的鑰匙、包包、咖啡。我沒有忘了什麼。

「你得過來看看這個。」我壓低聲音說，不讓兩個孩子聽見。

威爾光著腳跟隨我走出大門，雖然水泥地冷到不行。我指向一公尺外的車子，那刻在車窗薄霜上的文字。「你看到了嗎？」我問，與威爾四眼相對。他看到了。從他瞬間沉下臉的模樣，出現與我如出一轍的表情我就知道了。

「該死。」他之所以這樣說，是因為他像我一樣，很清楚是誰留下了這幾個字。他揉揉前額，仔細思考。「我會跟她談一談。」他說。我防備地問：「跟她談有用嗎？」

過去幾週，我們已經跟伊莫金談過很多遍了。我們討論她的遣詞用字，尤其是泰特在旁邊的時候；討論她應該在幾點鐘前回家等等。與其說是討論，但更適合的說法應該是訓話，因為我們根本沒有互相交談，而是單方面的長篇大論。我或威爾說話的時候，她就站在那裡，靜靜地聽，大概吧。但鮮少回話，也沒把任何話放在心上，然後就離開了。

威爾開口時，語氣很平靜。「我們不能確定這是她留的。」他輕聲說著，拋出一個我寧願不去想的念頭。「會不會有人留了這個訊息是要給奧圖的？」

「你認為有人在我的車窗留了一個死亡威脅給我們的十四歲兒子？」我這樣問道，避免威爾不知怎地誤解了「去死」這兩個字的意義。

「有可能，不是嗎？」他問。儘管我知道他說得沒錯，但我告訴他：「不可能。」我的語氣比想像中堅定，因為我不願意相信。「不可能又來一次。」我堅持，「我們搬家時把那些事情統統拋開了。」

但這是真的嗎？如果說有人在招惹奧圖，有人在欺負他，也並非完全不可能。以前就發生過，現在也可能再發生一次。

我對威爾說：「或許我們應該打電話報警。」

但威爾搖頭否決。「先找出是誰做的再說。如果是伊莫金，真的有必要把警方牽扯進來嗎？她只是個憤世嫉俗的女孩，莎蒂。她很傷心，她在發洩情緒。她絕對不會做出任何傷害我們的事。」

「她不會嗎？」我問道，不像威爾那麼肯定。伊莫金變成我們婚姻裡另一個爭論點。她和威爾有血緣關係，兩人之間擁有我所沒有的羈絆。

眼見威爾沒有回答，我繼續主張：「先不管是寫給誰的，威爾，這仍是一條死亡威脅。這是非常嚴重的事。」

「我知道、我知道。」他說著回頭一看，確保奧圖還沒出來。他說得很快，「可是莎蒂，如果我們把警方牽扯進來，奧圖會受到不必要的關注。其他孩子會用異樣眼光看他，天知道他們是不是早就這樣。到時候他就完了。讓我先打給學校，跟老師、校長談一談，確定奧圖沒有和別人起衝突。我知道妳很擔心。」他溫柔地說，伸手撫摸我的手臂給我安慰。「我一樣很擔心。」他說，「但在報警前，還是先確認一下吧？」他問，「至少在我們認定是她之前讓我和她談一談？」

這就是威爾。在我們的婚姻中永遠扮演理性之聲的角色。

「好吧。」我不情願地對他說，承認他可能是對的。我不願意想像奧圖在新學校被排擠，不願意想像他像這樣遭到霸凌。

但我同樣不願意相信伊莫金對我們有敵意。我們必須在情況變糟之前，把這件事弄清楚。

「但如果再來一次，如果類似像這樣的事情再次發生的話。」我說著，把手從包包裡抽出來。「我們就報警。」

「沒問題。」威爾一口答應，在我的額頭上親了一下。「我們會趁這件事失控之前處理好的。」他說。

「你保證？」我問道，恨不得威爾手指一彈，就能讓一切好轉。

「我保證。」他說完，我目送他匆匆走上階梯，進入屋內，消失在大門後方。我隨意抹掉那兩個字，用褲管擦拭雙手，然後坐進冰冷的車內。我啟動引擎，除去車窗上的冰霜，看著那些字一點一滴消失，儘管我一整天都不會忘記。

儀表板上的時間一分一秒流逝，兩分鐘過去了，然後是三分鐘。我凝視大門，等門再次打開，等奧圖出現，帶著難以捉摸的表情沉重地走到車旁，讓人猜不透他腦中到底在想什麼。因為這些日子來，他就只有那一號表情。

大家都說父母應該知道自己的孩子在想什麼，但我們並不知道，並不總是知道。我們永遠不會真正知道其他人在想什麼。

然而，每當孩子做出一些錯誤決定時，首先挨罵的都是父母。

他們怎麼會不曉得？批評聲浪經常這樣問。他們怎麼會沒注意到那些警訊？他們為什麼沒有注意到自己的孩子在做些什麼？——這句是我最喜歡的，因為這個問題的言下之意就是我們沒有。

但我有。

過去，奧圖是個安靜又內向的孩子。他喜歡畫畫，主要是畫漫畫，對動畫片情有獨鍾，喜歡那些髮型狂野、眼睛比牛鈴還大的時髦角色。他為素描本裡的畫像取名字——夢想有一天創作自己的連環漫畫，書名就叫阿瑟與肯的奇幻歷險記。

過去，奧圖只有幾個朋友——不多不少就兩個——但他擁有的那兩個朋友稱呼我阿姨。他們來吃晚餐的時候，會把自己的碗盤放回廚房的水槽。他們會把自己的鞋子擺在大門邊。奧圖的朋友很乖巧，很有禮貌。

奧圖在學校表現得不錯，雖然不是全科拿A的那種學生，但有平均水準對他及對我和威爾就夠好了。他的分數大多落在B和C之間。他乖乖寫作業，準時繳交。從來不在課堂上睡覺。老師都喜歡他，只對一件事有意見：他們希望見到奧圖更積極參與學校事務。

我沒有對警訊視若無睹，因為根本沒有所謂的警訊。

我凝視房子，等奧圖出現。四分鐘過後，我移開目光放棄盯著大門。與此同時，車窗外有樣東西吸引了我的視線。尼爾森先生推著輪椅上的尼爾森太太走下大街。斜坡很陡，握住輪椅的橡膠把手得費上不少力氣。他走得很慢，重心主要放在腳後跟，彷彿那是煞車，而他沿途踩著煞車往下走。

時間不到七點二十分，兩夫妻就已經起床了。先生穿著斜紋寬鬆長褲和一件毛衣，太太穿著針織套裝，全身上下是淺淺的粉紅色。她把一頭捲髮編得緊緊的，用髮膠定型。我想像他認真地用塑膠髮捲把她的頭髮一束束捲起來，再用髮夾固定。她的名字叫波比，沒記錯的話。他好像叫查爾斯，或喬治。

就在來到我們家之前，尼爾森先生轉了個彎，斜著過馬路，走到我們家的對街。

他一邊走，一邊盯著我車子後方不斷冒煙的排氣管。

忽然間，我想起昨晚的警笛聲，想起那聲音經過我們家之後逐漸變弱，消失在街角的某個地方。

我的胃底開始隱隱作痛，但我不知道為什麼。

# 莎蒂

渡輪碼頭到診所的車程很短，不過相隔幾條街。我送奧圖下車，開到一間低矮的藍色陋屋把車停好，前前後後花不到五分鐘。

從正面看，診所仍像一間房子，然而後方空間一下子打開，極度寬敞，附有提供年長者的自立生活中心，價格低廉，讓他們能輕易使用我們的醫療服務。很久以前，有人把他的房子捐給了診所。幾年後，又多了那間自立生活中心。

緬因州是由四千多個小島所組成的。搬來之前，我並不曉得。在比較偏僻的小島上很缺醫生，例如我們住的這一個。許多年長醫生紛紛準備退休，留下的空缺卻難以填補。

不是所有人都喜歡與世隔絕的小島生活，包括目前島上的居民。知道晚間最後一班渡輪離開的時間有種令人不安的感覺，我們基本上就像被困住了。即使是大白天，小島四周岩石嶙峋，到處是高聳的松樹，也讓人覺得窒息渺小。隨著冬季即將來臨，惡劣的天氣會關閉島上大部分的活動，海灣可能結冰，把我們困於此。

我和威爾沒花半毛錢得到現在這間房子。我們家因為我在診所工作的關係獲得減稅優惠。我婉拒這個主意，但威爾樂於接受，雖然我們並不缺錢。我的背景是急診醫學，不是通過醫師執照考試的家醫科醫師，但我領有臨時執照，正著手成為緬因州獲發牌照的合格醫師。

藍色建築物內部看起來不再像一棟房子。為了蓋櫃檯、診間、休息室，有些舊牆被推倒拆除，有些新牆被搭建起來。建築物有股味道，沉悶又潮濕，甚至在我離開後仍附著在身上久久不散。威爾也聞到了。雪上加霜的是診所的櫃檯人員艾瑪是個老菸槍，每天大約要抽掉一包香菸。雖然她在外面抽菸，但我們的外套掛在同一個掛衣架上。菸味在外套之間飄散。

有些夜裡我回家後，威爾會疑惑地看著我。他會問，妳最近是不是有抽菸？尼古丁和菸草味成天跟著我回家，我倒不如真的抽菸還比較划得來。

當然沒有。我會告訴他。你知道我不抽菸的。說完，我會把艾瑪的事告訴他。

把妳的外套拿到外面，我來洗。威爾跟我說了無數次。我聽他的話做，他也洗了，但根本沒有差別，因為隔天一切又會重來。

今天，我走進診所，發現護理長喬伊絲和艾瑪正在等我。

「妳遲到了。」喬伊絲說。就算是真的，也不過遲了一分鐘。

喬伊絲肯定有六十五歲，差不多要退休的年紀，個性有點潑辣。她在這裡待的時間比我或艾瑪都久得多，這讓她成了診所裡的老大，起碼她是這麼想。「妳以前住的地方沒教過妳上班要準時嗎？」她問道。

我發現這裡的人，心胸就和小島本身一樣狹小。

我走過她的身邊，開始今天的工作。

幾個鐘頭後，當我正在幫一個病人看診的時候，注意到一．五公尺外的手機上出現威爾的臉。手機是靜音模式。我聽不見手機在響，但威爾的名字就顯示在他的照片上方：迷人的俊俏臉蛋和明亮的褐色眼睛。他是那種讓人屏氣凝神的帥，我想是那雙眼睛的緣故。或者是因為年屆四十的他，仍然很容易被誤認為是二十五歲。威爾留著一頭深色長髮，往後綁成時下越來越流行的低矮髮髻，讓他散發一種時髦知識分子的氣質，學生們似乎都很喜歡。

我無視手機上的威爾照片，繼續替病人看病，一位四十三歲的女性，出現高燒、胸痛和咳嗽的症狀。肯定是支氣管炎不會錯。即便如此，我還是手持聽診器，替她的肺部聽診。

搬來這裡之前，我在急診室待過好幾年。在那裡，在芝加哥市中心一棟最先進的教學醫院裡，無論值日班或夜班，都不知道今天可能會碰見什麼狀況，每個送進來的病患情況都相當危急。連環車禍的傷患、在家生產後大出血的婦女、陷入精神崩潰的一百四十公斤大塊頭。過程緊張又驚險。處在那時時刻刻高度警覺的環境下，讓我充滿活力。

但這裡不一樣。在這裡，我每天都知道我會碰見什麼，支氣管炎、腹瀉和雞眼的重複循環。

等我總算有空檔回電給威爾，他的語氣有些欲言又止。「莎蒂。」聽他說話的方式，我知道有事不對勁。他安靜片刻，我的大腦開始編織各種情境，填補他沒說出口的話，最後落在奧圖身上，以及今早我在渡輪碼頭放他下車的情形。我及時把他送到那裡，再過一兩分鐘渡輪就要出發。我把車子停在距離渡輪兩公尺外的地方，向奧圖說再見，目送他拖著腳展開又一天的學校生活。

就是這個時候，我突然看見伊莫金，和她的一群朋友站在碼頭邊。伊莫金是個漂亮的女孩。這點不可否認。她天生皮膚白皙；她不需要像她的朋友，撲粉讓自己看起來更白。她的鼻環也越看越習慣了。相較於皮膚，她的眼睛是冰冷的藍色，兩道粗亂的眉毛冒出原始未染黑的深褐色。伊莫金不像其他女孩一樣搽大膽的深色口紅，而是高雅的玫瑰紅。看上去其實挺迷人的。

奧圖不曾如此近距離和一個女孩住在一起。他的好奇心戰勝了他的羞怯。他們倆不常交談，跟我和伊莫金說話的頻率差不多。她不願意和我們一起搭車到碼頭；她在學校不會和他說話。就我所知，她也不會在渡輪上和他打招呼。他們的互動很短暫。比方說，昨晚奧圖在餐桌上寫數學作業的時候，伊莫金經過時看見他的活頁夾，注意到老師的名字寫在封面上，就說了一句：詹森老師是幹他媽的王八蛋。

奧圖只是睜大了眼回看著她。幹這個字尚未出現在他的詞彙表裡。但我想那只是時間遲早的問題。

今早，伊莫金和她的朋友站在碼頭邊抽菸。煙霧在她們的頭頂繚繞盤旋，在冰冷空氣中一片白茫茫的。我看著伊莫金把菸放進嘴裡，深吸一口氣，流暢得彷彿以前就做過了，很明白自己在幹什麼。她停頓幾秒，然後緩緩吐氣，就在這時，我很肯定她的目光來到我身上。

她是不是看見了我坐在車裡，正在觀察她？

又或者她只是無意識地望著前方？

當初我忙著觀察伊莫金，如今回想起來，我沒有真的看見奧圖搭上渡輪。我只是假設他搭上去了。

「是奧圖。」我大聲說出口的同時，威爾也說：「不是尼爾森夫婦。」起初，我不明白他的意思。奧圖和住在街角的那對老夫妻有什麼關係？

「尼爾森夫婦怎麼了？」我問，但心緒無法集中，突然發現自己沒有親眼看見奧圖搭上渡輪的我，滿腦子都是他坐在校長辦公室的單椅上，雙手銬著手銬，一名員警站在一公尺外看著他。

而放在校長辦公桌角落的，是一個證物袋，至於裡面裝了什麼，我還看不見。

福斯特先生、福斯特太太，那天校長對我們說。生平頭一次，我刻意表現出一些權勢。是福斯特醫師，我面無表情地告訴他。我們站在奧圖後方，威爾一手放在奧圖的肩頭，讓他知道無論他做了什麼，我們都在身邊陪著他。

我不確定那是不是我的幻覺，但我相信我看見那名員警在偷笑。

「昨晚的警笛聲。」威爾在電話另一端解釋道，把我拉回現實。那是過去的事了，我提醒自己，現在是現在。奧圖在芝加哥發生的事已是過眼雲煙，已經圓滿結束了。「結果出事的不是尼爾森夫婦，他們好得很。是摩根。」

「摩根．班恩斯？」我問，雖然我不懂我為什麼要問。就我所知，住在這附近的就只有一個摩根。摩根．班恩斯是我們的鄰居，我從沒和她說過話，但威爾跟她聊過幾次。她和家人住在和我們同一條街上的一棟四方形農舍裡，外觀與我們家大同小異，就只有摩根、她的丈夫和他們的小女兒。由於他們住在山頂，我和威爾常常猜測他們家的海景肯定非常壯觀，得以一覽三百六十度的小島風光和環繞的大海。

後來有一天，威爾說溜了嘴，告訴我確實如此。他們家的景色，確實非常壯觀。

我努力不讓自己充滿不安全感。我告訴自己，如果他們之間有什麼的話，威爾就不會承認進過她家了。但威爾和女人有一段過去；他有過前車之鑑。一年前，我敢說威爾絕對不會背叛我。但現在，我就不敢打包票了。

「是的，莎蒂。」威爾說，「摩根．班恩斯。」直到這時，她的樣子才浮現腦海，雖然我不曾近距離看過她，只在遠處隱約見過。一頭長髮，牛奶巧克力的髮色，以及過長的瀏海，總是勾在耳後的那種。

「發生什麼事？」我找到地方坐下來問道，「一切還好嗎？」我好奇摩根是否患有糖尿病，或氣喘，或自體免疫的症狀容易引發半夜掛急診。島上只有兩名醫師，我和我的同事桑德斯醫師。昨晚負責待命的是她不是我。

島上沒有急救醫療團隊，只有懂得開救護車的員警，受過最低程度的急救訓練。這裡也沒有大醫院，所以他們必須從主島找來一艘救難艇，在碼頭邊與救護車會合，才能把摩根載走急救，另一輛救護車則在主島的岸邊等候第三趟的運送。

我心想這樣肯定得耗費很多時間。但我聽說這套系統運作得十分順暢，但從這裡到主島仍要將近五公里。救難艇的速度有限，而且得依賴海相賞臉配合。

但這些只是負面思考，我很容易把事情想到最壞的情況。

「她還好嗎，威爾？」我又問一次，因為電話講了那麼久，威爾始終不發一語。

「不，莎蒂。」他說話的語氣，彷彿我早該知道一切並不好。他的回覆帶有批判的意味，言簡意賅，然後就不說了。

「說啊，到底怎麼了？」我催促道，於是他深吸一口氣告訴我。

「她死了。」他說。

如果說我的反應很冷漠，那是因為死亡和臨終是我日常生活的一部分。各式各樣無法形容的慘狀我都見過，而且我根本不認識這個摩根．班恩斯。我們沒有任何互動，除了有一次我開車經過她家的時候，她剛好站在門口。我把手伸出窗外打招呼。她把瀏海塞進耳後，接著也打招呼回禮。很久之後，我曾經仔細回想，難改過度分析的習慣。我回想她臉上的那個表情，繃著一張臉，不知道是針對我，還是在瞪著其他東西。

「死了？」我現在才問。「怎麼死的？」威爾在話筒另一端，彷彿快哭了似地說：「聽說她是被謀殺的。」

「聽說？你聽誰說？」我問。

「大家都在說，莎蒂。」他說，「現在整個小鎮都在談論這件事。」我打開診間的門，踏進走廊，發現威爾說得沒錯。候診室的病人都在熱烈討論這件謀殺案。他們眼眶含淚問我是否聽到消息。

「謀殺！我們島上竟然出現謀殺！」有人驚呼說。候診室突然一陣安靜，大門打開，一個男人走進來，惹得一位老婦人放聲尖叫。不過是來看診的病人，但傳出這樣的新聞，很難不把人往最壞的方面去臆測，很難不屈服於恐懼。

# 卡蜜兒

我不打算把一切一五一十告訴你。我只說那些我認為你應該知道的事。

我是在大街上認識他的。在某座城市的街角，高架捷運底下兩條街道的交會之處。那裡又髒又臭，周圍的大樓和鐵軌阻擋了光線。路邊到處停滿了車，以及鋼梁和橘色的交通錐。行人就是普通的芝加哥居民，成天可見的那些人，混合雅痞和龐克風格的型男、流浪漢、年輕都會女子、社會菁英。

我在路上走啊走，不曉得自己要去哪裡。城市周圍一片喧囂。冷氣機從頭頂上方滴水下來；一個流浪漢在乞討。一名牧師站在路邊，口沫橫飛地說我們所有人都註定下地獄。

我和一個男的在路上擦身而過。我要往另一邊走。我不知道他是誰，但我知道他是哪種人。那種過去就讀高級私校的有錢人家小孩，絕對不會和我這種上公立爛學校的小孩交朋友。現在的他長大成人，在金融區上班，在有機超市買東西。他的名字十之八九叫查德，或是路克、邁爾斯、布萊德之類的。某個自大、保守，又平淡無奇的菜市場名。他對我點點頭，露出能夠輕易讓多數女人為之傾倒的微笑。但對我可不管用。

我掉頭繼續往前走，不肯微笑回應滿足他的虛榮心。

我感覺到他的目光在後頭看著我。

我看見自己在一間商店櫥窗映照而出的模樣。我帶著瀏海的秀髮又長又直，偏紅的深褐色，落至腰間，披在與我雙眼相襯的那件淡藍色T恤的肩膀上。

我知道那叫查德的傢伙在看什麼。

我伸手撥撥頭髮。我看起來還不賴嘛。

頭頂上方的高架捷運隆隆駛過。聲音很大，但又沒有大到足以蓋過路邊牧師的聲音。通姦者、娼妓、褻瀆者、好吃貪杯的人。我們的末日將近了。

這天天氣炎熱。不只是夏天的關係，更是一年之中數一數二的酷暑期。外面起碼三十度以上。整座城市散發臭味，聞起來有如下水道。我經過一條小巷，垃圾的惡臭令我乾嘔。熾熱的空氣困住這股味道，叫人無處可逃，就像我們也逃不掉這高溫的氣候。

我抬頭看著高架捷運，想搞清楚自己身在何方。我好奇現在幾點了。我知道城裡的每個時鐘。孔雀鐘、父親時鐘、馬歇爾百貨街角的大鐘，以及箭牌大廈上的四個時鐘。這麼說，無論從哪個方向過來，都能看見時鐘。但我所處的街角卻半個也見不著。

我沒看紅綠燈就直接穿越馬路。我沒看見直衝而來的計程車，為了搶生意和另一輛計程車在大街上互相追逐。我想都沒想就直接踏上大街。

我是先感覺到他的。我感覺到他的手緊抓我的手腕，像扳手一樣讓我動彈不得。

就在一瞬間，我愛上了那隻手——溫暖、強悍、果決，充滿安全感。他的雙手厚實；偌大的掌心留著乾淨的短指甲。他的虎口有一個小小的刺青，刺在皮膚上的字符，尖尖的像山峰。有那麼一會兒，我眼中就只有那個刺青，那漆黑的山峰。

他的手勁強壯又敏捷，瞬間就把我攔下。一秒後，計程車飛快駛過，距離我不到十五公分，我感覺到車身在面前呼嘯而過，那陣疾風把我推開，離去前又把我吸回去。我僅僅看見一閃而過的諸多色彩；我感覺到那陣風，沒看見奔馳而過的計程車，直到車子在大街上駛遠後才發現。那時我才明白自己差一點就成了輪下亡魂。

頭頂的高架捷運在鐵軌上發出尖銳的煞車聲停下來。

我低頭一看，看見他的手。我的目光沿著他的手腕、臂膀，一路來到他的雙眼。他睜著大眼，眉毛擔憂地皺成一團。他在擔心我。從來沒有人擔心過我。

號誌變成綠燈，但我們留在原地，沒有交談。周遭的行人紛紛與我們擦身而過，因為我們站在中間，擋住他們的去路。一分鐘過去了，然後是兩分鐘，他仍然沒有放開我的手。他的手溫暖濕黏，外面天氣潮濕，熱得令人窒息，空氣滯悶難耐。我的大腿汗涔涔的，黏在牛仔褲上，淡藍色T恤也貼著身體。

等我們總算開口時，簡直是異口同聲地說：好險喔。

我們一起放聲大笑，同時鬆了一口氣。

我感覺到自己心跳加速，但跟那輛計程車沒有關係。

我請他喝咖啡，聽起來很沒創意，對吧？老套得要命。

但當下，那就是我能想到的最好主意。

讓我請你喝杯咖啡吧，我說。報答你救了我一命。

我對他眨著睫毛，一手放在他的胸膛上，給他一個微笑。

但這時，我才發現他已經有咖啡了，就在他另一隻手上，一杯加了很多奶油和糖漿的星冰樂。我們的目光同時聚焦在那上頭，一起竊笑起來。他緩緩把杯子丟進垃圾桶後說：假裝妳剛剛沒看見。

我很樂意來杯咖啡，他說。他微笑時，眼睛也跟著微笑。

他告訴我他叫威爾。他自我介紹時有點結巴，所以話說出來成了威—威爾。他很緊張，在女孩子身邊很害羞，在我身邊很害羞。我喜歡他這樣。

我和他握握手說：很高興認識你，威—威爾。

我們肩並肩坐在咖啡廳的小隔間裡。我們喝著咖啡，一邊聊天大笑。

那天晚上有個派對，地點位於可以飽覽城市風光的頂樓。那是莎蒂的朋友，傑克和艾蜜莉的訂婚派對。莎蒂才是受邀的那一個，不是我。我總覺得艾蜜莉不太喜歡我，但我還是打算去一趟，好像灰姑娘參加皇家舞會那樣。我從莎蒂的衣櫃裡挑了一件洋裝，合身得不得了，儘管肩寬臀肥的莎蒂比我高大。她穿不下那件洋裝的，我是在幫她的忙。

我有個壞習慣，喜歡拿莎蒂衣櫃裡的衣服。有一次我一個人待在那裡，突然聽見大門傳來鑰匙的開門聲。我趕緊溜出房間，早她幾秒走進客廳。我那親愛的室友雙手扠腰站在那裡，狐疑地看著我。

妳一副剛剛在幹壞事的模樣，她說。我不承認也不否認，我本來就不是什麼乖乖牌，莎蒂才是循規蹈矩的人，不是我。

那件洋裝不是我唯一從她那裡偷走的東西。我也用她的信用卡買新鞋，一雙金屬色的交叉繫帶楔形涼鞋。

那天我和威爾提到那場訂婚派對：我們根本不認識對方。但我要是不問就太傻了。要不要跟我一起去？

這是我的榮幸，他說著，在小隔間裡對我擠眉弄眼。他坐得很近，手肘輕拂我的肌膚。

他答應一起參加派對。

我把地址給他，告訴他我會在派對裡等他。

我們在高架捷運的鐵軌下方道別。我目送他離開，直到他被來往行人吞噬後消失蹤影。即便這樣，我仍繼續看著。

我等不及晚上見到他。

但不幸的是，我最後沒能出席那場派對。那天晚上命運另有安排。

但莎蒂去了，受邀前往傑克和艾蜜莉訂婚派對的莎蒂，美若天仙，他立刻就對她展開攻勢，一個勁兒的恭維討好，完全把我忘了。

我邀請他參加那場派對，替她省了不少事。我總是幫莎蒂的日子過得事半功倍。

要不是有我，他們就不會相遇。他本來是我的，後來才變成她的。

她老是忘記這件事。

## 莎蒂

我們的街道平凡無奇，正如蜿蜒遍布在島上的其他街道一樣。放眼望去，只有被一片片森林劃分開來的零星瓦屋和幾棟農舍。

島上居民不到一千人。我們住在人口較多的地區，步行即可抵達碼頭。從家門口這條陡峭的斜坡看出去，可以看見主島的部分景色，因為距離變得好小。然而，光是能看見那塊大陸，就帶給我安心感。

不遠處有一個我看得見的世界，儘管我不再是那世界的一分子。

我緩緩駛上斜坡。長青樹如今已經落光頂上的針葉，樺木亦光禿一片。落葉在街道四散，駛過時在車輪底下發出清脆的聲響，不久就會被白雪掩埋。

鹹鹹的海風從僅開了一條縫的車窗吹進來，空氣中瀰漫一股沁涼，那是寒冬全面來襲之前的最後一絲秋意。

時間剛過下午六點，天色陰暗。

往上一看，在我家對面相隔兩戶人家的班恩斯家中，正在進行一連串的行動。三輛警車停在外頭，我想像鑑定小組在屋內蒐證，採集指紋，替犯罪現場拍照。

突然間，街道在我眼中不一樣了。

我減速時，發現有警車停在我家的車道上。那是一輛福特的維多利亞皇冠警車。我把車停在它旁邊，不疾不徐地下車，伸手到後座拿我的東西。我來到大門前，小心翼翼環顧四周，確定附近沒有別人。不安的氣氛前所未有。很難不被自己的想像力影響，想像有個殺人兇手藏在樹叢裡觀察我。

但街道安靜無聲，附近不見半個人影。左鄰右舍都躲進屋子裡了，誤以為待在家比較安全——摩根．班恩斯肯定也是這樣想，直到她在家中遭人殺害。

我把鑰匙插進大門。進屋時，威爾嚇得跳起來。他的牛仔褲很寬鬆，膝蓋處鬆垮垮的，襯衫半紮進褲頭，整個人披頭散髮。

「有位警官來訪。」他連忙說道，儘管事實擺在眼前，他就坐在沙發扶手上。「他來調查那樁謀殺案。」威爾說到「謀殺」兩字時，差點哽咽得說不出口。

威爾的雙眼疲倦又紅腫；他剛剛哭過。他把手伸進口袋拿出一張面紙，輕拭雙眼。我們之中，威爾是比較多愁善感的那一個。威爾看電影的時候哭，看晚間新聞的時候哭。

當初我發現他和其他女人有染的時候，他也哭，儘管他無濟於事地拚了命否認。

沒有其他女人，莎蒂，他跪在我面前說，哭得死去活來，為自己辯白。那是好幾個月前的事了。

他辯稱，我從沒見過那個女人，但到處都是她的影子。

我為此怪罪自己。我早該料到會發生這種事。畢竟，說到討老婆，我從來不是威爾的第一人選。我們花了很大的工夫才冰釋前嫌。既往不咎，大家總這麼說，但說得簡單，要做到很難。

「他有些問題要問我們。」威爾說。「問題？」我邊問邊望向那名警官，他看起來五、六十歲左右，髮線漸退，皮膚坑坑疤疤。人中留著一小手撮他自以為是八字鬍的寒毛，像頂上的頭髮一樣呈帶著棕色的灰白色。

「福斯特醫師妳好。」他說著，與我四目相交。他伸出一隻手，告訴我他的名字是貝爾格。貝爾格警官，接著我說我是莎蒂．福斯特。

貝爾格警官看起來焦慮不安，甚至是有點嚇傻了。我猜他平常接到的報案電話大多是有人投訴狗在鄰居院子裡亂大小便；美國退伍軍人協會的大門忘了鎖；打到警局一接就掛的典型惡作劇電話。不是這個。不是謀殺案。

島上只有為數不多的巡邏員警，貝爾格警官就是其中一個。他們多數時間集合在碼頭邊，確保所有人平安上船離開，雖說從來也沒發生過什麼危險。起碼每年的這個時候不會有什麼問題，但我聽說等夏天來臨，觀光客一多，就會看見情況有所改變。但就目前為止，一切平靜安詳。船上的乘客多半是日常的通勤族，為了上學和工作橫越海灣。

「什麼樣的問題？」我問道。奧圖無精打采地坐在角落的一張椅子上，撥弄一顆小抱枕上的流蘇。我看著一束束藍色流蘇在他手中鬆脫。他的眼神失去熱情。我擔心壓力對他造成不良影響，擔心他必須從警官口中聽見鄰居遭到謀殺的消息。不知道他會不會害怕，我知道我很害怕。謀殺案發生在離家那麼近的地方，光是想到這裡就令人覺得不可思議。我不敢去想昨晚班恩斯他們家到底出了什麼事。

我在一樓東張西望，尋找伊莫金和泰特的蹤影。威爾彷彿知道我在想什麼似的，開口對我說：「伊莫金在學校還沒回來。」貝爾格警官對此產生興趣問道：「還沒回來？」

學校兩點半就放學了。路途很長沒錯，但即便如此，奧圖通常在三點半或四點前就到家了。壁爐上方的時鐘顯示現在是六點十分。

「還沒。」威爾對警官說，「但她很快就會到家了，隨時都有可能。」他說著，提起某個我和威爾都知道她沒上的輔導課。警官告訴我們，他同樣得和伊莫金談一談。威爾說：「這是當然。」威爾提議如果待會兒她還沒回來，他晚一點會載她到公共安全大樓。那是一棟綜合大樓，幾名員警身兼急救醫療團隊和消防人員。要是我們家遭受祝融之殃，貝爾格警官有可能開著消防車出現在我家門口。如果我或威爾心臟病發，他也會開著救護車趕來。

豁免不受警官質問的只有七歲的泰特。「泰特在外面。」威爾見到我的眼神在找他，便告訴我。「他在和狗玩。」他剛說完，我就聽見狗叫聲。

我看了威爾一眼，質疑他留泰特獨自在外是否有些不智，畢竟昨晚我們這條街上才發生命案。我往後院的窗戶看出去，見到泰特穿著運動衫和牛仔褲，頭上戴了一頂羊毛帽。他正拿著一顆球，想和狗狗們玩。他盡量把球拋得遠遠的，一邊開懷大笑。狗狗們奔向那顆球，爭著叼回泰特等待的手中。

後院的火盆有明顯生火的跡象。現在火勢已經逐漸平息，只剩餘燼和煙霧，不再冒著火焰。泰特和狗離火盆夠遠，所以我不擔心。

貝爾格警官也注意到悶燃的火，便問我們是否有申請許可。

「許可？」威爾問，「生火的許可？」貝爾格警官說對，於是威爾進一步解釋我們的兒子泰特放學回家吵著吃烤棉花糖餅乾。他們讀了一本書剛好提到烤棉花糖餅乾，接下來的一整天，泰特就想吃得不得了。

「以前在芝加哥，做烤棉花糖餅乾的唯一方法就是用小烤箱。這只是個很快弄弄的小零嘴。」威爾說，「完全沒有危險。」

「在這裡，想在戶外生火必須申請許可。」貝爾格警官告訴他，對泰特嘴饞與否不感興趣。威爾致歉，責怪自己的無知，警官聳了聳肩。「下不為例。」他說，原諒我們這次的違規行為。眼前還有更嚴重的問題。

「我可以離開嗎？」奧圖問道，說他有功課要做，我看見他神色中的不安。對一個十四歲的孩子來說，這已經超出他能負荷的範圍。儘管年紀比泰特大得多，但奧圖仍是個孩子。有時候我們都忘了。我拍拍他的肩膀，湊近他說：「我們在這裡很安全，奧圖。我希望你能知道這一點。」我不希望他害怕。「爸爸和我都在這裡保護你們。」我告訴他。

奧圖直視我的雙眼。我好奇他是否相信我，因為連我自己都不是那麼肯定。我們在這裡安全嗎？

「可以。」警官告訴他。奧圖離開後，我來到沙發另一側的扶手上坐下。天鵝絨印花沙發隔在我和貝爾格警官中間。沙發自五〇年代起就出現在這個家，可惜的是，這並非什麼世紀中期現代風的經典傢俱，就只是老舊罷了。

「你們知道我在這裡的原因嗎？」警官問道。我告訴他我和威爾昨天半夜聽見警笛聲，又告訴他我知道班恩斯太太遭到謀殺。

「是的，夫人。」他說。我問她是怎麼死的，因為這樁命案的細節尚未公布，但警官說他們要等到通知家屬後再公布。

「班恩斯先生還不知情？」我問，但他只肯透露班恩斯先生因公出差去了。我腦海閃過的第一個念頭是，像這樣的案例，向來都是丈夫幹的。我心想，無論班恩斯先生人在何處，人肯定是他殺的。

貝爾格告訴我們，發現班恩斯太太屍體的人，是班恩斯家的小女兒。她打911報警，告訴接線生摩根不肯起床。我倒抽一口氣，盡量不去想像那可憐的小女孩可能親眼目睹了哪些事。

「她多大？」我問道。貝爾格說：「六歲。」

我忍不住伸手摀住嘴巴。「喔，太可怕了。」我說。我無法想像泰特發現我或威爾死掉的景象。

「她和泰特是同班同學。」威爾說，先看看貝爾格警官，再看看我。他們擁有同一個老師。他們擁有同一批同學。小島上的學校提供孩子從幼兒園到五年級的教育，中學以上的孩子必須搭渡輪到主島求學。那間小學大約只有五十幾個學生。十九個在泰特的班上，因為一年級的學生和幼兒園混齡教學。

「那個小女孩現在在哪裡？」我問道。警官告訴我，她和家人在一起，他們正在聯絡去東京出差的傑佛列。儘管不在國內，傑佛列．班恩斯在我心中的嫌疑仍然沒有減少。他有可能雇用別人來完成任務。

「可憐的小東西。」我說，想像那孩子未來要花多少年的時間做心理治療。

「我們能幫上什麼忙？」我問貝爾格警官。他告訴我，他一直在和這條街上的居民談話，問他們問題。「什麼樣的問題？」我問道。

「福斯特醫生，能不能告訴我昨晚十一點左右妳人在哪裡？」警官問道。換句話說，就是命案發生時我有沒有不在場證明。

昨晚我和威爾送泰特上床睡覺後，就待在一起看電視。我們躺在客廳的兩邊，他側躺在長沙發上，我窩在小雙人沙發上。這是我們的固定位置。我們坐下打開電視後不久，威爾遞給我一杯卡本內紅酒，前一晚我開過的那一瓶。

我在我的位子上注視他一陣子，想起不久前自己絕對不可能離威爾這麼遠，坐在不同的沙發上。我天真爛漫地想起過去的日子裡，他把酒杯遞給我的同時，會湊上我的嘴唇給我一個深長的吻，另一手溫柔愛撫我。我發現自己也會被那富有說服力的吻和愛撫和那雙眼睛給輕易迷惑。那雙眼睛！接下來，在自然而然的情況下，我們會像青少年一樣咯咯嬉笑，迅速在沙發上靜悄悄做愛，耳朵隨時注意樓上木地板的嘎吱聲、彈簧床的摩擦聲、樓梯的腳步聲，確保孩子們沒有醒來。威爾的觸摸有一種寬厚的溫柔，曾經讓我神魂顛倒，滴酒不沾就有飄飄然的微醺感。與他在一起的時光怎樣都不夠。他令我無法自拔。

但後來，我找到那支菸，銀盒的萬寶路淡菸，濾嘴沾有莓紅色的口紅印。我先是找到菸，緊接著發現我們的信用卡帳單有旅館房間的費用，臥室裡有一條我知道不是我的內褲。我這才明白，除了我以外，威爾也對其他人寬厚溫柔，令其他人無法自拔。

我不抽菸，也不搽口紅。以我理智的個性，更不可能把內褲隨便留在別人家裡。

我把信用卡帳單拿到他眼皮底下，毫不客氣質問他上面的旅館開銷時，威爾只是直盯著我。

被逮個正著的他看起來簡直嚇壞了，連個謊都編不出來。

昨晚，喝完第一杯酒之後，威爾問我要不要再來一杯。我說好，我喜歡紅酒讓我變得平靜又輕飄飄的感覺。接下來我記得的，是警笛聲把我從睡夢中吵醒。

我想必是在雙人沙發上睡著了。威爾想必把我抱到了床上。

「福斯特醫生？」警官問。

「我和威爾待在家看電視。」我告訴他。「晚間新聞，然後是夜間秀，史提芬．荷伯的深夜脫口秀。」我說，貝爾格警官用觸控筆把我的話寫在平板上。「是這樣嗎，威爾？」我問道，威爾點點頭，證實我說的沒錯。是夜間秀沒錯，史提芬．荷伯的深夜脫口秀。

「看完夜間秀呢？」警官問道，我說看完夜間秀，我們就上床睡覺了。

「是這樣嗎，先生？」貝爾格警官問道。

「是的。」威爾說，「看完夜間秀，時間也不早了。」他告訴警官，「我和莎蒂就去睡了。她隔天早上得上班，我嘛。」他說，「我也累了，時間不早了。」他又說一次。就算他注意到自己說話在跳針，他也沒有表現出來。

「大約什麼時候？」貝爾格警官問。

「十二點半左右。」我說。雖然不太確定，但用算也算得出來。他記下筆記，繼續問：「你們過去幾天有沒有見到任何不尋常的事？」

「比方說？」我問道。他聳聳肩，想了想說：「任何不常見的事都好。在附近徘徊的陌生人，沒見過的車子緩緩開過，打量著街坊鄰居。」

但我搖搖頭說：「我們剛搬來這裡，警官，認識的人不多。」

但就在這時，我想起威爾認識不少人。我整天埋頭工作時，威爾一直在認識新朋友。

「是有一件事。」威爾突然開口。我和警官同時轉頭看他。

「什麼事？」貝爾格警官問。

但話才出口，威爾就反悔了。他搖了搖頭。「算了。」他說，「我不應該提的。我相信這沒什麼，在我看來只是一場意外。」

「你何不讓我來決定。」貝爾格警官說。

威爾解釋：「那是不久前的事，大約幾個禮拜前吧。我送泰特上學後，準備去辦些事。我沒有去太久，頂多幾個鐘頭，但回家的時候，總覺得哪裡不對勁。」

「怎麼說？」

「這個嘛……首先，車庫門是開的。我發誓我有拉下車庫門。後來，我一進屋，差點被瓦斯味熏昏。味道非常濃烈。幸好狗沒事，天知道牠們吸了多久。我很快就找到源頭，是從瓦斯爐飄出來的。」

「瓦斯爐？」我問道。我對威爾說：「這事你沒有告訴我。」我的語氣平靜沉著，但內心截然相反。

威爾的聲音充滿安撫。「我不希望妳無端擔心害怕。我把門窗都打開，讓空氣流通。」他聳聳肩說，「我覺得這根本不值一提，莎蒂。我不應該提起的。那天早上很匆忙。我在做法式吐司。我和泰特都快遲到了。我一定是為了趕著準時出門，情急之下忘了關火。明火八成是被吹熄了。」

貝爾格警官把這件事歸為意外，不再理會。接著，他轉向我。「妳沒有嗎，醫生？」他問道，「妳沒有注意到任何不尋常的地方？」我告訴他沒有。

「妳最後一次和班恩斯太太說話的時候，她看起來怎麼樣，醫生？」貝爾格警官問我，「她有沒有——？」他準備問話，但我及時打斷他，解釋我並不認識摩根．班恩斯。我們從未見過面。

「搬來後，我一直很忙。」我語帶歉意說，儘管其實沒有必要。「我一直抽不出時間過去自我介紹。」我告訴他。不過我不敢說的是，摩根．班恩斯一樣從未抽時間過來介紹她自己，但我只是心裡想想，若說出口就太不厚道了。

「莎蒂日程繁忙，每天忙得焦頭爛額。」威爾插嘴說，不讓警官因為我沒有和鄰居打交道而評斷我。為此，我感激不盡。「她這禮拜天天都工作到很晚。我個人的工作則完全相反。我只教三堂課，與泰特的上學時間重疊。這是刻意安排的。只要他在家，我就在家。維持家計的人是莎蒂。」威爾大方承認，毫不害臊。「我是全職爸爸。我們不希望孩子由保母養大。」他說。這是很久以前我們達成的共識，當時奧圖都還沒出生。那是個人選擇。從財務的角度來看，威爾待在家合情合理。我賺的錢比他多，不過我們從沒談過這類的事。我們各司其職。

「幾天前我才跟摩根聊過。」他代替我回答警官的問題。「她看起來很好，至少沒什麼異常。他們家的熱水器故障了，她在等修理工過來看能不能修好。我試著修過，我的手也算夠巧了。」他說，「但還是不夠巧。」

「找到任何線索了嗎？」威爾轉移話題問道，「強行闖入的跡象？或嫌犯？」

貝爾格警官滑動平板，告訴威爾他還無法透露太多。「不過，」他告訴威爾，「我能說的是，班恩斯太太遇害時間是在昨晚十點到凌晨兩點之間。」坐在沙發扶手上的我坐直身子，望向窗外。從我的所在位置其實看不見班恩斯一家的房子，但我忍不住想像昨晚我們在這裡邊喝酒邊看電視的時候，她就在那裡——在我視線外的不遠處——慘遭謀殺。

但情況不僅如此。

因為每天最後一班渡輪離開的時間是晚上八點三十分，這意味著兇手整晚都待在這座島上，身處我們之中。

貝爾格警官一下子站起來，嚇了我一大跳。我捧著胸口，倒抽一口氣。

「一切都還好嗎，醫師？」他問道，凝視著微微顫抖的我。

「沒事。」我告訴他，「我沒事。」

他把雙手放上大腿，撫平褲子的皺褶。「我想今天對所有人都不好過。」他告訴我，我點頭表示同意。

「任何我和莎蒂幫得上忙的地方，別客氣，儘管說。」威爾送貝爾格警官到大門時說道。我從扶手上起身，跟了上去。「我們很樂意幫忙。」

貝爾格對威爾輕抬帽簷，表示感謝。「感激不盡。你們可以想像，現在島上人心惶惶，大家都擔心自己的生命安危。這種事也對觀光不利。還沒逮到兇手之前，沒人想來旅遊。我們希望能盡快結案。有任何風吹草動……」他說著說著，聲音越來越遠。威爾回答：「我明白。」

摩根・班恩斯命案對生意不利。

貝爾格警官向我們道別。他遞給威爾一張名片，但正當他準備離開之際，他拋出最後一個問題。

「你們在這裡住得還習慣嗎？」他離題問道，威爾回答到現在都挺好的。

「房子很老舊，老舊的東西通常有些問題。窗戶會透風，鍋爐出毛病，我們得換新的了。」警官露出苦相。「鍋爐不便宜，得花上好幾千塊。」

威爾說他知道。

「愛麗絲的事我很遺憾。」貝爾格警官突然說道，看著威爾的眼睛。威爾流露出與他感同身受的哀傷。

我不常提起愛麗絲和威爾的話題。但我發現自己對一些事情很好奇，例如愛麗絲的喜好，如果有機會與她見面，我們是否會相處融洽。我想像她是個反社會分子——雖然我從未對威爾這樣說。但我猜測纖維肌痛症所造成的疼痛讓她不得不待在家，遠離任何形式的社交生活。

「她看起來完全不像那種會自殺的人。」貝爾格警官說。聽到他這樣說，我想我的直覺可能是錯的。

「什麼意思？」威爾問道，語氣帶著一絲防備。

「喔，我也不知道。」貝爾格警官說，但他顯然知道，因為他繼續告訴我們，每逢週五的賓果夜他見到從不缺席的愛麗絲時，她總是和藹樂天的模樣。她的笑容能讓整個房子亮起來。「我想我只是無法理解像這樣的人怎麼會選擇了結自己的生命。」

氣氛突然變得沉默緊張。我想他這麼說並沒有惡意；他只是有點不擅社交。然而威爾看起來很受傷。他不發一語。於是我開口說：「她罹患了纖維肌痛症。」我說，知道貝爾格警官肯定不知道這件事，又或者他是那一類認定纖維肌痛症只是心理障礙而非真正疾病的人。纖維肌痛症受到極大的誤解。人們認為那是編造的，不是真的。此病無藥可醫，而且表面上，病人看起來很健康；現在尚未有任何檢測可以用來診斷纖維肌痛症。診斷方式只能憑症狀本身——換句話說，全身疼痛無法解釋。因為這樣，很大一部分的醫師懷疑疾病的可信度，時常建議病患改看精神科醫師尋求治療。光想就讓我覺得傷心，愛麗絲明明痛不欲生，卻沒人相信她。

「是了，當然。」貝爾格警官說，「真是太可怕了。她肯定過得很苦才會選擇走上絕路。」他說，我的目光再次飄向威爾。我知道貝爾格警官無意冒犯；他在表達同情，用他自己奇怪的方式。

「我很喜歡愛麗絲。」他說，「她是個很親切的人。」

「確實。」威爾說，接著貝爾格警官再次喃喃自語：「真是太可惜了。」最後說了再見離開。

他離開後，威爾靜靜走回廚房準備晚餐。我讓他去，透過大門邊的玻璃窗框看著貝爾格警官坐進警車駛離我們的車道。他沿著斜坡往上開，準備與班恩斯家的警隊會合，至少我是這麼以為。

然而，他並沒有前往班恩斯家，而是把車停在他們家對面，尼爾森夫婦家的車道尾端。貝爾格警官下車，讓引擎怠速，黑夜襯得車尾燈鮮紅通明。我看著貝爾格把某樣東西放進信箱，闔上信箱門。他回到車上，駛過山頂後消失蹤影。

## 卡蜜兒

那晚，在威爾和莎蒂相識後，我消失了。我滿腔怒火，痛恨自己到了極點。

但我不能永遠躲著威爾。我無時無刻都在想著他。每次眨眼，他彷彿就在眼前。

最後，我決定把他找出來。在網路上稍做搜查，就讓我得知他如今住在哪裡，在什麼地方上班。我尋找他，最後成功找到了。儘管他年紀漸長，頭髮漸白，也有了孩子，然而過了那麼多年，我卻沒有改變太多。顯然我有優良的基因庫。歲月沒能在我身上留下痕跡。我的頭髮仍是偏紅的深褐色，雙眼仍是動人的藍色。肌膚狀況也尚未出賣我的年紀。

我穿上一件露肩黑色洋裝。我化妝，搽香水。我戴上首飾。我保養頭髮。

我跟蹤他好幾天，在最出其不意的地方現身。

*記得我嗎？*我問道，在一家熟食店的角落迎上他。我站得好近好近。我抓住他的手肘，喚他的名字。沒有什麼比聽見自己名字更讓人興奮的了。對我們而言，這是全世界最悅耳的聲音。十五年前，*在麥迪遜和瓦巴什交會的街角，你救了我一命，威爾。*

他一下子就想起來了，露出喜悅的表情。

時間對他產生了無情的影響。婚姻、育兒、工作和房貸的壓力有如山高。眼前的威爾是當初我遇見那個威爾的枯槁版本。

沒什麼是我無法補救的。

他只是需要暫時忘記他有妻小這件事。

我可以幫助他。

我給他一個燦爛的微笑，然後牽起他的手。

要不是你，我湊到他耳邊低聲說，我早就死了。

他的雙眼發亮，臉頰泛紅。他對我上下打量，最後目光停留在我的嘴唇附近。

他微微一笑說：我怎麼可能忘記？

他喜出望外，放聲大笑。妳在這裡做什麼？

我把頭髮一撥說：我剛好從外面經過，隔著窗戶一看，覺得看到的人好像是你。

他撫摸我的髮梢，稱讚我的頭髮很美。

還有這件洋裝，他說完，吹了一聲長長的口哨。

他不再看著我的嘴唇了。現在他正看著我的大腿。

我知道我希望這段對話往哪個方向走，我常這麼做，也經常得逞。這不是一瞬間的，完全不是。而是需要用上一點說服力，這對我是很自然的事。第一：互惠原則。我為你做些事，而你也為我做些事當作回報。

我抹去他嘴上的芥末醬。我看見他的飲料沒了。我拿起杯子，到飲料機前重新裝滿。

妳不必這樣，他說。我回到座位上，把雪碧推回他面前，同時確保過程中我們的手互相輕觸。我可以自己來。

我微笑說：我知道我不必。我是自願的，威爾。

就這樣，他欠了我一份人情。

接下來是討喜的程度。只要我想要的話，我可以表現得極度討喜。我就是知道該怎麼說，怎麼做，怎麼變得迷人。秘訣在於問一些開放性的問題，讓對方談論自己。他們會覺得自己是全天下最有趣的人。

重要的還有肢體接觸。想讓人乖乖順從，只要輕摸手臂、肩膀或大腿就能輕鬆達成。

加上就我所見，他和莎蒂的婚姻簡直是一本禁慾指南。威爾需要一些只有我能給他的東西。

起初，他沒有馬上答應。他怯懦地咧嘴一笑，臉蛋漲紅。他說他有一場會議，必須趕去別的地方。

我不行，他說。但我說服了他。因為不到十五分鐘後，我們就溜進了隔壁的一條窄巷。他在那條窄巷裡，把我抵在一棟樓房的牆上。他緩緩把手伸進裙襬，嘴貼上我的唇。

別在這裡，我這麼說，全是為他著想。我在這裡做沒有關係。但他有婚姻和名聲要顧。我兩樣都沒有。我們去別的地方吧，我對著他的耳畔說。

他知道一間旅館，離這兒只隔了半個街區。雖然不是豪華旅館，但還算湊合。我們奔上樓梯，進入客房。

他把我撲倒在床，對我為所欲為。完事後，我們躺在床上，呼吸沉重，企圖喘一口氣。率先開口說話的人是威爾。剛才實在是……我們結束後，他張口結舌，說不出話來，但整個人容光煥發。

他再次試著說話。太棒了。妳，他跪在我上方，雙手放在我的臉頰兩側，雙眼直視著我，簡直太棒了。

我拋了個媚眼說：你也不差啊。

他凝視我好一會兒。我不曾被一個男人像這樣看過，就好像我讓他百看不膩。他說我絕對不曉得，但這正是他需要的。一個逃離現實的機會。他說我出現的時間點無懈可擊。他這一天過得糟透了，整個禮拜都爛到不行。

這真是好極了。

妳，他說著，眼神陶醉地看著我，太完美了。

他為我列舉所有的原因。我聽著他說，整個人心花怒放，儘管全是膚淺的原因：我的秀髮、我的笑容、我的雙眼。

於是乎，我們又開始接吻。

結束後，他把自己撐起來離開床邊。我躺在那裡，看著他穿上襯衫和牛仔褲。你那麼快就要走了？我問道。

他站在床尾看著我。

他看起來充滿歉意。我有一場會議。再不走就要遲到了。妳在這裡想待多久都行。他說。睡個午覺，休息一下。說得彷彿是什麼慰問獎似的，獨自睡在一間廉價旅館裡。

臨走前，他來到我面前，彎腰在我的額頭上吻了一下，撫摸我的秀髮，然後凝視著我的雙眼說：一會兒見。這不是問句，這是承諾。

我微微一笑說：當然。你是我的人了，威爾。我說什麼也不會放你走。他微笑說這正是他想聽到的。

他離開後，我努力不讓自己心生嫉妒。我不是那種愛吃醋的女人，直到我遇見威爾才一反常態，不過我對於我和威爾之間發生的事從不覺得內疚。他是我的。莎蒂把他從我身邊搶走，我什麼也不欠她。

真要說的話，是她欠我。

# 莎蒂

我繞了房子兩次，確認所有門窗都已上鎖。我檢查了一遍，後來因為不確定自己是否有所遺漏，於是又檢查了第二遍。我拉上窗簾，思考為了慎重起見，是不是應該在家中安裝保全系統。

這天傍晚，威爾信守承諾開車載伊莫金前往公共安全大樓與貝爾格警官見面。我期望威爾能帶著命案的最新消息回家，一些能讓我放心的消息，但沒什麼新鮮事可說。警方距離破案仍有一大段路得走。我查過關於謀殺案的統計數據，差不多有三分之一以上的案子會變成懸案，讓警局深陷破不了案的泥沼當中。這是一種流行病。

每天發生在我們生活中的謀殺案，數量簡直嚇人。

哪裡都有可能發生，我們永遠無法預料。

聽威爾說，伊莫金對於昨晚的事無法提供任何線索給貝爾格警官。她睡著了，跟我想的一樣。後來問到她在過去幾週有沒有注意到任何不尋常的地方時，她臉色鐵青地說：「我媽他媽的上吊自殺了。」在那之後，貝爾格警官就沒再問她問題。

正當我打算三度檢查門窗的時候，威爾站在二樓樓梯口喚我，問我要不要睡了。我告訴他要，一會兒就去，同時拉一拉大門做最後確認。我留了一盞客廳檯燈，假裝我們還醒著。

我上樓，窩進威爾旁邊的床鋪。但我睡不著。我發現自己整晚躺在床上，反覆想著貝爾格警官說過的話，發現摩根死亡的人竟是班恩斯家的小女兒。我好奇泰特和那個小女孩有多熟。雖然他們同班，但不代表他們是朋友。

我發現我無法甩掉腦海中那個六歲女孩站在母親屍體旁邊的畫面。我想知道她是不是很害怕，有沒有放聲尖叫，兇手是不是就躲在附近，聽見她的尖叫聲連忙逃走。我想知道她等了多久救護車才抵達，想知道在那段時間裡，她是不是為自己的性命擔心害怕。我想到她獨自發現她的母親死亡，就和伊莫金發現自己的母親死亡的情形如出一轍。不對，不一樣。自殺和謀殺天差地別。但想到這些女孩年紀輕輕就必須目睹的情況仍讓我覺得不可思議。

旁邊的威爾睡得好沉，我卻輾轉難眠。躺在床上難以入睡的我，開始納悶兇手是不是仍和我們一起待在這座島上，抑或至今已經逃之夭夭。

想到這裡，我的心跳加快，於是溜下床。我必須確定孩子是否安好。躺在角落狗窩裡的狗注意到我，跟了上來。我叮嚀牠們小聲點，威爾在床上翻了個身，拉上棉被。

光腳踩在木地板上感覺好冷，但房間太暗了，摸黑也找不到拖鞋，我索性不找了。我走出臥房，來到狹窄的走廊上。

我先前往泰特的房間。來到門口，我停下腳步。泰特的房門是開著的，亮著一盞夜燈不讓怪物接近。他的嬌小身軀躺在床中央，懷裡緊緊抱著一隻吉娃娃玩偶。他睡得安詳，夢境絲毫不受命案和死亡的想法干擾，不像我。我好奇他夢見什麼，大概是小狗和冰淇淋。

我好奇泰特對死亡的概念了解多少。我好奇我七歲的時候對死亡了解多少，好奇我是否仍懵懵懂懂。

我接著前往奧圖的房間。奧圖房間的窗外是屋頂，懸在前廊上方、只有一樓高的石板屋頂，由一連串容易攀爬的圓柱支撐著。半夜要溜進溜出不是太困難的事情。

我穿過走廊時，不自覺加快腳步，一邊告訴自己奧圖沒事，不可能有人會爬上二樓闖進來。但那一刻，我不敢肯定。我轉動門把，悄悄把門推開，害怕在門的另一邊發現不該發現的事。窗戶大開，床鋪空無一人。但情況不是如此。奧圖人在這裡。奧圖平安無事。

我站在門邊，看了好一陣子。我往前一步想看個仔細，屏住呼吸免得吵醒他。他看起來平靜安詳，儘管棉被已經被他踢到床尾，枕頭也掉落地板，頭就直接躺在床墊上。我拿起棉被蓋回他身上，想起他小時候常會問我能不能陪他睡。我陪他睡的時候，他會把一隻手臂重重掛在我的脖子上，就這樣整晚抱著我，不肯放手。他長得太快了，真希望時間能倒轉。

接下來，我前往伊莫金的房間。我把手放上門把，慢慢轉動，小心不發出任何聲音。但門把轉不開，房門被鎖上了，我無法查看她的安危。

我轉身背對房門，一步步走下樓梯。狗緊跟在後，但我走得太慢，讓牠們覺得不耐煩。不到一會兒，牠們繞過我衝下樓梯，穿過客廳奔向後門，狗爪子在木地板上答答作響有如打字機。

我在前門停留片刻，隔著門邊的窗戶看出去。從這個角度可以稍微瞥見班恩斯家的房子。即使這麼晚了，那裡仍然忙個不停。屋內燈火通明，幾個人在裡頭忙得團團轉。警方正在進行搜查，不曉得他們會找到什麼。

狗在廚房對我嗷嗷叫，奪走我的注意力，吵著想去外面。我跟上去，拉開玻璃落地門，牠們就一溜煙衝了出去，直奔後院一角，牠們最近在那裡的草地上挖了個洞。那持續不懈的挖洞行為已經成為牠們最新的興趣，也成了我最大的恐懼。我用力拍手要牠們停下來。

我替自己泡杯茶，在餐桌前坐下，開始東張西望想找事情做。回房睡覺也沒意義，因為我知道我睡不著。沒什麼比躺在床上翻來覆去，擔心自己無能為力的事情更糟糕的了。

桌邊放了一本威爾最近在讀的書，真人真事改編的犯罪小說，中間插了書籤。

我把書帶到客廳，打開一盞檯燈，窩在愛麗絲的印花沙發上開始讀。

我拉了一張毛毯蓋在腿上。我把書攤開，這時，威爾的書籤不小心掉出來，落在我腳邊的地板上。

「該死。」我說著，伸手撿書籤，因為弄丟威爾的頁數而覺得內疚。

但內疚感持續不了多久，就被其他情緒取代。嫉妒？憤怒？同情？或是驚訝。因為從書頁間掉落的不僅僅是書籤，還有一張艾琳的照片，威爾的第一任未婚妻，他本來要娶的女人。

我忍不住倒抽一口氣，手停在她照片上方的幾公分處，心跳劇烈。

為什麼威爾在這本書裡藏了一張艾琳的照片？為什麼威爾還把這張照片留在身邊？

照片很舊了，可能有二十年。艾琳看起來十八、九歲左右。她的髮型狂野，笑容開朗。我凝視照片，凝視艾琳的雙眼，內心湧上一陣醋勁，因為她好美，好有魅力。

但話說回來，我怎能嫉妒一個已經不在人世的女人呢？

我和威爾交往了一個多月，他才提起她的名字。當時我們仍處於熱戀期，所有大小事都覺得至關重要。我們會在電話裡聊上好幾個鐘頭。我對於自己的過去沒什麼好說，所以我告訴他我的未來，將來計畫想做的所有事情。我們相遇時，威爾的未來仍懸而未決，所以他告訴我他的過去，他小時候養的狗，他繼父診斷出癌症，他母親結過三次婚，以及艾琳，他本來要與她互許終生、卻在訂完婚的幾個月後逝世的女人。威爾向我提到她時哭得泣不成聲，毫無保留。我愛他這一點，愛他懂得如何去愛的能力。

這輩子，我想我從沒見過一個成年男子哭泣。

在當時，失去未婚妻的威爾所散發出的哀鬱氣質，只是讓我更被他吸引。威爾深受打擊，就像一隻沒了翅膀的蝴蝶。我希望成為那個治癒他的人。

她的名字已經多年沒有提起，我們也鮮少聊起她。但三不五時，另一個叫艾琳的人被提起時，總讓我們有些尷尬。名字本身承載了極大的重量。但為什麼威爾會從天知道什麼地方找出這張照片隨身攜帶，實在令我想不透。過了那麼久，為什麼選擇現在？

我輕撫照片，但沒有勇氣撿起來，還沒有。過去，我只見過艾琳的另一張照片。多年前在我的要求下，威爾拿給我看的。他不想，但我極力堅持。我想知道她的模樣。我要求看照片時，他慎重考慮再三後才拿給我看。他不確定我會有什麼反應。我努力讓自己面無表情，內心的劇痛卻不可否認。她美得不可方物。

我當下立刻就知道了：威爾之所以愛我，純粹是因為她已不在人世。我是他的次要之選。

我用手指撫過艾琳的白皙肌膚。我不能吃醋，就是不能。我也不能生氣。要求他把照片丟掉太不體貼。但這麼多年過後，現在的我站在這裡，覺得自己彷彿屈居於一個死去女人的回憶之下。

這次，我撿起照片，握在手中。我不能讓自己成為一個膽小鬼。我直勾勾地看著她。她的臉蛋有種稚嫩的氣質，大膽又真實。看著那跋扈又放肆的表情，我忍不住想教訓她，不管她對著鏡頭嘛嘴到底是在想什麼。

我把照片和書籤隨意塞回書裡，從沙發起身，把書擺回餐桌上，突然失去閱讀的興趣。狗開始吠叫。我不能三更半夜把牠們留在外頭狂吠。我拉開落地門，呼喚牠們，但牠們不願進屋。

我不得不走進後院吸引牠們的注意。光腳踩在露台上簡直快凍僵了。但隨著夜幕逐漸把我吞沒，這份不適比起我內心的恐懼只能屈居第二。十二月的夜晚越來越近，在我身後的廚房燈光也快速消失。

我什麼也看不見。要是有人在場，站在我們漆黑的後院裡，我也不會知道。一個討厭的念頭頻頻在我腦中出現。我吞口水一個不小心，嗆到喉嚨。

狗擁有人類沒有的適應力，在黑暗中看得比人類清楚得多。我不禁好奇牠們看到了什麼我看不到的東西，在對什麼東西吠叫。

我對著黑夜發出嘶嘶聲，輕聲叫喚狗狗們。現在是大半夜，我不想用吼的。但我又太害怕，不敢從本來的位置再往前一步。

我怎麼知道殺死摩根．班恩斯的兇手有沒有在外面？

我怎麼知道狗吠個不停是不是因為後院有個殺人兇手？

廚房的燈從後方照上來，讓我成了甕中之鱉。

我什麼也看不見，但如果真有人在那裡，不管是誰都能輕易看到我。

我不加思索，突然往後退了一步。恐懼叫人無所適從，我好想好想跑回廚房，拉起後門上鎖，再拉起窗簾。可是狗狗們有辦法靠自己制伏兇手嗎？

就在這時，狗突然停止吠叫，我不確定什麼更令我害怕，吠叫聲還是這份寧靜。

我的心跳得更快了。我全身起滿雞皮疙瘩，一股刺癢感沿著手臂爬上爬下。我開始失控亂想，不知道是什麼恐怖的東西站在後院。

我不能站在這裡等著發現答案。我拍了拍手，再次呼喚。我匆匆進屋拿狗餅乾，瘋狂搖晃盒子。謝天謝地，這次牠們總算過來了。我打開盒子，撒了半盒狗餅乾在廚房地板上，接著拉回後門鎖好，再緊緊拉上窗簾。

上樓後，我又去查看兩個孩子。狀態就和我離開他們的時候一樣。

但這次，我經過伊莫金的房間時，房門開了一條縫。門不再是關上的，也不再上鎖。走廊狹窄昏暗，僅有的光線讓我正好不至於什麼都看不見。客廳檯燈流瀉的微弱燈光幫了我一把。

我望向伊莫金在房門和門框之間那條三公分的縫隙。裡面與我最後一次在這裡的時候不太一樣。伊莫金的房間和奧圖一樣面對大街。我走向前，把手貼上房門，輕輕推開三、五公分，足夠讓我看見房間內部的寬度。她躺在床上，背對著我。如果說她在裝睡的話，裝得挺好的。她的氣息深沉勻稱。我看見棉被平穩地上下起伏。她的窗簾沒拉上，月光照進房間。窗戶和房門一樣開了一條縫。整個房間冷冰冰的，但我不敢冒險進房關窗。

回到臥房後，我把威爾搖醒。我不會把伊莫金的事告訴威爾，因為其實沒什麼好說的。就我所知，她大概是起床上廁所罷了。她覺得熱，就開了房間的窗戶，她沒幹壞事，但好多問題一直困擾著我。

為什麼我沒聽見馬桶的沖水聲？

為什麼我第一次經過的時候，沒注意到房間吹來的沁涼。

「怎麼了？出了什麼事？」威爾半睡半醒地問道。

他搓揉著雙眼，我說：「我覺得後院好像有東西。」

「什麼東西？」他清清喉嚨問道。他睡眼惺忪，聲音充滿濃濃的睡意。

我愣了一下，接著告訴他：「我不知道。」我說著，湊到他的身邊。「可能有人。」

「人？」威爾問道，很快坐直身子。我告訴他剛剛發生的事，告訴他後院有東西——或有人——嚇到狗。我說話時的聲音顫抖。威爾注意到了。「妳有看見什麼人影嗎？」他問道，但我告訴他沒有，我什麼也沒看見。我只知道後院有東西。那是一種直覺。

威爾溫柔撫摸我的手，憐憫地說：「妳真的被這件事嚇壞了，是嗎？」

他握住我的雙手，感覺到我的顫抖。我說是，以為他準備下床，親自看看是不是有人在後院。相反地，他卻讓我懷疑起自己。他不是故意的，但他也沒打算保護我。他只是又扮起理性之聲，問道：「會不會是土狼呢？或浣熊？臭鼬？妳確定不是什麼野生動物激怒了狗？」

他說起來是如此簡單，如此顯而易見。我好奇他是不是說對了。這可以解釋狗狗們情緒激動的原因。也許牠們嗅到有野生動物在我們後院附近徘徊。牠們是天生的獵人，無論是什麼動物在那裡，牠們自然想去抓。這個想法相較於有殺人兇手在我們家後院徘徊來得合理多了。一個殺人兇手想拿我們做什麼呢？

我在黑暗中聳聳肩。「可能吧。」我說著，覺得自己有點蠢，但又不完全這麼覺得。昨晚我們家對面才剛發生兇殺案，而兇手至今尚未尋獲。相信他仍在附近並不荒謬。

威爾溫柔地跟我說：「明天一早我們還是可以把這件事告訴貝爾格警官，請他調查一下。別的不說，起碼問一下這附近是不是有土狼肆虐的問題。知道這種事也挺好的，讓我們能多加留意兩隻狗的安全。」

我很感激他這樣遷就我，但我跟他說不用了。「我想你說的對。」我說著，爬回他身邊的被窩裡，知道自己待會兒還是睡不著。「八成只是土狼，抱歉把你吵醒，回去睡吧。」我說，於是他把一隻手臂重重摟住我，保護我免於房門另一邊的不明事物傷害。

# 莎蒂

威爾叫我的名字，我緩緩甦醒。我肯定是不小心睡著了。

他就在我旁邊，用那個表情看著我，那典型的威爾表情，憂心忡忡的模樣。「妳還好嗎？」他問道。我東張西望，想搞清楚自己在什麼地方。突如其來的頭痛欲裂差點讓我昏過去，讓我覺得暈眩虛弱。

我告訴他：「我不知道。」不記得出神前我們在聊什麼。

我低頭看見襯衫上的一顆釦子沒扣好，露出底下的黑色內衣。我扣好釦子，為了說話說到一半出神而道歉。「我只是累了。」我說著揉揉眼睛，仔細看了看眼前的威爾和四周的廚房。

「妳看起來很累。」威爾附和道。我感到內心溢出的不安情緒。我望向威爾後方的後院，深信會看見什麼異常之處，昨晚有人入侵我們後院的跡象。雖然是虛驚一場，但我一想起站在漆黑中，央求狗狗快過來時的感覺，還是全身起滿雞皮疙瘩。

兩個兒子坐在餐桌前，早餐就快吃完了。威爾站在流理台前倒了一杯咖啡給我。我感激地把馬克杯捧在手中喝了一大口。

「我沒睡好。」我說著，不想承認自己整晚沒睡的事實。

「想聊一聊嗎？」他問，儘管這似乎不是什麼需要聊一聊的事，而是他早該知道的事。兩天前，我們家對街有個女人在家中被殺害了。

我不經意望向餐桌邊的泰特，告訴他不用，因為這不是泰特該聽的事。我希望我們能盡量保留他天真的童年。

「妳有時間吃早餐嗎？」威爾問。

「今天不行。」我說著，看了時鐘一眼，發現時間比想像中還晚。我得快點出門了。我開始收拾東西，以及我的包包和外套，準備出門。威爾的公事包放在餐桌旁邊等著他。我好奇他是不是把犯罪小說塞進包包了，裡面藏有艾琳照片的那本書。我沒勇氣告訴威爾我知道書裡有照片。

我親吻泰特和他道別。我扯掉奧圖耳朵上的耳機催他動作快。

我開車前往渡輪碼頭。路上，我和奧圖沒說什麼話。我們以前比現在親密得多，但時間和環境讓我們漸行漸遠。我問自己，有多少青少年和他們的母親很親密的呢？試圖不要放在心上。就算有，也是少之又少。但奧圖心思細膩，和其他孩子不一樣。

他匆匆與我道別，就下了車。我看著他穿越鐵橋，和其他早起的通勤族一起搭上渡輪，肩上揹著沉重的後背包。我到處不見伊莫金的蹤影。

現在是早上七點二十分。外頭正下著大雨。一大堆色彩繽紛的雨傘撐在路上往碼頭前進。兩個與奧圖年紀相仿的男孩在他後方舉步維艱地搭上渡輪，在入口處經過奧圖，一邊放聲大笑。我告訴自己，他們是對某個只有他們才聽得懂的事情笑，不是在笑奧圖，但我的腸胃仍為此揪了一下。我心想，作為一個沒朋友的局外人，奧圖的世界肯定很孤單寂寞。

渡輪內有很多乾燥又溫暖的座位，但奧圖一路爬到上層甲板，沒撐雨傘站在雨中。我看著甲板手升起上下船用的步橋，解開纜繩，接著渡輪便駛進霧濛濛的海中，把奧圖從我身邊帶走。

就在這時，我才發現貝爾格警官在盯著我看。

他人在對街，就站在警車外，倚著副駕駛座的車門。雙手拿著咖啡和肉桂捲。雖說肉桂捲比較時髦，但距離警察愛吃咖啡和甜甜圈的刻板印象也不遠了。他對我揮手時，直覺告訴我在我目送奧圖離開的這段時間，他從頭到尾都在看著我。

他對我輕抬帽簷，我隔著車窗朝他揮手。

通常這個時候，我會來個大迴轉，沿著原路開上斜坡。但現在有警察在場，我不能這麼做。而且這也不重要了，因為貝爾格警官已經離開崗位，開始過馬路朝我走來。他做出轉動把手的動作，請我開窗。我按下開關，車窗降了下來。雨水一滴滴兀自打進車裡，聚集在車門內側。貝爾格警官沒有撐傘，只是直接把雨衣的帽子隨便蓋到頭上。他似乎並不在意淋雨。

他把最後一口肉桂捲塞進嘴巴，連同喝下最後一口咖啡後說：「早安啊，福斯特醫生。」以警官來說，他有一張和善的臉，少了我印象中警官慣有的冷酷氣質。他有種說不上來的討喜，有些笨拙，缺乏安全感，是我喜歡的特質。

我向他道早安。

「天氣還真糟啊。」他說。我接著回答：「挺不尋常。」

這場雨預期不會下整天。但短期內太陽也不會露臉。我們所居住的緬因州沿海地區，天氣受到海洋的影響。雖然天氣還是很冷，但氣溫不像芝加哥每年的這個時候那麼嚴寒。

聽說冬天的時候海灣會結冰，渡輪不得不開進一片片浮冰之中，載乘客往返主島。據稱有一年冬天，渡輪受困卡住，乘客被迫在結冰的海面走了好幾公里來到海岸線上，等待海岸警衛隊帶著破冰器救出渡輪。

光想就叫人不安，老實說還有點呼吸困難，想到被大片冰川困在島上，與世隔絕。

「妳真早起。」貝爾格警官說。我回答：「你也是啊。」

「公務在身。」他說著，敲敲警徽。我回答：「彼此彼此。」手指準備壓下按鈕升起車窗離開。喬伊絲和艾瑪在等我，不快點過去的話，她們一定會唸個沒完。喬伊絲非常注重守時。

貝爾格警官看一眼手錶，立刻猜測診所是不是在八點半左右開門。我說沒錯。他問：「現在有空嗎，福斯特醫生？」我告訴他就一會兒。

我把車停好，打上P檔。貝爾格警官繞過車頭，兀自坐進副駕駛座。

他立刻切入正題。「昨天我和妳的街坊鄰居聊完了，對他們問了與妳和福斯特先生一樣的問題。」他告訴我。從他的口吻，我聽得出來他不只是向我報備調查進度這麼單純——儘管這正是我想要的。我希望貝爾格警官告訴我警方準備要進行逮捕，好讓我夜裡能睡得安穩，得知殺死摩根的兇手已經入獄。

今天清晨趁孩子們起床前，威爾上網搜尋命案的相關新聞。有一篇文章鉅細靡遺地寫出摩根是如何在家中被尋獲身亡的。裡面有許多我和威爾不知道的事情。比方說，警方在班恩斯家中找到許多恐嚇信，但並沒有提到信中寫了什麼。

隔了一晚，警方釋出小女孩的報案電話。就放在網路上，一段錄音檔，一個六歲小女孩忍著淚水、告訴話筒另一端的接線生說：她不肯醒來。摩根不肯醒來。

文章裡從頭到尾沒有提到她的名字，只用六歲小女孩稱呼，因為未成年人擁有成年人所沒有的匿名特權。

我和威爾躺在床上，筆電放在我倆中間，一共把錄音檔聽了三次。過程讓人極其不舒服。小女孩在接下來幾分鐘盡力保持冷靜沉著，調度員協助她把話說清楚，派救援過去，從頭到尾讓她留在線上。

可是這段錄音檔不知道是哪裡不對勁，我無法形容，讓我煩躁不已，直到聽了第三次我才總算聽出來。

她叫她的媽媽摩根？我問威爾，因為小女孩並不是說她的媽媽不肯醒來。她說的是摩根不肯醒來。為什麼她會這麼說？我問。

威爾回答得很快。

摩根是她的繼母，他說。接著他用力嚥一口口水，忍住不哭。我是說，摩根以前是她的繼母。

喔，我說。我說不出來這為什麼重要，但感覺很重要。

傑佛列之前結過婚？我問道。當然，情況並非總是如此。孩子也有私生的。但仍值得一問。

對，他說，但沒有進一步多說。我好奇傑佛列的第一任妻子是什麼樣子。我好奇她是誰，是否和我們一樣住在這座島上。威爾本身是父母離異的孩子。這個話題向來是他的痛處。

傑佛列和摩根結婚多久了？我問道，好奇摩根還跟他說了哪些。

剛滿一年。

他們是新婚夫妻，我說。

*他們什麼都不是了，莎蒂。威爾再次糾正我。他是鰥夫。她已經死了。*

在那之後，我們停止交談，繼續一起安靜地往下讀。

如今待在自己的車上，旁邊坐著貝爾格警官，我好奇那些強行闖入的痕跡——破窗、損壞的門框——或血漬。現場有血嗎？或是摩根的雙手上有反抗的傷口嗎？她是否企圖趕走入侵她家的兇手？

又或者小女孩目睹了兇手，或聽見她繼母的尖叫聲。

這些事我都沒問貝爾格警官。那可憐的女人被殺害至今已經超過二十四小時。今天他額頭上的皺紋比之前更深了。破案的壓力擔負在他的肩頭，這時我突然明白：跟昨天比起來，他完全沒有任何進展。我心一沉。

但我只是問：「找到班恩斯先生了嗎？」警官告訴我他正在趕回來的路上，不過從東京飛回來得花上二十幾個鐘頭，加上在洛杉磯和紐約轉機的時間。他要今晚才會到家。

「你們有找到她的手機嗎？或許能提供一些線索呢？」我問。

他搖搖頭。警方一直在找，他說，但目前為止還找不到。「追查失蹤的手機有很多方法，但如果手機關機或電池沒電就沒用。向電信公司申請通聯紀錄的許可證很麻煩又費時，但我們正在努力。」他告訴我。

貝爾格警官在座位上挪動身體。他轉向我，膝蓋朝著我的方向，尷尬地頂著變速桿。他的外套和頭髮上佈滿雨水，人中有一層薄冰。

「昨天妳告訴我妳和班恩斯太太沒見過面。」他說。我回答：「沒錯，我們沒見過。」目光難以移開那層薄冰。

網路上有一張這女人的照片。根據報導，她二十八歲，比我年輕了十一歲。照片中，她身邊圍繞著家人，幸福的丈夫站在一邊，繼女站在另一邊，一家三口面帶微笑，穿著精心搭配過的服裝。她的笑容很美麗，硬要說的話牙齦有點外露，但除此之外相當甜美。

貝爾格警官拉開外套拉鍊，伸手進去，從內袋拿出沒被雨打濕的平板電腦。他敲打螢幕，尋找某樣東西。等他找到了，便清清嗓子，把我說過的話重複一次。

「昨天妳說，我一直抽不出時間過去自我介紹。妳記得自己說過這句話嗎？」他問道。我說我記得，儘管如今像這樣重新聽到自己說過的話，總覺得很輕浮。甚至有點無情，老實說，鑑於這個女人如今已經不在人世。我應該加上一句富有同情心的話才對，像是要是我有抽出時間就好了。多說點什麼都好，別讓我的話聽起來如此冷漠。

「問題是，福斯特醫生。」他開口說，「妳說妳不認識班恩斯太太，但看樣子妳其實認識。」雖然他的語氣平和，話中的意圖卻非如此。

他根本是在指控我說謊。

「你說什麼？」我問道，完全嚇呆了。

「看樣子妳其實是認識摩根．班恩斯的。」他說。

現在外面大雨滂沱，雨水打在車頂有如木槌敲著錫罐。我想起孤單一人站在渡輪上層甲板的奧圖，不斷淋著雨，喉頭因此哽咽。我嚥下這股情緒。

我升起車窗遮擋風雨。

我確保說話的時候直視警官的雙眼。「貝爾格警官，除非一次開車經過把手伸出窗外打招呼算數的話，否則我並不認識摩根．班恩斯。你為什麼認為我認識她？」我問，於是他再解釋一遍，這回說得鉅細靡遺，說到他是怎麼盤查了整條街，向所有鄰居問話，拿他問我和威爾的相同問題來問他們。他來到尼爾森夫婦家的時候，他們邀請他到廚房喝茶配薑糖餅乾。他告訴我，他詢問尼爾森夫婦在摩根遇害的那天晚上在做什麼，就像他對我和威爾問過的問題一樣。我等著聽他們的答案，以為貝爾格警官準備告訴我那晚老夫婦坐在客廳裡看出窗外的時候，正好看見兇手從夜幕中溜進班恩斯他們家的房子裡。

反之他說：「如妳所料，高齡八十多歲的喬治和波比已經睡了。」本來屏住呼吸的我放鬆下來。尼爾森夫婦什麼也沒看見。

「我不明白你的意思，警官。」我說，瞄一眼儀表板上的時間，知道自己得走了。「如果尼爾森夫婦在睡覺，那……所以咧？」

很顯然，如果他們在睡覺，那八成沒看到任何線索，也沒聽見任何動靜。

「我也問了尼爾森夫婦過去幾天有沒有注意到任何不尋常的事情，比方說鬼鬼祟祟的陌生人，或沒見過的車子停在路邊。」

「是、是。」我邊說邊點頭，他也對我和威爾問了同樣的問題。「然後呢？」我問道，企圖加快速度，好讓我能趕去診所。

「這個嘛，很巧的是他們確實看見了不尋常的事，一件他們沒見過的事。這很重要，畢竟他們在那條街上住了半輩子。」接下來，他在平板螢幕上東敲西敲，找到他和尼爾森夫婦的訪談內容。

他繼續向我描述上星期的一個下午。那天是十二月的第一個星期五，天氣晴朗，天空一片蔚藍，萬里無雲。雖然氣候乾冷，但一件厚毛衣或薄外套即可禦寒。貝爾格警官說，喬治和波比下午出門散步，結束後走回我們那條陡峭的斜坡。他們抵達頂端時，喬治緩下腳步喘口氣，在班恩斯家門口稍作停留。

貝爾格警官繼續告訴我，尼爾森先生在那裡替波比重新蓋好腿上的毛毯，免得她著涼。就在這時，有件事引起他的注意。是一個女人對著另一個女人大吼大叫的聲音，但他不確定她們在吼什麼。

「喔，太可怕了。」我說。他說可憐的喬治之所以不確定，是因為他真的嚇壞了。他從沒聽過像這樣的爭吵。以他這個歲數的人來說，此事可謂非同凡響。

「可是這件事跟我有什麼關係？」我問道，於是他再次拿起平板。

「喬治和波比在街上只待了一下子，但沒一會兒就有兩個女人從一棵樹下走出來，進入視線中，喬治親眼看見她們的模樣。」

「是誰？」我問道，覺得有點透不過氣。他等了一會兒才回答。

「是班恩斯太太。」他說，「還有妳。」

就在這時，他用平板上的某個錄音應用程式，為我播放尼爾森先生的證詞。他聲稱：「她在街上和那個新來的女醫師吵架。兩個人都暴跳如雷，對彼此咆哮怒罵。我還來不及過去勸架，女醫師就一把抓起摩根小姐的頭髮，緊緊握在手中。我和波比連忙轉身回家，不希望她以為我們在窺探，否則她可能對我們做出同樣的事。」

貝爾格警官在那裡打住，轉向我問道：「妳覺得這聽起來像兩個素未謀面的女人之間會有的爭吵嗎？」

我啞口無言。

我無法回應。

為什麼喬治．尼爾森要說我的壞話？

貝爾格警官不給我機會開口。他不等我解釋，繼續往下說。

他問：「福斯特醫生，妳經常抓陌生女子的頭髮嗎？」

答案當然是沒有，但我仍發不出聲音說話。

他擅自決定說：「我就當妳的沉默是否認了。」

他伸手，抵著強風把車門用力推開。「我先告辭了。」他說，「不耽誤妳上班時間。」

「我從來沒有和摩根．班恩斯說過話。」這句話是他臨走前我勉強擠出口的，但說得結結巴巴。

他聳聳肩。「那好吧。」他說著，踏回雨中。

他沒說他是否相信我。

他說也不必說。

# 鼠兒

很久很久以前，有個名叫鼠兒的女孩。這不是她的真名，但從女孩有記憶以來，她的父親一直這樣叫她。

女孩不知道為什麼父親要叫她鼠兒。她沒有問。她擔心如果她一提起，他可能就不再使用這個暱稱，而她不希望他這麼做。女孩喜歡父親叫她鼠兒，因為這是她和父親之間專屬的名字，即使她不知道原因。

鼠兒思考了很長一段時間。她對父親為什麼用那個暱稱叫她有些想法。首先，她特別喜歡起司。有時候，她從起司條拉出一條條起司，放到舌尖品嘗的時候，她想或許這就是他叫她鼠兒的理由，因為她熱愛起司。

她好奇父親是不是覺得她長得像老鼠。說不定她的人中長了鬍鬚，細小得連她都看不見，但父親不知怎地看見了。鼠兒會走進浴室，爬上洗手台，湊到鏡子前尋找鬍鬚的蹤影。有一次她甚至帶了放大鏡，拿在她的嘴唇和鏡中的自己之間，但什麼鬍鬚也沒看見。

她判斷，或許與鬍鬚無關，而是她的棕髮、大耳朵或大牙齒。

但鼠兒不敢確定。有時候，她想這個暱稱和她的外表有關，有時候，又覺得是別的東西，無關長相，例如她和父親在晚餐過後常吃的薩勒諾奶油餅乾。或許是因為那些餅乾的關係，他才叫她鼠兒。

鼠兒喜歡薩勒諾奶油餅乾，勝過其他種類的餅乾，甚至是手工餅乾。她會穿過餅乾中央的洞，串在小指頭上，小口小口吃著餅乾邊，就像啃木頭的老鼠。

鼠兒在餐桌前吃餅乾。但有一晚，她趁父親背對她把碗盤放進水槽的時候，偷塞了幾塊餅乾到口袋當宵夜，以免她或她的泰迪熊肚子餓。

鼠兒離開餐桌，企圖帶著口袋裡的餅乾溜到樓上的房間，儘管她知道餅乾這樣塞在口袋肯定很快就會碎掉。但鼠兒不在意，反正餅乾屑吃起來就和餅乾一樣美味。

但她父親當場逮到她想偷偷帶著餅乾跑走。他沒有責罵她。他幾乎不曾罵過她。鼠兒沒有被罵的必要。反之，他取笑她囤積食物，學老鼠把食物藏在人類家中的牆壁裡一樣，把食物儲存在她房間的某個地方。

但不知為何，鼠兒不認為這是他叫她鼠兒的原因。

因為那個時候，她已經是鼠兒了。

鼠兒想像力很豐富。她喜歡編故事。她不曾把故事寫在紙上，而是放在沒人看得見的腦海中。故事裡，有一個名叫鼠兒的女孩，她能隨心所欲做任何事，側手翻上月亮也沒問題，因為鼠兒不需要像氧氣或地心引力之類的蠢東西。她什麼也不怕，因為她有不死之身。無論做什麼事，假想鼠兒都不會有半點損傷。

鼠兒喜歡畫畫。她房間的牆上貼滿了她和父親及她和泰迪熊的圖畫。鼠兒天天玩扮家家酒。她的臥室是這棟老房子在二樓唯一的房間，裡頭擺滿了洋娃娃、玩具和填充玩偶。每隻玩偶都有名字。她最喜歡的是一隻叫熊熊先生的棕色熊玩偶。鼠兒有一座娃娃屋、一個備有玩具鍋碗瓢盆和一箱箱塑膠食物的玩具廚房。她有一套玩具下午茶組。鼠兒喜歡把洋娃娃和動物玩偶沿著地板上的條紋地毯排成一圈，替他們一一送上小茶杯和塑膠甜甜圈。她會到書櫃上挑一本書，大聲讀給她的朋友們聽，再送他們上床睡覺。

但有時候，鼠兒不和她的洋娃娃和動物玩偶一起玩。

有時候，她會站在床上，假裝四周地板充滿房間另一端的火山流出來的熾熱岩漿。她不能踩到地板，否則會有死掉的風險。這些時候，鼠兒會從床鋪爬到書桌上，爬到安全之處。她會冒險踩過小小的白色桌面——桌腳在她底下不住晃動，搖搖欲墜。鼠兒不是特別高大的女孩，但書桌老舊脆弱，撐不住一個六歲小孩的體重。

但是沒關係，因為鼠兒很快就爬進臥室地板上一籃裝滿髒衣服的洗衣籃。與此同時，她特別小心不要踩到地板，等到安全躲進籃子後才鬆一口氣。因為即使籃子放在地上還是安全的。岩漿無法吞沒籃子，因為籃子是鈦金屬所製成，鼠兒知道鈦金屬不會熔化。她是個聰明的女孩，比同齡當中認識的任何女孩都要聰明。

女孩躲在洗衣籃，乘著火山溢出的岩漿起起伏伏，直到岩漿冷卻變硬，陸地再次安全，足以行走。只有這個時候，她才會冒險離開籃子，回到毯子旁，繼續與熊熊先生和洋娃娃一起玩。

有時候鼠兒想，她習慣消失在房間裡玩上一整天——安靜得像教堂裡的老鼠，她父親會這麼形容——是他叫她鼠兒的原因。

很難說。

但有一件事是肯定的。

鼠兒喜歡那個名字。直到假媽媽來的那一天，她就再也不喜歡了。

## 莎蒂

我坐在診所大廳的地板上。在我面前是一張遊戲桌，讓孩童候診時不會無聊的那種桌子。我腳下的深色地毯輕薄廉價，好幾處脫了線，污漬混進尼龍地毯裡，除非像我一樣靠得很近，否則不容易看見。

我在地上盤著腿，坐在遊戲桌玩圖形認知遊戲的那一邊。我看著自己把一個心形積木放進正確的缺口裡。

桌子對面坐著一個女孩。乍看之下，年紀大約四歲左右。她綁著歪斜的雙馬尾，幾縷金髮從髮圈脫落，掉到臉上，遮住眼睛，但她不予理會，懶得把髮絲撥開。她的運動衫是紅色的，鞋子不成對，一只是黑色的瑪麗珍皮鞋，另一只是黑色的芭蕾舞鞋。很容易犯下的錯誤。

我的兩條腿開始發麻。我鬆開盤著的雙腿，找其他姿勢坐好，其他更適合三十九歲老女人的坐姿。候診室的椅子引起我的注意，但我不能從地板站起來離開，還不行，因為對面的小女孩正殷殷期盼地看著我。

「走。」她說著，露齒一笑。我問：「走去哪裡？」說話時聲音沙啞。我清清喉嚨，再說一次。

「走去哪裡？」我問道，這次聽起來比較像自己的聲音。

席地而坐的我，不僅身體僵硬，雙腿發疼，腦袋也疼。我好熱。昨天一整晚沒闔眼，現在付出代價了。我好累，整個人暈頭轉向。今早與貝爾格警官的對話令我神經緊張，讓本來已經慘澹的一天變得更糟了。

「走。」女孩又說了一次。我盯著她看，毫無作為，於是她說：「泛妳了。」她發不出ㄏ的音，而是以ㄈ代替。

「換我了？」我不解問道，於是她對我說：「嗯，妳是紅色的，記得嗎？」只是她說的不是紅色，她說縫色。縫色，記得嗎？

我搖搖頭。我肯定是分心了，因為我不記得。我不知道她在說什麼，直到她為我指向益智繞珠玩具頂端的紅珠珠，那些順著如山丘般的紅色金屬線上下起伏和繞著紅色螺旋左彎右拐的紅珠珠。

「喔。」我說著，伸手觸碰面前的紅色木珠。「好，我該怎麼做？」我問女孩。她流著鼻涕，雙眼彷彿發燒一般淚眼汪汪，不用想就知道她在這裡的原因。她是我的病人。她是來找我看病的。她咳得厲害，忘記遮住口鼻。小孩子總是這樣。

「我教妳。」她說著，伸出佈滿細菌的髒手抓住一串黃珠珠，順著黃色山丘上上下下，繞著黃色螺旋左彎右拐。

「就像這樣。」等珠珠終於抵達另一端的盡頭，她鬆手說道。她雙手扠腰，再次殷殷期盼地盯著我看。

我對女孩微微一笑，開始移動紅珠珠。

但珠珠還沒走遠，我就聽見身後有人對我嘶聲說：「福斯特醫生。」是個女人的聲音，顯然很生氣的樣子。「妳在這裡做什麼，福斯特醫生？」

我回頭看著站在身後的喬伊絲。她站姿挺拔，表情嚴肅。她告訴我，十一點預約的病人已經來了，正在三號診間等我。我緩緩起身，甩一甩僵硬的雙腿。我不曉得我哪來的靈感，覺得坐在地上和小女孩一起玩是個好主意。我告訴她我得回去工作了。我說也許晚點我們可以繼續玩，她對我靦腆一笑。她本來不害羞的，現在倒害羞起來。她變了，我想是因為我身高的關係。如今我站起來了，不再像她一樣只有九十公分高。我不一樣了。

她跑到媽媽身邊，摟住媽媽的膝蓋。

我對她媽媽說：「她真可愛。」她媽媽謝謝我陪她玩。

候診室四周擠滿了病患。我跟隨喬伊絲穿過大廳的門，沿著走廊前進。但到了那裡後，我往診間的反方向走，進入廚房，在飲水機替自己倒杯水，稍微喘口氣。我好累。我好餓。我的頭仍然痛得不得了。

喬伊絲跟著我走進廚房。她給了我一個表情，好像在說，這個節骨眼我還有膽子過來喝水，病人在等著我們呢。每次她看著我，我都能從她的眼神看出來：喬伊絲不喜歡我。我不知道為什麼喬伊絲不喜歡我。我沒做過任何讓她討厭我的事情。我告訴自己這跟過去在芝加哥發生的事沒有關聯，她不可能發現那件事。不可能。那件事永駐於廝，因為我辭職了。主動辭職是遭控醫療過失唯一不會終結我醫師生涯的方法。但如果問我會不會重回急診領域，我不知道。那就算不是履歷上的污點，也對我的自信心造成了傷害。

我告訴喬伊絲我馬上過去，但她穿著藍綠色手術衣和護理鞋，雙手扠腰站在那裡看著我。她噘起嘴，這時我才注意到她後方牆上的時鐘，鐘面的紅色數字告訴我現在是下午一點十五分。

「喔。」我說，儘管我心想不可能吧。我不可能落後時程表那麼多吧。我的醫德良好——我知道我向病人問診有時候會拖得太久——但不至於這麼扯。

我低頭看手錶，相信一定是手錶慢了，進度落後都是手錶的問題。但手錶上的時間與時鐘上的時間如出一轍。

我感覺到內心湧上一股挫折感。艾瑪不小心在有限的時間內安排了太多病人，所以這天剩餘的時間我必須趕緊追上進度，而所有人都得為此付出代價，我、喬伊絲、艾瑪和病人。但主要是我。

回家的車程很短。小島面積大約只有一．六公里長，二．四公里寬——這意味著在經歷了這樣諸事不順的一天後，我在回家前沒有時間把壓力完全解除。我開得很慢，不疾不徐，得在附近多繞一圈喘口氣，才能開回我們家的車道。

身處世界的遠北地帶，夜幕降臨得早。太陽在剛過四點的時候開始西下，每年的這個時候只留給我們短短九小時的日照，剩下的時間是濃淡不一的暮光和黑夜。現在天色已黑。

我不認識大部分的鄰居。偶爾有人會看見我開車經過，但多數時間都看不見我，因為在秋末冬初之際，人們習慣躲在室內。我們家隔壁的房子是某人的第二個家，夏日的度假小屋。這個時候沒人居住。威爾告訴我，他聽說秋天一到，屋主就立刻搬回主島，把他們的房子留給冬天。我忍不住想，像那樣的房子很容易闖入，成為兇手藏身的絕佳地點。

我經過時，房子如往常般漆黑，等七點一過，就會突然亮起一盞燈。燈是由定時器觸發的，約莫在午夜十二點熄滅。定時器本意是用來嚇阻竊賊，卻完全在預料之內，根本沒用。

我繼續前進，無視自己的家，往山頂駛去。我開車經過班恩斯家的時候，裡頭昏暗無光。對街的尼爾森家亮著燈，柔和的光暈隱約從厚重的窗簾周圍透出來。我在房子前停車，把車子打空檔，目光停在房子正面的那片大落地窗。車道上有一輛車，尼爾森先生的生鏽轎車。煙囪噴出陣陣煙霧，飄進冬夜之中。有人在家。

我有點想把車開進車道停好，敲門質問貝爾格警官告訴我的事情，質問尼爾森先生怎會在摩根死亡的幾天前看見我和她在爭吵。

但我也有自知之明，知道如果我這麼做，可能會讓人覺得傲慢——甚至有威脅的意味——而這不是我想傳達的訊息。

我在附近繞了一圈，最後開車返家。

幾分鐘後，我獨自站在廚房裡，瞄向鍋蓋底下，看看威爾今晚煮了什麼。是煎豬排。聞起來美味極了。我站在原地，腳仍穿著鞋，包包斜揹在身上。包包很重，帶子深深嵌進我的皮膚，不過我幾乎感覺不到它的重量，因為最痛的是我的胃。我好餓，餓得不得了。這天忙得不可開交，我一直沒時間吃午餐。

威爾不發一語，靜靜溜進廚房，從背後湊上來。他把下巴擱在我的肩頭，溫暖的雙手滑進我的襯衫下緣，摟住我的腰。他用一根拇指上下輕撫我的肚臍，就像在彈吉他。我感覺到自己在威爾的碰觸下變得緊繃。「今天過得如何？」他問。

我回想過去威爾摟住我時，讓我覺得充滿安全感和被愛的那些日子。有那麼一會兒，我好想轉身面對他，傾吐這悽慘的一天；與貝爾格警官的衝突。我知道這麼做會怎麼樣。威爾會輕撫我的秀髮，然後替我拿起肩上沉重的工作包，放到地上。他會說些善解人意的話，像是「真辛苦」，一邊替我斟上一杯紅酒。他不會像其他男人一樣，企圖幫我解決問題。相反地，他會帶我來到倚在廚房牆邊的靠背單人椅上，把酒遞給我。他會跪在我面前的廚房地板上，替我脫掉鞋子，按摩我的雙腳。他會專心聽我說。

但我不能告訴威爾這天發生的事，我做不到。因為流理台上放著他的犯罪小說，剎那間，昨晚的回憶又一次蜂擁而至。從我的所站位置能看見艾琳那張照片的一角從書頁之間突出來，那只有幾毫米的藍邊。儘管看不見，我仍能想到她的金髮藍眼和圓潤雙肩。雙手扠腰、對著鏡頭嘟嘴、向相機另一端那人調情的苗條女子。

「怎麼了？」威爾問道。我猶豫片刻——以為自己可能會說沒事，離開廚房，累得無法談這個話題——接著卻說：「昨晚我讀了你的書，因為睡不著。」提到書就放在流理台上。

威爾沒有意識到我話中有話。他離開我身邊，開始準備晚餐，同時側身對著我問：「喔，是嘛？看到現在妳覺得怎麼樣？」

「嗯。」我說著，沉吟半晌。「其實我沒機會讀。我一翻開，艾琳的照片就掉了下來。」坦承這件事讓我覺得慚愧，彷彿做錯了什麼事。

說到這裡，他才放下夾子轉向我。

「莎蒂。」他說著對我伸出手，於是我說：「沒事的，真的。」盡我所能表現得體，因為拜託，艾琳已經死了。對於威爾這些日子以來一直把她的照片帶在身邊，我不能面露憤怒或嫉妒。

感覺就是不對。況且，我根本沒理由擔心。我以前高中時期也有一個男朋友。他一上大學我們就分手了。他沒死，但我們同樣斷了聯繫。我從來沒有想過他。如果在街上遇見他，我也認不出來。

威爾娶的是「我」，我提醒自己。他是「和我」一起養兒育女。

我低頭看著我的手，即使我戴的戒指曾經是屬於她的，無所謂。戒指是傳家寶，威爾的母親拒絕讓戒指與艾琳合葬。他把戒指送給我的時候沒有隱瞞。他實話實說，告訴我戒指的過去和經歷。當時，我答應以紀念他祖母和艾琳的名義佩戴這枚戒指。

「只是，」我說著，目不轉睛看著那本書，彷彿可以看穿封面，看見書裡的內容。「我不知道原來你隨身帶著她的照片，仍在想著她。」

「我沒有，過去也沒有。聽好了。」他說著，握住我的雙手。我沒有把手抽回，即使那才是我想做的。我想被傷害。我確實很受傷。但我努力想要表現得善良慈悲。「沒錯，我仍有她的照片，是我拆箱整理行李的時候偶然發現的。我不知道該怎麼辦，就塞進書裡。但不是妳想的那樣，只是我最近發現下個禮拜就滿二十年了，艾琳離世至今已經二十年了。就這樣而已。我很少想到她，莎蒂。我想到這件事不是那種感傷的心情，比較像是，我的媽呀，竟然已經二十年了這樣。」他暫時停下來，雙手梳過頭髮，開口前先想了一下接下來要說的話。

「二十年前，我是個與現在截然不同的男人，甚至稱不上是個男人。」他說，「我只是個男孩。我和艾琳能修成正果結為夫妻的機率不高。我們遲早會明白我們有多蠢、多天真。我們不過是兩個傻孩子談著純純的愛。而妳和我所擁有的，」他說著，先輕敲我的胸口，再敲敲他自己的胸膛。我不得不移開視線，因為他的目光是如此熾熱，彷彿要把我看穿。「我們之間，莎蒂，這才是婚姻。」

說完，他把我拉進懷裡擁抱我，就這麼一次，我沒有抗拒。

他湊近我的耳邊低聲說：「不管妳相不相信，有時候我會感謝老天事情是這樣發展，否則我可能不會遇見妳。」

對此，我無話可說。畢竟，我總不能說我也很慶幸她死了。這麼說的話，我成了什麼人了？

過了一分鐘，我抽開身體。威爾回到爐子前。他拿起夾子，替平底鍋裡的豬排翻面。我告訴他我要上樓換衣服。

客廳裡，泰特正坐在茶几旁玩樂高。我說聲哈囉，他便從地上站起來，緊緊抱住我大聲說：「媽咪妳回來了！」他要我陪他玩，我答應他說：「吃完晚餐就陪你玩，媽咪要去換衣服。」

但離開前，他拉著我的手大聲叫道：「雕像遊戲，雕像遊戲。」

我不知道他所謂的雕像遊戲是什麼意思。但我真的好累，禁不起他這樣拉扯。他扯得好用力，儘管他不是故意的。我的手好痛。

「泰特，輕一點。」我說著抽開手，只見他嘟起嘴來。

「我想玩雕像遊戲。」他哀叫，但我卻說：「我們吃完晚餐就玩樂高，我保證。」見到他蓋到一半的城堡，剩高塔和城堡大門就完成了。真的很厲害。一個小人偶坐在高塔頂端，看守整片領土，另外還有三個小人偶站在茶几上，準備進攻。

「這全是你自己做的？」我問道。泰特告訴我全是他做的，自豪地燦笑，爾後我消失上樓換衣服去。

房子裡光線昏暗。除了窗戶不足，缺乏自然光以外，整棟房子還釘滿了過時的木鑲板，看上去一片黑漆漆的，陰沉黯淡。這對於提振心情毫無幫助，尤其是像今天這樣的日子，本身就夠叫人沮喪了。

到了樓上，我發現奧圖的房門是開的。他一如既往待在房裡，一邊聽音樂一邊寫功課。我敲敲門，很快打了聲招呼。他也向我說：「嗨。」我好奇奧圖上學的路上過得怎麼樣，乘著大雨紛飛的渡船再搭上對岸的校車後，他是不是整天都穿著濕衣服，他有沒有和哪個同學一起吃午餐。我可以問他，但老實說我寧願不知道答案。俗話說得好，無知是幸福的。

伊莫金的房門開了一條縫。我往裡瞧，但她不在裡面。

我前往我和威爾的房間，在那裡凝視著全身鏡裡的我，那雙疲倦的眼睛、一身的府綢襯衫和裙子。我的妝差不多掉光了。我滿臉倦容，皮膚死灰，又或者只是光線的緣故。我的眼角冒出細紋，法令紋一天比一天明顯。初老的徵兆。

在一次衝動之下剪了我痛恨又後悔的髮型後，很高興看見頭髮漸漸留回原來的長度。我一直以來只修髮尾。但有一天，我多年的髮型師竟然一個不小心剪掉十公分，甚至更多。她剪完後，我目瞪口呆看著她，望向髮廊地板上一縷縷的頭髮。

*什麼？她問，和我一樣瞪大了眼。妳說妳想剪成這樣的，莎蒂。*

我跟她說沒關係。*只是頭髮罷了，還會長回來。*

我不想讓她為自己所做的事感到內疚。而且只是頭髮而已，也確實有長回來。

但就算當初沒搬家，我也八成會去找個新的髮型師。

我脫掉高跟鞋，看著腳上的水泡。我脫掉裙子，丟進洗衣籃。穿上一雙溫暖的短襪、再套上一條舒適的睡褲後，我回到樓下，途中檢查了恆溫器。這棟老房子要嘛太熱要嘛太冷，從來沒有中間值。鍋爐無法再正確地分配熱能。我把溫度稍微往上調。

我下樓時，威爾仍在廚房，收拾剩下的晚餐備料。他把麵粉和玉米粉放進櫥櫃，把還沒洗的煎鍋放進水槽。

他叫孩子們過來吃晚餐。幾分鐘後，我們圍坐在餐桌前準備吃飯。今晚，威爾煮了豬排配北非小米菠菜沙拉。他的廚藝輕易就能勝過我。

「伊莫金在哪裡？」我問。威爾告訴我她和朋友在一起，為了西班牙語小考溫習功課。她會在七點前到家。我翻了個白眼喃喃地說：「別抱太大期望。」伊莫金鮮少說到做到，偶爾才會跟我們一起吃晚餐。就算一起吃，她也會比我們其他人晚個五分鐘悠閒走進廚房，因為她可以，因為我們不會對她嘮叨。她知道如果她想吃威爾做的晚餐就得和我們一起吃，否則就不用吃了。然而，就算真的和我們一起吃的時候，她也是遲到早退，具體實踐她的自由獨立。

但今晚她沒有出現。我懷疑她是否真的在和朋友一起溫書，還是在做其他事，例如在小島另一頭的廢棄軍事碉堡裡鬼混，聽說孩子們喜歡在那裡喝酒、吸毒、做愛。

我暫時不去多想，改問奧圖他這天過得怎麼樣。他聳聳肩說：「還行。」

威爾問：「自然考得怎麼樣？」提到像靜摩擦和動摩擦係數等東西，然後問他：「你記得這是什麼意思嗎？」

奧圖說他記得，應該吧。威爾伸手撫弄他的頭髮說：「幹得好，複習有幫助。」我看著奧圖那頭濃密蓬亂的黑髮掉進他的眼睛。他的頭髮太長了，看起來亂七八糟的，遮住了視線。奧圖的眼睛像威爾一樣是褐色的，有時候會稍微從溫暖的棕色變成天藍色，儘管今晚沒變。

晚餐的話題主要圍繞在泰特的學校生活，聽起來班上有半數的學生缺席，因為有半數的父母明智地選擇了在兇手還沒逮捕歸案前不送孩子到學校。雖說泰特並不知道這件事。

我看著坐在對面的奧圖用牛排刀切著豬排。他拿刀和切肉的方式有點生硬。豬排鮮嫩多汁，煎得恰到好處；我用刀子一劃就開了。但奧圖卻卯足全力，一副豬排煎過頭似地又硬又柴，簡直不可能光用鋸齒牛排刀切開，事實卻不是這麼回事。

他拿刀的方式不知怎地讓我失去了胃口。

「妳不餓嗎？」威爾見我不吃問道。我沒有回答他的問題，而是伸手拿起叉子，插了一口豬排放進嘴巴。回憶如排山倒海朝我湧來，我發現我實在食不下嚥。

但我還是動嘴咀嚼，因為威爾在看著我，泰特也是。泰特不喜歡豬排，但我們家有三口規則。只要吃三口就可以不用吃了。他才吃了一口。

反觀奧圖，吃得津津有味，切肉的樣子就像伐木工鋸著圓木。

我以前對餐刀沒太多想法，不過就是餐具的一部分。直到那天，我和威爾走進奧圖在芝加哥公立高中的校長辦公室時，他背對著我們坐在一張椅子上，雙手銬著手銬。見到自己的兒子像一般罪犯那樣雙手銬在背後，令我震驚不已。威爾接到校長打來的電話，說學校出了狀況，需要我們過去討論。我連忙中止在急診室的輪班時間。獨自開往學校與威爾碰面的路上，我想過許多可能，是不是成績不及格，或是他有學習障礙的跡象，我們卻忽視了。也許奧圖有閱讀困難症。想到奧圖為了某件事、任何事而掙扎難受，我就覺得傷心。我想幫忙。

我與停在學校外面的那輛警車擦身而過時，沒有多想。

但後來，看見奧圖銬著手銬坐在椅子上的景象，我內心護兒的母性瞬間爆發。我想我這輩子從來沒有那麼生氣過。馬上把他的手銬解開，我厲聲要求。你無權這麼做，我說，但其實我不知道警方是不是有這個權利。他就站在奧圖旁邊，低頭看著那目不轉睛盯著地板的孩子，垂著頭，雙手狼狽地銬在背後，所以無法往後坐滿整張椅子。奧圖在椅子上看起來如此嬌小，無助又脆弱。已經十四歲的他，尚未與其他同齡男孩一樣已經進入成長迸發期。他比多數男孩矮一個頭，也比他們瘦得多。雖然我和威爾就在旁邊陪他，他卻是孤單一人。完完全全一個人。任誰都看得出來。我為他心碎一地。

校長在偌大的辦公桌另一頭坐下，表情嚴峻。

福斯特先生、福斯特太太。他說著，站起來伸手問候，我和威爾都沒有伸手回應。

是福斯特醫師，我糾正道。警官偷笑了一下。

我很快發現，校長辦公桌角落的證物袋裡，裝了一把刀。而且不是隨便的刀子，是威爾珍貴的刀具組中一把二十公分長的主廚刀，早上從放在廚房流理台角落的刀架上偷走的。

校長向我和威爾解釋奧圖帶了這把刀到學校，藏在他的後背包裡。幸好，校長繼續說，其中一個學生看到了，明智地選擇通知老師，於是當地警方便介入，在沒有造成任何傷亡前逮捕了奧圖。

校長說話的時候，我滿腦子只想著一件事。對奧圖而言，在同儕面前被銬上手銬，被當地警方從教室裡帶走，有多丟臉。我沒想過奧圖會帶刀去學校，甚至拿刀威脅同學。這純粹是一場誤會，一場可怕的誤會。我和威爾會替我們的兒子和他遭玷污的名聲尋求報復。

奧圖安靜、善良，不算非常快樂，但快樂。他有朋友，雖然不多，但仍是朋友。他總是遵守校規，不曾在學校惹麻煩。他不曾被留校察看、不曾有通知寄到家裡、不曾有老師打電話給我們。這些統統沒有必要。所以，我理所當然認為奧圖不可能做出像帶刀來學校這樣違法的事。

威爾湊近查看刀子，認出那是他的東西。他企圖輕描淡寫——這套刀具很常見。我敢說很多人都有這種刀——然而在場每個人都看見他臉上閃過了認出那把刀的表情，那震驚不已的表情。

在校長的辦公室裡，奧圖開始哭了起來。

你在想什麼，為什麼要帶刀呢？威爾輕柔地問他，一手放在奧圖的肩膀上按摩。你不是這樣的人，孩子，他說。你沒那麼傻。

說到這裡，他們兩人都哭了起來。我是唯一沒哭的人。

後來，奧圖向我們坦承，去年春天，他成了同學霸凌的目標。他用的字句不多，有時候夾雜著啜泣聲，難以聽得清楚。他以為這情形會自行消失，但他八月回到學校後，卻是變本加厲。

奧圖告訴我們，學校有幾個比較受歡迎的男生聲稱他在班上對另一個同學眉目傳情。一個男同學。謠言很快傳開，不久之後，奧圖天天都被人說是同性戀、基佬、娘娘腔、玻璃。臭玻璃，他們會說。去死，臭玻璃，去死。

對同學使用的字眼，奧圖一而再再而三選擇掉頭離開。等奧圖停下來喘口氣的時候，校長才開口問，具體而言，是誰說了這些話，有沒有目擊證人能證實奧圖的說法，還是這只是那種各執一詞的情形。

校長顯然不相信他。

奧圖繼續往下說。他告訴我們那些惡意的話只是冰山一角。因為同時還有身體暴力和威脅。例如被逼到男廁所的角落或被推去撞置物櫃。網路霸凌。他們會拍他的照片，故意修圖修成他們要的樣子，然後廣為分享。

這些話讓我心碎，也讓我有充分的理由生氣。我想找到那些對奧圖做出這種事的孩子，扭斷他們的小腦袋。我的血壓急速升高，大腦嗡嗡作響，胸口心跳劇烈。我不得不扶住奧圖的椅背讓自己穩定下來。那些男孩會如何處置？我厲聲問道，他們會為自己的所作所為受到懲罰吧。不能就這樣放過他們。

校長的回答很軟弱。如果奧圖願意告訴我們是誰做的，我可以和他們談一談，他說。奧圖的臉上閃過一個表情。他絕對不會告發那些孩子，因為要是他這麼做，學校生活肯定會過得比之前更慘。

你何不告訴我們呢？威爾問著，在奧圖身邊蹲下來，好讓他能平視他的眼睛。

奧圖看著他，邊搖頭邊堅持說：爸，我不是同性戀，彷彿這很重要似的。我不是同性戀，他不斷強調，失去所剩無幾的冷靜。

但這不是威爾問他的問題，因為像性向這樣的事情，對我或威爾並不重要。

你為什麼不告訴我們你一直被同學欺負呢？威爾改口說。就在這時，奧圖才說他有。他確實有說。他有告訴我。

那一刻，我的心沉到谷底。

城市的暴力事件與日俱增，這意味著越來越多病人拖著血淋淋的身軀和槍傷出現在我的急診室。我的日常工作始於急診室裡各種駭人聽聞的畫面，與電視上看到的八九不離十，不只是發燒和骨折那麼簡單。除此之外，急診室裡一直人手不足。過去那段日子，我十二小時的輪班時間說是十五個小時比較實在。那段時間就像持續的馬拉松比賽，連吃飯或上廁所的時間都沒有。回家時早已昏昏沉沉，又累又想睡。我變得忘東忘西，到牙醫診所洗牙也忘，下班後要在回家路上買一瓶牛奶也忘。

奧圖是不是跟我說他被霸凌而我卻忽視了？還是我根本陷入沉思，沒聽見他說的話？

威爾的目光轉向我，用不可思議的眼神詢問我是否知情。我聳聳肩，然後搖搖頭，讓他相信奧圖並沒有告訴我。或許他有，或許他沒有。我不知道。

*你為什麼覺得帶刀來學校是可以的呢？*威爾問奧圖。我努力想像那天早上他決定帶刀的時候，腦中的邏輯是什麼。他犯下的錯有沒有法律追訴權？還是名義上稍做懲處就已足夠？這一切結束後，我怎麼可能忍心把他送回學校？

*你以為你拿那東西打算做什麼，孩子？*威爾問道，暗指那把刀。我振作精神，不確定自己準備好要聽他的回答。

奧圖回頭看我一眼，然後抽泣著低聲說：*是媽的主意。*我聽見他的話，臉色瞬間慘白，因為這番言論的荒誕不經。因為這是大膽包天的謊言。*帶刀來學校是媽的主意，為了嚇唬他們，*奧圖選擇撒謊。他低頭看向地面，我、威爾和警官也密切觀察著他。是她把刀放進我的後背包的，他低聲說。我倒抽一口氣，立刻明白他這麼說的原因。我一直是在背後支持他的那個人。我和奧圖就像同個模子印出來的。他是個媽寶，一直都是。他以為我會保護他，以為如果我能扛下他的過錯，他就不必受罰。但他沒有停下來想想這對我的名聲、我的事業和我本身會產生何種後果。

我為奧圖難過，但現在我也氣憤不已。

在這之前，我不知道他在學校被人欺負。我更是絕對不會建議他帶刀——帶刀！——到學校威脅同學，遑論把刀放進他的後背包。

他怎麼以為有人會相信這個謊言？

太誇張了，奧圖，房間裡所有目光一致轉向我的同時，我輕聲說道。你怎能這麼說？我問，眼眶開始湧上淚水。我把一根手指抵著他的胸口，低聲說：這是你做的，奧圖。是你，接著他在椅子上面露震驚，彷彿被賞了一巴掌。他轉身背對我，再次哭了起來。

不久後，我們帶奧圖回家。校長通知我們，董事會將召開一場聽證會，討論奧圖能不能返回學校。我們沒有留下來等候答案。我不可能再把奧圖送回那裡。

那天稍晚，威爾私下問我：妳不覺得妳對他太兇了嗎？

於是就這樣出現了，我們婚姻中的第一道裂痕。

在那一刻之前，我們的感情沒有分歧、沒有嫌隙，起碼就我所知沒有。我以為我和威爾就像鑽石，經得起婚姻及家庭生活的各種壓力。

我很遺憾在校長室發生的一切。得知奧圖遭受了那麼久的霸凌和虐待而我們卻不知情，讓我的腸胃揪痛不已。我很傷心情況發展至此，我兒子竟覺得帶刀上學是他唯一的選項。但我也很生氣他企圖把錯推到我身上。

我告訴威爾，不，我不覺得我對奧圖太兇，接著他說：*他只是個孩子，莎蒂。他犯了個錯。*

但我很快學到，有些錯不能輕易原諒。因為兩個星期後，我就發現威爾有外遇，而且已經維持了好一陣子。

緊接而來的，是愛麗絲過世的消息。我還在猶豫，但威爾已經下定決心，該是離開的時候了。

*機運*，他這麼稱呼。

*每件事發生都有其原因*，他說。

威爾向我保證我們在緬因州會快樂，我們只需要把芝加哥發生的一切拋諸腦後，重新開始。儘管諷刺的是，我們的快樂是建築在愛麗絲的犧牲之上。

現在我們一家人坐在餐桌前，晚餐就快吃完了，我發現我看著廚房水槽上方的漆黑窗戶，看得出了神。我想到伊莫金和班恩斯一家，想到貝爾格警官今早的指控，懷疑我們在這裡是否真的會快樂，還是不管走到哪裡，厄運就註定跟我們到哪裡。

## 卡蜜兒

那次溫存之後，我和威爾開始定期見面。我們去其他旅館開房間。我越要求，旅館就變得越高級。我不喜歡他第一次帶我去的旅館。那裡陰冷、黯淡又廉價，房間有股陳腐的氣味。床單刺癢又單薄，上面還有污漬。我能聽見隔壁房間的聲音；他們也聽得見我。

我值得更好的對待。我太美好了，廉價旅館配不上我，我也不該受到那些領最低薪資員工的批判。我是特別的，值得特別的待遇。威爾到現在早該知道了。一天下午，我扔出暗示。

我一直好想看看華爾道夫裡面是什麼樣子，我說。

華爾道夫？他站在我面前問道，對我的建議放聲大笑。我們正在一棟公寓大樓的凹室深處，沒人看得見我們。我們不曾提起他的婚姻。那只是一個既存的事情，就是那些你不願意相信有其存在的事情之一，比如死亡、外星人、瘧疾之類的。

華爾道夫酒店嗎？他問道。妳知道那裡一晚好像要四百塊美金，說不定更貴。

我噘起嘴問：我對你而言不值四百塊美金嗎？

事實證明，我確實值得。因為一個小時內，我們就在十樓開了一個房間，伴隨客房服務送上的香檳。

我什麼都願意為妳做，威爾打開華麗的酒店套房讓我進去時說。

套房裡有壁爐、陽台、迷你酒吧和高級浴缸。我可以一邊享受奢華的泡泡浴，一邊欣賞城市景色。

酒店員工稱呼我們福斯特夫婦。

福斯特夫婦，祝你們住得愉快。

我幻想一個我是福斯特太太的世界。在那裡，我和威爾一起住在他家，養育他的寶寶。美好的人生。

但我怎麼也不想被誤認為莎蒂。我比莎蒂優秀多了。

威爾是認真的，他什麼都願意為我做。他一再向我證明，不吝嗇對我說甜言蜜語，寫情書給我，買東西送我。

家裡沒人時，他會把我帶回他家。他家與我和莎蒂以前住的陰暗公寓大相逕庭，那間位於上城區的兩房公寓附近聚集了許多醉漢和流浪漢，每次我們踏出外頭時就會湊過來要錢，雖說我們也沒什麼多餘的錢可給。即使有，我也不打算分享。我可不是以慷慨大方出名的。但莎蒂不一樣，她總是會在包裡翻找零錢，搞得醉漢和流浪漢都愛黏著她，像頭髮裡的蝨子。

他們企圖對我用同一招。我叫他們滾開。

在威爾和莎蒂的家中，我用雙手撫過皮沙發的扶手，撥弄玻璃花瓶和枝狀大燭台等等，看起來顯然都很昂貴。過去我認識的莎蒂絕對負擔不起這些東西。醫生的薪水帶來的好處數不勝數。

威爾領著我走向臥房。我跟了上去。

床頭櫃上放了一張他和莎蒂的婚紗照。照片很迷人，真的。照片裡，他們站在一條街的正中央。鏡頭聚焦在兩人身上，景深模糊。樹冠籠罩在他們頭頂，盛開著春天的花朵。他們沒有依照某個攝影師的要求，像大多數的新郎新娘一樣，面對鏡頭俗氣地露齒而笑。相反地，他們互相靠近，親吻對方。她的雙眼閉合，他則注視著她。他看著她的眼神，彷彿她是全世界最美的女人。他的手摟住她的腰窩，而她把雙手貼在他的胸膛。空中撒著白米，象徵繁榮、好運和早生貴子。

威爾發現我在看著那張照片。

為了顧全顏面，我說：你太太很漂亮，假裝我從沒見過她似的。但莎蒂離漂亮兩個字差得遠了。她頂多就是普普通通。

他露出靦腆的表情說：我也覺得。

我告訴自己他必須這麼說，否則對他而言是不對的。

但他不是真心的。

他走向我，雙手伸進我的頭髮，深深親吻我。妳很美，他說。美是漂亮的最高等級，意思是我比她漂亮。

威爾帶我來到床上，把枕頭丟到地上。

你太太不會介意嗎？我坐在床邊問道。

我的道德感很薄弱，我相信這很明顯。我不介意，但我想也許他介意。

威爾露出淘氣的笑容。他走向我，一手伸進我的裙底說：我希望她介意。

在那之後，我們沒再談到他太太。

我逐漸發現，婚前的威爾是喜歡周旋在女人身邊的男人。他是個花花公子，沒人相信他會定下來的那種男人。

俗話說舊習難改，莎蒂試著想要制止這一點。

但儘管再怎麼試，我們都很難改變一個人。所以她改而對他嚴加控管，如同她過去對我所做的一樣。以前，我的打火機和香菸一旦被她發現就會消失，忘記關公寓的門，鎖就會被她換掉。她信奉紀律，為人專制霸道。

我從威爾的眼神中看得出來她是如何削弱他、馴服他。

反觀我，讓他覺得自己像個男子漢。

## 莎蒂

已經七點半了。伊莫金還沒回家。威爾似乎不擔心，連我一再追問她和誰一起溫書，那個同學又住在哪裡也不例外。

「我知道你想要相信她，威爾。可是少來了，我們都知道她不是在溫習西班牙文。」我對他說。

威爾聳聳肩，告訴我：「她只是做些青少年會做的事，莎蒂。」

「不良的青少年。」我面無表情反駁。十四歲的奧圖也是青少年。但今天是週間的夜晚，而他理所當然和我們待在家裡。

威爾擦拭飯後的餐桌，把髒抹布丟進水槽。他轉向我，露出一貫落落大方的微笑說：「我以前也是不良的青少年，現在長大還不是好好的。她會沒事的。」就在這時，奧圖拿著他的幾何學文件夾走進廚房。

威爾和奧圖在餐桌前坐下開始做功課。泰特打開客廳的電視，窩在一張毛毯底下看卡通。

我拿著我的紅酒上樓，打算泡一個長長的熱水澡。但來到樓梯頂端時，我發現自己沒有被主臥室的浴室吸引，而是前往伊莫金的房間。

我進去時，裡頭一片漆黑。我扶著門板，把門推開，無視門上非請勿進的牌子。我來到房間內，摸黑找到電源，接著把燈打開。房間瞬間變得明亮，我看見許多深色衣服散落一地，多得讓我不得不把衣服拿開免得踩到。

房間瀰漫焚香的氣味。線香盒就躺在伊莫金的書桌上，旁邊擺著一個線香盤，形狀有如盤繞的蛇。線香插在蛇的嘴巴裡，味道仍然濃烈，我不禁好奇她放學後是不是在這裡點燃線香，再消失到任何她想去的地方。書桌是木製的，很老舊。伊莫金用銳利的刀片在木頭上刻字，都是一些不雅的文字。說起來，都是憤怒的文字。去你的。我恨你。

我啜飲一口紅酒，把杯子放到桌上。我用手指描繪著木桌上的刻痕，想知道這和留在我車窗上的文字是不是相同的筆跡。現在回想起來，我恨不得自己用熱空氣消除字跡前，有替車窗拍一張照。這樣就能比對字跡，看看字母形狀是否相同。這樣我就知道了。

這是我第一次完全走進伊莫金的房間。我無意窺探，但現在這是我家了，總覺得我有權窺探。威爾肯定不會高興。我隱約聽見他和奧圖從廚房傳來的低沉說話聲。他們完全不知道我在哪裡。

我首先查看書桌的抽屜，裡面全是你預期在書桌抽屜裡會找到的東西。紙、筆、迴紋針。我站到椅子上，盲目摸著書桌上方的那排書架，最後只落得滿手灰塵。我小心翼翼踏到地面。

我把紅酒留在原位，走到床頭櫃前，拉開抽屜，在一堆雜物之中翻找。一串小孩子的念珠、揉成一團的面紙、書籤，以及保險套。我伸手拾起保險套，拿在手中片刻，考慮要不要告訴威爾。伊莫金十六歲。這個年頭，十六歲的孩子已經有性行為。但保險套至少表示伊莫金對於自己的選擇負責，她有使用安全措施。這點無可挑剔。如果我們關係不錯，我就能和她談一談，女人和女人之間的談話。可惜我們關係不好。不過，如今她到了一定的年齡，和婦科醫生預約看診也不是不能考慮。這可能是比較好的處理辦法。

我把保險套放回去。就在這時，我發現一張照片。

那是一張男人的照片，從那沒有因盛怒而被劃掉的身形和頭髮可以看得出來。但另一方面，男人的臉卻模糊不清，像是被硬幣刮花的樂透彩券。我好奇那個男人是誰，好奇伊莫金是怎麼認識他的，又是為什麼氣得必須這麼做。

我在床邊趴下，往床底下看，在隨意亂扔的衣物堆中翻找口袋。我起身走到衣櫃，拉開櫃門。我伸手進去，摸黑找到開燈的繩子，用力一拉。

我不想讓威爾知道我在伊莫金的房間四處打探。我屏住呼吸，聆聽樓下傳來的動靜，但我聽見的只有泰特看卡通的聲音和他天真無邪的笑聲。如果他永遠不要長大有多好。威爾和奧圖很安靜，我想像他們在餐桌上對折筆記本，陷入沉思。

奧圖那件事發生不久後，我讀到一篇文章教你窺探青少年房間的最好方法，該去哪些地方找。不是像書桌抽屜那種明顯的地方，而是像外套襯裡的秘密口袋、電源插座內部、汽水罐底部之類的。該找的物品也不顯眼，比方說清潔用品、塑膠袋、非處方藥等等——都是青少年容易拿來做不正當用途的東西。我沒有窺探過奧圖的房間。我不需要。發生在他身上的那件事僅此一次，下不為例。奧圖已經學到教訓。我們慎重談過了，這種事絕對不會再發生。

但伊莫金對我而言是一個謎團。她鮮少說話，開口也頂多只說一句，機率更是久久才發生一次。我對她一無所知，不知道她和誰上床。（不知道我和威爾不在家的時候，她有沒有在這個房間發生性行為，有沒有趁晚上從房間窗戶溜出去？）不知道跟她一起抽菸的那些女孩是什麼人，也不知道她沒有和我們待在一起的那些時間在做什麼。我和威爾應該對這些事有更好的處理方式。我們不應該如此愚昧無知，這樣是不負責任的行為，但每次我向威爾提起這個話題——伊莫金到底是什麼樣的人？——他就會敷衍我，說我們不能操之過急，等她準備好了就會對我們敞開心房。

我不能再等下去了。

我搜找衣櫃，在一件炭色運動衫的口袋裡找到那封信。其實並不難找。我先查看鞋盒，就在衣櫃後方角落積滿灰塵的地方。接下來是衣服。大概找到第四件或第五件，我的手就摸到某件東西，從口袋拿出來一探究竟。是一張紙，對折好多好多遍，變成長寬不到三公分的小紙片，但很厚。

我把紙片拿出衣櫃，小心翼翼攤開。

紙上草草寫著：請不要生氣。墨水已經褪色，像是運動衫連同這張紙一起被丟進洗衣機洗了一遍。但字跡仍在，清晰可見，比起我的細長字跡顯得陽剛得多，讓我相信這是出自一個男人的手，若是從字條的內容來看，我也會有同樣的猜測。妳和我一樣清楚這對我來說有多艱難。這跟妳無關。這不表示我不愛妳了，我只是不能再過這種雙面人的生活。

樓下突然傳來大門打開的聲音，接著又重重關上。

伊莫金回來了。

我的心開始怦怦直跳。

威爾和她打招呼，語氣比我預期的親切。他問她餓不餓，需不需要幫她加熱晚餐——這完全違反了我們為她定下的規矩，要嘛跟我們一起吃晚餐，要嘛就別吃。我希望威爾別那麼古道熱腸，但這就是威爾，總是渴望討人歡心。伊莫金的回覆簡短直白——不用——聲音離樓梯越來越近。

我連忙動身，把紙條折好塞回運動衫口袋，再把衣服扔回原位。我拉繩關燈，闔上衣櫃門，匆匆離開房間，臨走前最後一刻沒忘了關掉房間的燈，再把房門恢復成當初發現時的模樣，留下一條門縫。

我沒時間再次檢查所有東西是否歸位。只能祈禱一切如常了。

我們在樓梯間擦身而過。我微微擠出微笑，但什麼也沒說。

# 鼠兒

很久很久以前，有一棟老房子。老房子的所有一切都很老舊：窗戶、電器，尤其是樓梯。因為每次有人上樓時，樓梯就會嘎吱作響，就像老人有時候喜歡唉唉叫一樣。

鼠兒不確定為什麼樓梯會那樣。她懂很多事，但她不懂樓梯的踏板和立板怎麼會互相摩擦，擠壓另一邊的釘子和螺絲，就在樓梯底下某個她看不見的地方。她只知道樓梯會發出聲音，所有樓梯都會，但尤其是最後一階聲音最為響亮。

鼠兒認為她從那些樓梯發現了不為人知的事情。她認為樓梯被踩的時候很痛，這就是它們嘎吱作響的原因。所以每次鼠兒失足踩下，都會連忙把腳抽回——儘管鼠兒只有二十公斤，連一隻蒼蠅都不忍傷害。

這讓鼠兒聯想到對街的那些老人，只要隨便一動就全身喊疼，時常唉唉叫，就像嘎吱作響的樓梯那樣。

鼠兒的心思比一般人細膩。她很怕踏上最後那階樓梯。於是乎，就像走在路上小心不要踩到毛毛蟲和鼠婦那樣，鼠兒會格外小心跨過最後那階樓梯，儘管她是個小女孩，步伐不大。

她父親試過修理那些樓梯。他總是為了那些樓梯大動肝火，聽到那些持續不斷的惱人嘎吱聲時低聲咒罵。

那你為什麼不乾脆跨過去就好了呢？女孩問父親。鼠兒的父親是個高大的男人，步伐比她大得多。他大可輕易跨過最後那階樓梯，不必在上面施加重量。但他同時是個沒耐心的男人，總希望每件事井井有條的那種人。

她父親不是做家務的那塊料。他比較適合坐在辦公桌後面，邊喝咖啡邊激動地講電話。每次他那麼做的時候，鼠兒會坐在房門另一邊仔細聆聽。父親不允許她打岔，但要是她保持安靜，就可以聽他說什麼，聽他和客戶講電話時那變化萬千的語調。

鼠兒的父親是個俊美的男人。他有一頭深栗色的秀髮。眼睛又大又圓，總是在觀察事物。他大多時候很沉默，走路時例外，因為他身材高大，步伐很沉重。鼠兒從大老遠外就聽得見他來了。

他是個好父親。他帶鼠兒到戶外玩傳接球。他教她各種知識，像是鳥巢，像是兔子會把寶寶藏在地洞裡。鼠兒的父親總是知道兔子窩在哪裡。他會走到洞口，拿起覆蓋上方的青草毛皮，讓鼠兒看一眼。

有一天，鼠兒的父親總算受夠了那嘎吱作響的樓梯。他從車庫拿了工具箱，走上樓梯。他舉起鐵鎚，把釘子釘進踏板，與另一邊的木頭固定住。接下來，他抓起一把飾面釘，一根根敲進踏板，與下方的立板重新釘在一起。

他往後一站，得意洋洋檢視成果。

但鼠兒的父親從來不是什麼巧手工匠。

他早該知道無論怎麼做，他都沒辦法修好那階樓梯。因為儘管經費了那番工夫，樓梯仍持續發生聲音。

後來，鼠兒漸漸依賴起那個聲音。她會躺在床上，凝視著掛在天花板的那盞燈，心神不寧，無法入睡。

她會豎起耳朵聆聽最後一階樓梯有沒有對她發出警告聲，讓她知道有人準備上樓來到她的房間，讓她能早一步躲起來。

## 莎蒂

我躺在床上看著威爾脫掉衣服，穿上睡褲，把換下來的衣服丟進地板的大籃子。他在窗邊站了一會兒，望著底下的街道。

「怎麼了？」我問道，在床上坐起來。有什麼引起了威爾的注意，把他帶到窗邊。他站在那裡，若有所思。

兩個孩子都睡了，房子異常安靜。

「有燈亮著。」威爾告訴我，於是我問：「哪裡？」

他說：「摩根的家。」

我並不驚訝。就我所知，那棟房子仍是犯罪現場。我能想像取證鑑識得花上好幾天的時間。接著某個生物修復服務小組會進駐，刷洗掉屋內的血跡和其他體液。很快地，我和威爾就會看見身穿黃色防濺衣的人，頭上戴著某種呼吸裝置進進出出，帶走一樣又一樣染了血的物品。

我再度對那晚的流血事件產生好奇，好奇那裡發生了什麼肢體衝突。

好奇他們得帶走多少沾滿血跡的物品？

「車道上停了一輛車。」威爾告訴我。但我還來不及回應，他便說：「是傑佛列的車，他想必從東京回來了。」

他在窗前動也不動，持續站了一兩分鐘。我從床上起身，離開溫暖的被窩。今晚房子裡好冷。我走到窗前，站在威爾旁邊，彼此的手肘碰在一起。我望出去，見到他所看見的，一輛黑色休旅車和一輛警車並排停在車道上，兩輛車雙雙被門廊的燈給照亮。

我們看著看著，只見房子大門突然打開。一位警官率先出現，陪同傑佛列走出大門。傑佛列看起來比警官高了有三十公分。他在敞開的門前停下腳步，回頭往屋內看了最後一眼。他兩手提著行李箱，從家門口走出來，自警官身邊離開。警官關門上鎖。我想大概是警官約了班恩斯先生在這裡碰面，趁他打包一些私人物品時，順便盯住犯罪現場。

威爾壓低聲音喃喃地說：「這一切好不真實。」

我伸手扶住他的手臂，這個舉動是我所能給他最大程度的安慰。「真的很可怕。」我說，因為這是事實。沒有人，特別是一個年輕女人，該像這樣死去。

「妳聽說那場追悼會了嗎？」威爾問我，目光始終看著窗外。

「什麼追悼會？」我問，我沒聽說有什麼追悼會。

「明天會舉行一場追悼會。」威爾告訴我，「為摩根辦的，地點在衛理公會教堂。」島上共有兩座教堂，另外一座是天主教堂。「我去學校接小孩的時候偶然聽到大家在談論這件事。我在網上查了一下，找到訃聞和追悼會的公告。我以為會舉辦葬禮，可是……」他停在那裡，沒把話說完。我輕易就能推斷屍體仍在停屍間，將一直放到調查結束為止。像葬禮和守夜這種正式儀式得等到兇手逮捕到案才能舉行了。在此期間，追悼會是當前最好的安排。

明天我要工作，但如果追悼會的時間可行，我能陪威爾一起去。我知道他想參加。畢竟，威爾和摩根是朋友。雖然最近我們的關係不穩定，但我想若他獨自一人走進那場追悼會挺寂寞的。

這是我能替他做的。況且，我私心希望能近距離瞧瞧傑佛列・班恩斯。

「我明天工作到六點。」我說，「等我一結束，我們就一起去。或許奧圖可以幫忙看一下泰特。」我說。去一趟應該很快，我無法想像我們會在那裡待很久。我們進去表達敬意，然後就離開。

「我們沒有要參加追悼會。」威爾說。他的語氣聽起來很堅定。

我嚇了一跳，因為我沒料到他會這麼說。「為什麼不參加？」我問。

「感覺有點冒昧，妳根本不認識她，我也和她沒那麼熟。」我解釋追悼會不是那種需要邀請函才能出席的場合，但我很快就閉嘴了，因為我看得出來威爾心意已決。

於是我改口問：「你覺得是他幹的嗎？」我目不轉睛看著窗戶另一邊的傑佛列・班恩斯。班恩斯家的房子不在我們家正對面，我得稍微歪過頭才看得見。我看著傑佛列和那名警官在車道上交談，接著便分道揚鑣，坐上各自的車子。

威爾沒有回答我的問題，我聽見自己喃喃地說：「向來都是老公，沒有例外。」

這次，他回答得很快。「他不在國內，莎蒂。妳為什麼覺得他和這件事有關？」

我告訴他：「就因為他不在國內，不代表他不能付錢雇用別人殺他老婆。」因為老婆遭到殺害的期間不在國內，反倒給了他完美的不在場證明。

威爾肯定明白當中的邏輯。他似有若無地點了點頭，回到我剛剛的話題，問道：「話說回來，向來都是老公，沒有例外這句話是什麼意思？」

我聳聳肩說不曉得。「反正，只要新聞看久了就知道這似乎是常態。不快樂的丈夫殺死他們的太太。」

我的目光停留在窗外的對街，看著傑佛列・班恩斯打開休旅車的後車廂，把行李箱放進去。他站得筆直，站姿給人一種傲慢的感覺。

他沒有垂頭喪氣，沒有像剛剛失去妻子的男人一般難過抽泣。

就我所見，他沒有落下一滴眼淚。

## 卡蜜兒

我上了癮，與他在一起的時光怎樣都不夠。我注視他，模仿他，追蹤他的日常生活。我知道他兩個兒子在哪裡上學，他常去哪家咖啡廳，在哪裡吃午餐。我會去那些地方，點同樣的東西。等他離開後，坐在同一個位置。在腦海編造與他的對話，假裝我們在一起。

我白天想著他，夜裡也想著他。要是當初我一意孤行，他就能無時無刻在我身邊。但我無法成為那種女人，那種念念不忘的花痴。我必須表現得滿不在乎。

我費盡心思，確保我們遇見對方的時候總像是偶然的邂逅。例如我們在舊城區巧遇的那一次。我從一棟大樓走出來，正好看見他在對面，被來往行人給包圍，另一顆社會上的小螺絲釘。

我叫住他。他看了一眼，露出微笑，接著朝我走來。

妳怎麼會在這裡？這是什麼地方？他詢問我後方的大樓。他的擁抱來得快去得快，還沒反應過來就在眨眼間結束了。

我看著身後的大樓，讀招牌上的字。我告訴他，佛教禪修大樓。

佛教禪修？他問著，輕輕一笑。妳每天都能給我驚喜，他說。我從沒想過妳是會打禪的那種人。

我不是，至今依然不是。我不是為了禪修來的，而是為了他。幾天前，我不小心看見他的行事曆，發現他在距離這裡三家店外的一間餐廳預約了中餐。我隨意選了附近的一棟老大樓，在大聽等他經過。我一見到他就踏出大樓叫他，於是他就來了。

一場經過精心策畫的巧遇。

有時候，我發現自己站在他家門外。我會趁他出門工作時跑到那裡，隱身在喧鬧的城市之中，只是人群中一張普通的臉。我會望著他推開大樓的玻璃門走出來，融入大街上腳步匆忙的通勤人流之中。

從他家大樓出來後，威爾會步行三個街區。接著，他會走下地鐵，搭乘紅線往北前往霍華德站，再轉搭紫線——我也一樣，就在他後方二十步外。

只要他回頭看，就能看見我站在那裡。

威爾教書的大學校園裝潢華麗。富麗堂皇的拱門，旁邊是爬滿常春藤的白磚建築。拱門內人山人海，學生揹著後背包，準備趕教室。

一天早上，我跟蹤威爾走在一條人行道上。我始終保持適當的距離，有點近又不會太近。我不想跟丟他，但也不能冒險被他看見。大多數的人對這種追逐戰都不夠有耐心。訣竅在於融入環境，看起來和其他人一樣。我就是這麼做的。

突然間，有個聲音呼喚他。嘿，福斯特教授！

我抬頭一看。是個女孩，應該說是女人，差不多和他一樣高。大衣剪裁合身，頭上戴了一頂鮮紅色的毛帽。毛帽底下散落幾束不自然的金髮，披在肩膀和背上。她的牛仔褲很緊繃，貼合她的臀腿曲線，最後套進棕色的高筒靴。

她和威爾站得很近，兩人的軀幹將近要碰在一起。

我聽不見他們在說什麼。但他們說話的口氣和身體語言道盡一切。她輕撫他的手臂。他對她說了一些話，兩人一起捧腹大笑。她的手始終放在他的手臂上。就在這時，我聽見她說什麼了。她對他說：別鬧了，教授。我要笑死了。她止不住大笑著，他看著她笑。那不是一般人大笑時張大了嘴、鼻翼外掀的嚇人笑法。她的笑中帶著精緻感，看起來優雅可人。

他湊近，在她耳邊低語。他這麼做的同時，我整個人瞬間妒火中燒。

俗話說得好，知己知彼，百戰不殆。這就是我決定花時間慢慢去了解她的原因。她叫做凱莉・萊姆爾，法律系先修的大二生，志向是成為一名環境律師。她是威爾班上的學生，那種坐在最前排、每次他問問題就馬上舉手的學生。那種下課後留在教室的學生，對盜獵和人為侵犯進行辯論，彷彿那是值得討論的話題。那種四下無人的時候站得太近的學生，她會往前傾，吐露內心事，那些山地大猩猩實在太可憐了，希望他安慰她。

一天下午，我正好看見她走出講堂。

我匆匆來到她旁邊說：那堂課，簡直搞死我了。

我雙手捧著花了四十塊美金買下的教科書，只為了讓她以為我和她上同一門課，只不過是福斯特教授全球公共衛生課程的一名學生。

我麻煩大了，我告訴她。我完全跟不上。反觀妳，我說，把她捧上天。我告訴她她有多聰明，簡直沒有她不懂的事。

妳是怎麼辦到的？我問。妳一定成天都在念書。

沒有啦，她說著，露出燦笑。接著她聳聳肩告訴我：我也不知道耶，這些東西對我來說很容易。有些人說我肯定有過目不忘的記憶力。

妳叫凱莉，對吧？凱莉·萊姆爾？我問，利用這個問題沖昏她的頭，讓她以為她很特別，大家都認識她。

她伸出一隻手。我握手回應，告訴她如果她有空的話，我真的需要一些幫忙。凱莉答應當我的收費家教。我們見了兩次面。在校外一家小茶館喝著花草茶的同時，我得知她來自波士頓郊區。她向我形容她長大的地方：那些狹窄巷弄、美麗海景和迷人的建築物。她告訴我她的家人，她的兩個哥哥，都是某間頂尖大學的游泳校隊。不過說來也怪，她不會游泳。但她會做的事情還有很多，她為我一一條列出來。她喜歡跑步、爬山、滑雪。她會說三種語言，擁有用舌頭碰鼻子的特殊技能。她碰給我看。

她說話帶著典型的波士頓口音。人人都喜歡聽。光是她說話的聲音就吸引了許多人，讓人覺得魅力十足。她說什麼並不重要，他們喜歡的是她的口音。

她讓這件事沖昏她的頭，就像其他許許多多的事情一樣。

凱莉最喜歡的顏色是紅色。那頂毛帽是她親手織的。她作畫、寫詩，希望自己的名字叫蕾恩或梅多或克洛佛之類的。她是典型的右腦型人，一個理想主義者，一廂情願的空想家。

在那之後，我多次看見她和威爾在一起。在如此偌大的校園裡要巧遇某人的機率很小。所以我知道她在找他，她知道他什麼時間會出現在哪裡。她在那裡守株待兔，讓他以為他們之所以不斷撞見彼此，是因為命運，但實際上卻是，一個圈套。

我不擔心。我沒有自卑情結。她沒我漂亮，也沒我好，這純粹只是吃醋。

每個人都會吃醋。寶寶會，狗也會。狗是地域性的動物，牠們會站在那裡守護自己的玩具、被窩、主人。牠們不讓任何人碰牠們的東西。你一碰，牠們就會生氣，變得有攻擊性。牠們齜牙低吼，張嘴咬人。趁人熟睡時傷害他，不惜代價保護自己的東西。

我對接下來發生的事別無選擇。我必須保護屬於我的東西。

# 莎蒂

那天晚上，我從一場夢中驚醒。我緩緩醒來，發現威爾坐在角落的扶手椅上，被陰影所籠罩。我只能稍微辨識出他的輪廓，他的黑色側影，他發著微光的眼白。他就坐在那裡，看著我。我在床上躺了一會兒，仍處於昏昏欲睡的狀態，沒問他在做什麼，沒叫他回來床上陪我。

我伸了個懶腰，拉著棉被翻身到另一邊，背對扶手椅上的威爾。他準備好了就會回到床上。

我把自己縮起呈胎兒睡姿，膝蓋拉近身體貼著肚子。我在床上摸到某樣東西，以為是威爾的記憶枕，但突然我摸到一根脊椎骨和凸起的肩胛骨。威爾裸著上半身，躺在我旁邊，被我觸摸的皮膚濕黏又溫暖。他的頭髮從兩側落下，沿著頸部在床墊上披散一片。

威爾和我一起在床上。威爾沒有坐在角落的扶手椅上。

有別人在這裡。

別人在看著我們睡覺。

我一下子在床上坐直身子，努力讓雙眼適應房間的黑暗。我怕得要命，簡直快不能呼吸。「誰在那裡？」我問道，但我的喉嚨哽咽，出聲時不過是一句喘息。

我把手伸向床頭櫃，拚了命轉動檯燈的旋鈕。但燈還沒打開，她的聲音就傳了過來，冷靜慎重，字斟句酌。

「我是妳的話不會輕舉妄動。」

伊莫金從扶手椅上起身。她走向我，小心翼翼在我的床邊坐下。

「妳來這裡幹什麼？妳需要什麼東西嗎？」我問，努力不洩漏出自己的慌張。但要掩飾不容易。我的情緒一目了然。得知那個別人是伊莫金——不是入侵者，而是自家人——應該覺得如釋重負才對，我卻完全無法安心。這樣的深夜，伊莫金不應該出現在我的房間，摸黑徘徊。

我上下打量伊莫金，思索她在這裡的理由。來這裡找武器嗎？雖然光是想到伊莫金偷溜到我們房間是意圖傷害我們就讓我難受想吐。

「怎麼了嗎？」我問道，「妳有什麼想說的嗎？」

威爾向來睡得很沉，動也不動一下。

「妳沒有權力進我的房間。」她強壓怒火斥責道。

我的胸口突然一陣緊繃。

第一個直覺是說謊。

「我沒有進妳的房間，伊莫金。」我低聲回答，現在對我來說最好就是保持安靜，因為我不希望威爾知道我到過她的房間。不希望他知道我沒去泡澡，而是在伊莫金的房間翻找抽屜，搜刮她的衣服口袋。威爾會說這是侵犯隱私，不會諒解我翻她的東西。

「妳這個騙子。」伊莫金咬牙切齒地說。我向她發誓，「我真的沒有，伊莫金。我沒有進妳的房間。」

她接下來的話有如一記悶棍打在肚子上。「那妳的酒怎麼會出現在那裡？」她問道。我滿臉通紅，知道自己被逮個正著。我記得一清二楚，在我到處查看她的房間時，把那杯卡本內紅酒放在書桌上。

後來，匆促離開之間，把紅酒留在那裡。

我怎會那麼笨？

「喔。」我說著，使勁編謊。但一句謊言也編不出來。反正說了可信度也不高，所以我也不勉強自己。我一直不是個非常擅長說謊的人。

「下次妳敢再進來的話——」她開口，但接著就突然結束對話，留我自行參透她後面要說的是什麼。

伊莫金從床邊起身，突如其來的高度給了她優勢。她居高臨下看著我，讓我喘不過氣。伊莫金不是很壯的女孩。她很瘦，但很高挑，看樣子應該是遺傳自父親那一邊，因為愛麗絲很嬌小。現在她在我旁邊站得那麼近，我才發現她有多高。她彎腰，在我耳邊低聲說：「他媽的離我房間遠一點。」此外輕輕推了我一把。

然後，她就走了。她悄悄離開房間，雙腳踩在木地板上無聲無息，正如當初她讓自己走進我們房間時那樣。

我失眠躺在床上，不敢旁騖，機警地聽著她掉頭回來的聲音。

我不知道我像這樣聽了多久，直到最後才屈服於睡意，重新進入夢鄉。

## 莎蒂

我趁午餐時間離開。我企圖保持低調，趁我以為沒人注意的時候偷溜出門。但還是被喬伊絲逮個正著。她問：「又要離開我們了嗎？」語氣透露著她不贊同我走。

「我只是很快去外面吃個午餐。」我告訴她，儘管我不確定我為什麼說謊，明明說實話可能會更好。

喬伊絲問：「那妳大概什麼時候回來？」我告訴她：「不用一個鐘頭。」

她哼了一聲說：「我們還是眼見為憑吧。」這句話對我實在是不公平的指控——以為我會把午休時間拖延超過規定的一小時。但爭論也沒意義。我還是離開了，仍對昨晚在房間發現伊莫金的事餘悸猶存。她一發現我的酒杯，肯定馬上就知道我去過她的房間。她大可直接過來告訴我。但她沒有，反倒等了好幾個小時，直到我睡著後才告訴我。她想嚇我，這就是她的目的。

伊莫金不是什麼天真無邪的孩子。她挺狡猾的。

我在停車場找到我的車後駕車離去。我努力說服自己別去那場追悼會。起初，我覺得確實沒有去的理由，摒除我想見的傑佛列．班恩斯的渴望。我們已經在這個家住了好一陣子。在這段期間，我未有機會仔細看過那個男人。但我甩不掉他殺了自己老婆的想法。為了我和我家人的安危，我必須知道他是誰，我必須知道我的鄰居是什麼樣的人。我必須知道有這個男人住在我們家對面是否安全。

衛理公會教堂外觀一片純白，豎立著高聳的尖塔，每一側分別排列了四扇簡樸的彩色玻璃窗。教堂不大，是那種典型的鄉下教堂。同款的綠色花圈懸掛在大門兩側，以紅色蝴蝶結點綴，畫面迷人。小小的停車場塞滿了車。我把車停在路邊，跟隨其他人進入教堂。

追悼會在團契大廳舉辦，裡面擺滿十到十五張圓桌，桌面鋪上白色亞麻桌布。大廳最前方有一張宴會桌，宴會桌上是一盤盤的餅乾。

我堅定地往前走；不管威爾怎麼說，我就和在場其他人一樣有權出現在這裡。我走進大廳，一個素未謀面的女人伸出手來與我握手，感謝我的道來。她的手裡緊握著一條手帕，看樣子已經哭了好一陣子。她告訴我她是摩根的母親。她詢問我是哪位。「莎蒂。」我說，「我是她的鄰居。」緊隨其後的是：「我很遺憾，請節哀。」

眼前的女人年紀比我大了二十到三十歲。她的頭髮灰白，滿臉皺紋。身材苗條，穿著一件黑色的過膝洋裝。她的手很冰冷，與我握手時，我感覺到手帕夾在我們的手之間。「妳能來真好。」她說，「知道我的摩根有朋友，我很高興。」

我聽到這句話臉色發白，因為我們當然不是朋友。但她傷心的母親沒必要知道。「她是個很好的人。」因為我想不到其他的話好說。

傑佛列站在一．五公尺外，正在和一對老夫妻說話。說實話，他看起來很無聊。他絲毫沒有表現出像摩根的母親當眾流露的悲痛。他沒哭。男兒有淚不輕彈，這我知道。除了哭泣，悲痛還有許多表現形式。憤怒、質疑。但傑佛列拍拍老人的背，發出一記笑聲的時候，我在他身上看不見類似的情緒。

我不曾與他如此靠近，直到現在才能好好看看他。傑佛列是個型男，身材高大，彬彬有禮，一頭迷人的濃密黑髮往後梳齊。他的五官深邃，雙眼躲在一副黑色的粗框眼鏡後方。他的西裝是黑色的，為他量身訂製而成。他其實長得挺帥的。

那對老夫妻離開了。我再次向摩根的母親說一句我真的很遺憾，然後從她身邊走掉，我走向傑佛列。他與我握了握手。他的手勁結實，手心微溫。「敝姓班恩斯，傑佛列．班恩斯。」他直視我的雙眼說。我向他自我介紹，告訴他我們家就住在他家對面。

「當然、當然。」傑佛列說，雖說我懷疑他根本沒有注意過對街的情況。他給我的印象就是那種典型的精明生意人，知道如何與房間裡的每個人打交道，擅長各種交際應酬。表面上，他魅力十足。

但私底下，肯定有更多我看不見的秘密。

他告訴我：「摩根知道附近搬來新面孔高興極了。她要是知道妳來了一定很感動的，珊蒂。」

他說。我糾正他說：「是莎蒂。」

「喔，是了。莎蒂。」他說我的名字，試著表現得體。他以自嘲表示歉意。「我一直不是很擅長記名字。」他說著鬆開我的手。我把手抽回，在胸前交疊雙手。

「大部分的人都是這樣。」我告訴他。「這段日子對你而言一定很難受吧。」我說，捨棄「我很遺憾，請節哀」的陳腔濫調。那感覺太老套了，大廳裡反覆迴盪的都是這個說法。「你女兒一定非常傷心。」我說著，努力讓身體語言看起來深表同情。我低著頭，眉頭緊皺。「我不敢想像她所經歷的一切。」

但傑佛列的回答出乎意料。「她和摩根恐怕從來都不是那麼親。」他這麼說，「我想是離婚的關係吧。」他輕描淡寫地對我說，淡化他女兒和老婆處不來的事實。「沒有人比得上她的母親。」他說。我回答：「喔。」因為我實在想不到別的話好說。

如果我和威爾離婚而他再娶的話，但願兩個孩子會愛我勝過他們的繼母。然而摩根被謀殺了。她死了。那個小女孩發現她的屍體。他的冷漠叫我驚訝。「她在這裡嗎？」我問，「你女兒。」

他跟我說沒有。他女兒在學校。真奇怪，她繼母在舉行追悼會，她人卻在學校。

我的訝異之情顯而易見。

他解釋：「她今年初生病了。肺炎，害她得躺在醫院注射靜脈抗生素。我和她媽媽不希望她再繼續缺課。」

我不確定他這樣解釋是否比較有說服力。

「趕進度真的很辛苦。」這是我在當下能想到的唯一回應。

傑佛列感謝我的到來。他說：「拿點餅乾吃吧。」說完，目光移向下一位賓客。

我走到放餅乾的桌前，替自己拿了一塊，找位置坐下。獨自一人坐在大廳裡感覺很尷尬，這裡幾乎沒有人落單，每個人都是成雙成對，除了我以外。真希望威爾在這裡。他應該要來的。大廳裡好多人都在哭，靜靜地、壓抑地哭。只有摩根的母親對自己的悲痛毫無保留。

就在這時，兩個女人從我後方出現。她們問桌邊的空位有沒有人坐。「沒有。」我告訴她們。「請坐，別客氣。」她們便坐下了。

其中一個女人問：「妳是摩根的朋友嗎？」她不得不朝我靠近，因為大廳人聲鼎沸。一陣解脫感朝我襲來，我不再是獨自一人了。

「鄰居。妳們呢？」我邊說邊把折疊椅拉近。她們在我和她們之間隔了幾張空椅，以社交禮儀來說很合宜，卻讓我很難聽見她們說話。

其中一個女人告訴我，她們是摩根的母親帕蒂的老朋友。她們向我自我介紹——凱倫和蘇珊——我也告訴她們我的名字。

「可憐的帕蒂整個人傷心欲絕。」凱倫說，「可想而知。」

我告訴她這一切是多麼難以置信。我們嘆口氣，聊到白髮人送黑髮人的悲哀，又聊到摩根的遭遇簡直違反自然法則。我想起奧圖和泰特，設想萬一他們其中一人遭逢不幸會是怎麼樣。我無法想像他們比我和威爾先走的世界。我不願想像那樣的世界，他們不在世上了，我卻被留在人間。

「而且還不止一次，而是兩次。」蘇珊說。另一個女人嚴峻點頭。我的頭跟隨她們上下擺動，卻不知道她們這句話是什麼意思。我的心思飄走一半，注意力集中在傑佛列身上，以及他迎接進門哀悼的那些賓客的方式。他接待眾人時，臉上始終掛著微笑，一邊伸出微溫的手心與他們握手。以這種場合，那抹微笑實在不得體。他的妻子剛剛遭人謀殺。他不應該微笑。別的不說，他起碼應該要流露悲傷。

我開始懷疑傑佛列和摩根是否常吵架，或是漠不關心摧毀了他們的感情。漠不關心，一種比恨更糟的情緒。我好奇她是不是做了什麼惹惱他的事，或他純粹想要她死，尋求不必面對難看的衝突就能結束婚姻的解方。又或者一切跟金錢有關，牽涉到壽險的理賠金。

「帕蒂在那件事之後就變得不太一樣了。」蘇珊說。

凱倫回應時，我的目光轉向她。「我不知道她現在該怎麼辦，要怎麼才能熬過這個難關。失去一個孩子已經夠慘了，何況兩個？」

「難以想像。」蘇珊說著，把手伸進手提包裡拿出面紙。她開始哭了起來。她憶起第一次發生這個悲劇的時候，帕蒂幾近崩潰，幾個禮拜都下不了床。她因此體重變輕，對一個沒多少肉可減的女人來說實在掉太多。我看著那個女人，帕蒂，站在接待隊伍的最前頭。整個人骨瘦如柴。

「這會毀了——」凱倫說到一半，一個女人腳步輕盈地從大門進來，朝傑佛列走去。與此同時，他臉上的微笑瞬間消失。

「喔。」我聽見凱倫壓低聲音說，「喔，老天啊。蘇珊，看看是誰來了。」

我們三人同時轉頭看。那女人和傑佛列一樣高。她身材纖瘦，恬不知恥地穿了一身紅，反觀大廳其他人幾乎都穿著黑色或暗色的衣服。她的頭髮又黑又長，披在她那件紅上衣的背後，衣服帶有碎花，是雪紡的材質，V字形的領口露出若隱若現的乳溝。她穿著一條緊身褲，手臂上掛著一件冬季大衣。她在傑佛列面前停下腳步，對他說了幾句話。他企圖牽她的手臂，帶她離開大廳，但她不打算配合他。她用力把手甩開。他湊近她，低聲說了幾句。她雙手扠腰，擺出防備的姿態，不悅地噘起嘴。

「那是誰？」我問道，眼神無法從那女人身上移開。

她們告訴我，那是寇特妮。傑佛列的前妻。

「全世界有那麼多地方，我不敢相信她會出現在這裡。」蘇珊說。

「也許她只是想來表達哀悼之意。」凱倫猜測。

蘇珊聽了嗤之以鼻。「我強烈懷疑。」

「看樣子婚姻結束得似乎不是很愉快。」我說，儘管這種懷疑是多餘的。什麼樣的婚姻能和平收場？

兩位女士互看一眼，接著跟我說：「我以為這件事眾所皆知。」蘇珊說。「我以為大家都知道了。」

「知道什麼？」我問，於是她們把隔在中間的空椅挪開，告訴我傑佛列當初認識摩根的時候，仍與寇特妮處於已婚狀態。他們的婚姻始於一場外遇。她們供稱，摩根是他的情婦，說出那兩個字時刻意壓低聲音：情婦，彷彿那是髒話，是不好的詞彙。傑佛列和摩根是同事；她是他的行政助理，他的秘書，聽起來簡直老套。「他們相識，墜入愛河。」蘇珊說。

摩根的母親給她們的說法是，傑佛列和他當時的妻子寇特妮，已經爭吵不休很長一段時間。摩根不是破壞婚姻的那個人。他們的婚姻早就毀了。他們兩人志趣相投卻總是衝突不斷，婚姻一直陰晴不定。摩根在兩人外遇的初期告訴她，傑佛列和寇特妮都很固執，性子很急，典型的A型人。摩根的個性反而更適合傑佛列。

我回頭看向傑佛列和他的前妻。他們的互動激烈但短暫。她草草說了一句話，接著便掉頭離去。

當時，我以為就這樣了，事情結束了。

我看著傑佛列轉向下一個賓客，他擠出微笑，伸出手來。

我後方的兩位女士繼續閒聊。我一邊聽著，目光仍停留在傑佛列身上。蘇珊和凱倫正在談論摩根和傑佛列，談論他們的婚姻。我聽見真愛兩字，然而從他臉上那冷漠超然的表情，我實在看不出來。但或許這是一種自我保護的機制。稍晚，等所有人離開後，他會一個人偷偷地哭。

「真愛是無法抵擋的。」凱倫說。

就在這時，我的腦海冒出一個想法。有個方法可以抵擋。

蘇珊問誰還想吃餅乾。凱倫說她想。蘇珊離開座位，帶著一盤餅乾回來與我們分享。她們繼續聊起帕蒂，決定發起輪流為她送餐的活動，確保她有吃東西。要是沒人幫她煮飯，沉溺悲傷的帕蒂肯定不會吃東西。她們很擔心。凱倫想著想著，大聲說出她打算煮什麼。有個肉餡餅的食譜她一直想做做看，但她也知道帕蒂滿喜歡千層麵的。

過了一分鐘，仍在觀察傑佛列的我，看見他藉故離開，從大廳溜出去。

我把椅子往後推，站了起來。椅腳滑過地面，兩個女士赫然看我一眼，被我突如其來的舉動嚇了一跳。

「請問洗手間在哪裡？」我問道，「我想上廁所。」凱倫告訴我。

我走廊相對安靜許多。儘管這座教堂算不上大，但還是有不少走廊。哪裡人少我就往哪去。我東走西走，走廊上逐漸空無一人，最後來到一條死路。我只好沿路走回一開始的地方。

等我抵達前廳，現場已經一片空蕩。所有人都在團契大廳裡。

在我面前有兩扇門，一扇通往聖所，另一扇通往戶外。

我把聖所的門輕輕打開幾公分，剛好足以看見內部。聖所空間狹小，光線欠佳，籠罩在陰影中。唯一的光源來自聖所兩側那四扇彩色玻璃窗。講壇上方掛著一個十字架，眺望著一排排的堅硬長椅。

我以為聖所裡沒人。我一開始沒看到他們。我準備離開，心想他們可能在外面，或是根本沒有在一起，她已經離開教堂，而他只是去洗手間。

但就在這時，我看見有動靜。她高舉雙手，用力推他一把。

他們躲在聖所盡頭的角落。寇特妮把傑佛列逼到一面牆邊。他伸手摸她的頭髮，但她再次推他一把，這次加重力道，他捧著自己的手彷彿受傷了一樣。

說時遲那時快，前妻賞了傑佛列一巴掌。我縮了一下，從門邊往後退，彷彿被打的人是我。他的臉突然往右一轉，然後很快翻正。我屏住呼吸，因為這時她提高音量，我聽見她了，一字一句說得特別宏亮。「我對我所做的事一點都不後悔。」她坦承道，「她奪走了我所有東西，傑佛列。他媽的一切，什麼都沒留給我。你不能怪我企圖奪回本屬於我的東西。」

她等了一會兒，加上一句：「她死了我一點也不覺得遺憾。」

傑佛列抓住她的手腕，兩人目不轉睛凝視對方。他們的嘴巴在動，但聲音又變得冷靜輕柔。我聽不見他們在說什麼。但我能想像，我想像是一些帶刺的狠話。

我小心翼翼往前踏進聖所。我屏氣凝神，全神貫注想聽清楚他們在說什麼。起初，我只能分辨出像是「不會說」和「絕對不知道」等等的短句子。聖所裡有座風扇在運轉。他們的聲音被風聲蓋過。時間持續不久，大約三十秒左右。我錯失了三十秒的對話。但後來風扇靜下來，他們的音量提高，我又能聽見他們說的每一個字了。

「妳的所作所為。」他搖著頭說。

「我沒多想。」她承認。「我氣壞了，傑佛列。我很生氣。」她說，「你不能怪我會生氣。」

她哭了起來，但說起來比較像是在啜泣，沒有眼淚的輕柔嗚咽聲。她在操弄他，她想要博取同情。

我無法別開目光。

他安靜了一分鐘，兩人沉默不語。

他對她說，聲音輕如鴻毛。「我不喜歡看到妳哭。」

他的態度軟化，兩人都是。

他再次撫摸她的頭髮。這次，她靠近任他觸摸。她沒有把他推開。她朝他走近，他伸出雙手摟住她的腰窩，把她拉到身邊。她環抱他的脖子，頭靠在他的肩上。那瞬間，她看起來羞澀安靜。他們站在一起，差不多一樣高。我目不轉睛看著他們相擁，無法移開視線。因為不過幾秒前激烈廝殺的氣氛，如今不知怎地變得甜蜜異常。

我的手機發出叮的一聲把我嚇了一跳。我連忙抽身，放開大門。大門關上時，發出響亮的喀噠聲。我瞬間愣在原地，有如聚光燈下的鹿。

我聽見聖所大門的另一邊傳來聲音。

他們要來了。

我保持冷靜。

我快速穿過教堂大門，來到外面刺骨寒冷的十二月天。雙腳一踩上教堂階梯，立刻拔腿就跑。

我不能讓傑佛列或他的前妻知道偷聽的人是我。

我奔向停在路邊的車。我打開車門，匆匆上車，目光鎖定教堂大門，看是否有人跟隨我出來。我鎖上車門，感激那機械式的喀噠聲說明了我已經安全躲在車內。

直到這時我才低頭查看手機螢幕。

是喬伊絲傳來的簡訊。我檢查手機上的時間。從我離開至今已經超過一個鐘頭。確切來說是六十四分鐘。喬伊絲一分鐘也不放過。

*妳遲到了，她說。病人正在等妳。*

我重新抬頭看向教堂大門，發現傑佛列的前妻在不到二十秒後，慎重來到外頭。她一陣左顧右盼之後，緩緩跑下教堂階梯，拉緊黑白色千鳥格紋外套的衣領禦寒。

我的目光跟隨她來到她的車子，那是一輛停在路邊的紅色吉普車。她開門坐進去，再用力關上車門。

我回頭看向教堂，只見傑佛列站在敞開的門邊，目送她離去。

# 莎蒂

那晚我回家時，車道上停了一輛廂型車。我在廂型車旁邊慢下來，把車停在威爾的車子後方。我看著廂型車身上印的文字，知道威爾請人來更換鍋爐，不禁開心起來。

我往前門走去。剛進屋時，裡頭很安靜。鍋爐放在又黑又髒的地下室。大人都在那裡。我只看見泰特，在茶几旁玩著樂高。他向我揮手。我脫下鞋子，放在門邊，接著走到泰特身旁，在他頭上親了一下。

「你今天過得——」我開口，但話還沒講完，一連串氣憤的談話聲就穿過木地板傳上來，儘管我聽不清楚他們在說什麼。

我和泰特互看一眼，接著我告訴他：「我馬上回來。」他執意要跟，我只好強硬地說：「乖乖留在這裡。」不確定走下地下室時會有什麼發現。

我小心翼翼走下凹凸不平的木階梯準備一探究竟。我邊走邊覺得緊張，滿腦子都是我們家有個陌生人。某個我或威爾都不認識的陌生人。

我接下來的想法是：我們怎麼知道這個換鍋爐的男人不是什麼殺人犯？考慮到摩根的遭遇，這未必是不可能的事。

地下室空間狹小，牆面和地板皆為水泥砌成的。光線昏暗，僅有幾盞燈泡。

我越來越接近樓梯底部，我也越來越害怕自己會發現不好的事，發現鍋爐工人在傷害威爾。我的心跳加快，我責備自己沒有想到要帶東西下來保護自己，及保護威爾。但我的手提包仍在身邊，裡面裝著手機。不算差，必要時，我可以打電話求救。我伸進包包，把手機握在手中。

我的雙腳抵達最後一階樓梯。我小心轉身，眼前所見卻出乎我的意料。

威爾把鍋爐工人逼到地下室的牆邊。他站在幾公分外，行為舉止看起來很明顯在恐嚇他。威爾沒有把他押在那裡──他們沒有肢體接觸，還沒有──但他們之間的距離靠得好近，工人顯然無法離開。兩相對照之下，工人溫順地往後閃避，聽威爾破口大罵他是寄生蟲，是投機分子。威爾罵得滿臉通紅，頸爆青筋。

他甚至又往前走得更近，嚇得工人縮了一下。威爾一根手指抵著他的胸口。下一秒，他拽起工人的衣領咆哮著說：「我應該打給商業改進局舉報你，就因為你是他媽唯一的鍋爐──」

「威爾！」就在這時，我厲聲說。說髒話不是威爾的作風。動手動腳也實在不像平常的威爾。我從沒見過威爾的這一面。

「住手，威爾。」我厲聲說，「你是哪根筋不對啊？」

威爾暫時恢復正常，但全是因為我在這裡。他低頭看著地面。他不必告訴我發生什麼事。我從對話的上下文就大概略知一二。這個人是島上唯一的鍋爐工人。因為這樣，他的收費很高。威爾不喜歡。但這不是藉口。

威爾往後退了一步，鍋爐工人連忙收拾工具，逃之夭夭。

我們沒說話，整晚都沒有再提起這件事。

隔天早上，我用浴巾包裹身體，從淋浴間走出來。威爾站在洗手台前，凝視上方那面霧濛濛鏡子中的自己。銀色邊框因為時間而失去光澤。浴室就像房子裡的其他地方一樣，狹小得令人窒息。

我看著正在凝視鏡中自己的威爾。他瞥見我。我們四目相交。「妳覺得妳要像這樣繼續不理我多久？」他問，意指他對鍋爐工人發飆後我們之間不發一語的情況。到頭來，工人什麼也沒做就離開了，所以房子仍然住得難受。鍋爐也開始格格作響，不久就會停止運作。

我一直在等威爾為他的行為道歉，或起碼承認那種行為是錯的。我明白他生氣的原因。我不明白的是他的反應。威爾的反應簡直荒唐，完全不可理喻，而且實在不像威爾的作風。

但我想，威爾希望的是我能視而不見，繼續過日子。

然而，我說：「我從沒見過你那個樣子，就為了鍋爐費用這種愚蠢的小事。」

我的話顯然傷到了威爾。他倒抽一口氣，傷心地說：「妳知道我有多努力想要照顧好這個家，莎蒂。這個家是我的一切。我不會讓任何人像那樣佔我們的便宜。」

他這樣一說，我看事情的角度就不一樣了。不久之後，我成了道歉的那個人。

他盡心盡力照顧我們。我應該感激威爾做足功課，不願讓鍋爐工人像那樣對我們獅子大開口。威爾在保護我們的財產，我們的家。那筆多出來的錢可以花在雜支上，或孩子們的大學基金。我感激他不僅有知識，也有勇氣去捍衛那筆錢。如果是我，可能已經糊裡糊塗浪費掉幾百塊美金。

「你說得對。」我告訴他。「你說得對極了。我很抱歉。」我說。

「沒關係。」他說。從他的態度看得出來他原諒我了。「就當這事沒發生過吧。」於是，事情就這樣被遺忘了。

威爾仍不知道昨天我去參加了追悼會。我不敢告訴他，因為他覺得我們不應該去。我不希望因為我去了而惹他生氣。

但我忍不住一直回想我在教堂聖所目睹的情形，傑佛列和他前妻之間的奇怪互動。我真希望能跟威爾談談這件事，告訴他我看到了什麼。

他前妻離開追悼會之後，我開車跟蹤她。我在大街上迴轉，尾隨在紅色吉普車十公尺外的地方，跟著她開過三個街區來到渡輪碼頭。就算寇特妮知道我在後面跟蹤她，她似乎也沒有反應。我在街上開車閒晃了十分鐘左右。她坐在車內，全程都在講電話。渡輪到港後，她把車開上船。幾分鐘過後，就消失在海面上。她離開了。但她仍逗留在我腦中，仍與我在一起。我總是忍不住想起她，想起傑佛列，想起他們的爭執，他們的擁抱。

我也經常想起伊莫金。想起她夜裡坐在我房間角落的剪影。

威爾用手指梳過頭髮，那是他所謂的梳子。我聽著他壓過浴室抽風機的說話聲。他在告訴我，今天下午他要帶泰特去公共圖書館參加一個樂高展。他們要跟學校的另一個男同學一起去，他是泰特的好朋友。他和他的媽媽。她的名字叫潔西卡，威爾時不時在對話中提到的一個名字。他語氣中的隨興，對她名字的熟悉度，都讓我渾身不對勁，讓我在這一刻暫時忘了傑佛列和他的前妻，忘了伊莫金。

多年來，威爾一直是替兩個兒子安排玩樂活動的人。過去，我從來不以為意。真要說的話，我很感謝威爾能在我缺席的情況下接下這個任務。放學後，孩子的班上同學和他們的媽媽會在我上班時來我們家大樓玩。我想像孩子們消失在走廊裡玩耍去了，而威爾和某個我不認識的女人坐在餐桌前，熱絡聊著學校其他媽媽的瑣事。

我沒見過這些女人。我也沒想過她們的模樣。但那場外遇後，一切風雲變色。現在我發現自己會對這些事情想得太多。

「就你們四個？」我問道。

他說對，就他們四個。「可是那裡還會有其他人，莎蒂。」他說，企圖讓我寬心，說出來卻像諷刺。「不是專為我們而辦的私人活動。」

「我明白。」我說，「你們在那裡會做些什麼事？」我語帶輕鬆問道，企圖不讓自己聽起來像個潑婦，因為我知道泰特有多愛樂高。

威爾告訴我，他們會用我從四散在家中找到的那些小樂高磚蓋出某樣東西，架設會動的遊樂場和機器。「泰特簡直迫不及待。況且，」他說著，從鏡子轉過來面對我。「這對妳、奧圖和伊莫金說不定也好，獨處幾個鐘頭，花點時間培養感情。」我對他所謂培養感情的說法嗤之以鼻，很清楚今晚我、奧圖和伊莫金不會培養出任何感情。

我走過他身邊，踏出浴室，進入毗連的主臥室。威爾跟上來。我在換衣服的同時，他也在床邊坐下，開始穿襪子。

天氣一天比一天更冷。寒意從門窗的縫隙滲進診所。牆壁多孔透氣，診所大門總是開開關關的。每次有病人進出，冷風就跟隨在後。

我從一大疊洗好的衣服之中翻找一件咖啡色開襟毛衣。那件毛衣很實穿，幾乎什麼都搭得上。那不是我的毛衣，是愛麗絲的。我們搬來的時候就已經在這裡。毛衣深受愛惜，穿了很久，這也是我喜歡它的部分原因。有點變形，起滿毛球，寬大的羅紋披肩衣領和又大又深的口袋讓我可以把雙手插進去。四顆假貝殼鈕釦在正面排成一列。衣服很貼身，因為愛麗絲比我嬌小。

「你有看見我的毛衣嗎？」我問。

「什麼毛衣？」威爾說。

「咖啡色那一件。」我說，「愛麗絲的那件開襟毛衣。」

威爾說他沒看見。他不喜歡那件毛衣。他老覺得我當初會留下這件毛衣很奇怪。妳這件毛衣哪裡來的？我第一次穿著它出現時，他這樣問我。

樓上的衣櫃裡，我說。應該是你姊姊的。

真的嗎？他問。妳不覺得有點——我不曉得——有點病態嗎？穿死人的衣服？

但我還來不及回答，泰特就插嘴問什麼是病態。於是我離開現場避免談論那個話題，留給威爾去解釋。

我在衣服堆中找了另一件毛衣，套在罩衫外。威爾坐在那裡看我著裝完畢，然後他從床上起身，朝我走來。他摟住我的腰，告訴我不必擔心潔西卡。他湊到我耳邊低聲說：「她根本比不上妳。」接著他刻意表現幽默感，告訴我潔西卡是老巫婆，常常不洗澡，牙齒掉光了一半，說話的時候會噴口水。

我硬生生擠出微笑。「她聽起來很不錯。」我說。雖然我還是覺得奇怪，他們為什麼非得坐同一輛車一起去，為什麼不能直接在圖書館會合。

威爾進一步靠近我，對著我的耳朵輕聲說：「樂高展結束，趁孩子們都上床睡覺後，說不定我們也可以來培養培養感情。」說完，他吻了我。

我和威爾在那場外遇之後一直沒有發生親密關係。因為每次他一碰我，我滿腦子想的都是她，進而火冒三丈，扼殺了任何萌芽中的親密舉動。我不能百分之百肯定，但我確信她是一名學生，某個十八、九歲的女孩。她搽唇膏，這我也知道。桃紅色的唇膏和輕薄的內衣，她離開後在我房間留下的，這表示她不但有種與有婦之夫上床，而且敢不穿內衣走在大街上。我萬萬不會做的兩件事。

我常常在想，她是否稱呼他教授，還是對她而言，他永遠都是威爾。又或者是福斯特教授，但我不太相信。這樣稱呼一個和妳上床的男人似乎過於正式，就算他大妳二十歲，是一個略顯白髮、有兩個孩子的父親。

我經常在想那些大膽的年輕女人，好奇她們是什麼模樣。精靈短髮浮現腦海，同時還有低胸上衣，中空裝；短褲短到內裡口袋懸掛在褲管。漁網絲襪、軍靴、染過的頭髮。

但也許我錯了。也許她是個謙虛的年輕女子，羞澀，缺乏自尊心。也許對她而言，一個已婚男子微不足道的關注是她唯一擁有的東西，也許她和威爾之間的關係不只是性愛，而是擁有想要拯救世界的相同目標。

照這種情況，我想她確實會稱呼他福斯特教授。

我沒問過威爾她的長相。我很想知道，同時也不想知道。最後，我決定無知就是幸福，絕口不問。反正他大概也會說謊，告訴我沒有另一個女人。他只有我。

若非為了孩子，我們的婚姻在那場外遇後可能已經離婚收場。我提過一次，說我和威爾如果簽字離婚可能比較好，對孩子也好。

「天啊，不。」我提出來的時候，威爾告訴我。「不，莎蒂，不。妳說過這不會發生在我們身上。妳說過我們會永遠在一起，妳永遠都不會放我走。」

就算我說過那句話，我也不記得了。反正，那只是人在熱戀時會說的蠢話；經不起婚姻的考驗的。

有一小部分的我仍為了那場外遇而怪罪自己，相信自己是把威爾推向其他女人懷抱的禍首，因為我就是這種人。我怪罪我的事業，這一行需要我保持冷靜。表現出親密和脆弱的一面不是我的強項，從來就不是。威爾以為他能改變我，事實證明，他是大錯特錯。

## 莎蒂

我開進診所的停車場時，慶幸看見停車場是空的。喬伊絲和艾瑪很快就會過來，但目前暫時只有我。我往左一個急轉彎，輪胎在人行道滑過，停進我的車位，一面在鄰近街上尋找遠光燈的跡象。

我下了車，穿過停車場。大清早的，整個世界仍籠罩在濃霧之中。周遭的空氣像湯一樣濃稠。我看不見一・五公尺外的任何東西。我的肺腑沉重，接著突然間，我不太確定我是否一個人，抑或有另一個人躲在濃霧裡，端詳著我，就站在一・五公尺外我看不見的地方。一股寒意從背脊竄上來，我不禁打了個冷顫。

我發現自己奔向大門，把鑰匙插入門鎖讓自己進去。我關上身後的門，轉上鎖舌，方才走進診所。我來到狹窄的走廊，往艾瑪的地盤接待處前進。

在我搬來之前，有另一位醫師擔任我的職位。她在島上居住多年，請了產假後再也沒有回來。喬伊絲和艾瑪經常站在那裡，一邊傳閱嬰兒照片，一邊感嘆她們有多想念亞曼達還在這裡的時光。她們認為她之所以離開，我要負很大的責任，彷彿她決定生孩子做母親是我的錯。

我逐漸發現，島上居民對新來的人接受度不高。除非你是小孩子，比如泰特，或像威爾一樣熱愛交際。選擇住在與世隔絕的一座小島上，需要天賦異稟的能力。許多尚未退休的居民純粹就是選擇了隱居的生活方式。他們獨立自主，同時也很孤立、情緒化、頑固且冷漠。很多是藝術家。因為他們，市中心遍布了陶藝店和畫廊，看起來文雅但也很做作。

即便如此，社群還是很重要，因為小島生活無可避免帶來的孤立感。我和他們之間的差別在於他們是選擇住在這裡，而我是別無選擇。

我一手扶著牆壁，摸黑尋找電源開關。頭頂的燈光發出一記雜音亮了起來。在我面前的牆上，掛著一張巨大的擦寫式月曆板，上面寫滿我和桑德斯醫師的工作日程。艾瑪的心血之作。日程表雜亂無章；我和桑德斯醫師每個禮拜都沒有安排在同一天上班。這團混亂之中是否存在任何章法，我完全看不出來。

我走向月曆板。雖然上面字跡模糊，但我還是看見了我在找的東西。我的名字，福斯特，寫在十二月一日的日期下方。與尼爾森先生聲稱他目睹我和摩根爭吵的日子是同一天。與尼爾森先生直言我從摩根頭上蠻橫扯下一把頭髮的日子是同一天。

根據艾瑪的月曆板，十二月一日那天，我被安排輪九小時的班，早上八點到下午五點。這麼說來，當尼爾森先生信誓旦旦說我人在班恩斯家的時候，我其實就在診所。我找出手提包裡的手機，拍下照片當作證據。

我在L形辦公桌前坐下。桌上貼滿了紙條。一張提醒艾瑪要訂購印表機墨水匣，一張提醒桑德斯醫師打電話給病人回報檢驗結果。我們一個病人弄丟了她的洋娃娃。她母親的電話號碼就在辦公桌上，請求萬一找到娃娃的話打電話通知她。電腦密碼也寫在上面。

我喚醒休眠中的電腦。我們的檔案統統存在醫療軟體上。我不確定尼爾森先生是不是診所的病人，但這座島上幾乎人人都是。

影響老年人的眼疾有很多，從老花眼、白內障、青光眼，一直到黃斑部病變。這些也是造成老年人失明的主要原因之一。尼爾森先生可能患有其中一種眼疾，這就是為什麼他以為他看到了我和摩根在一起。因為他視力不好。又或者，他開始出現阿茲海默症的初期症狀，腦袋糊塗了。

我開啟電腦程式，搜尋喬治．尼爾森的病歷，果不其然，給我找到了。我很肯定這違反了健康保險隱私及責任法，但我還是一意孤行，儘管我不是尼爾森先生的醫師。

我逐一查看他的病歷，最後得知他患有糖尿病；他有施打胰島素。他的膽固醇很高；他服用降血脂藥物控制膽固醇。以他的年紀而言，他的脈搏和血壓指數很不錯，但他患有脊柱後凸，這我已經知道了。尼爾森先生是個駝背老人。駝背很痛苦，而且外形不雅，是骨質疏鬆症的後遺症之一，相較於男性，女性更常見。

這些都引不起我的興趣。

叫我驚訝的是，尼爾森先生的視力很好。桑德斯醫師的筆記裡對尼爾森先生的認知能力也沒有任何顧慮。以目前情況看起來，他的心智健全，腦部器官沒有辜負他，也沒有快要失明的徵兆，這一切又讓我回到了起點。

為什麼尼爾森先生要說謊呢？

我關閉程式，把滑鼠游標移到網際網路，快擊兩下，網頁在眼前打開。我輸入一個名字，寇特妮．班恩斯。但就在按下輸入鍵之前，我才驚覺，她是否仍用班恩斯這個姓，還是離婚後換回了娘家姓。又或許她已經再婚了。但現在我沒時間去調查。

走廊那頭傳來後門打開的聲音。我及時關掉網頁，離開辦公桌前，喬伊絲就出現了。

「福斯特醫師。」她說。才早上八點，她的語氣就充滿敵意。「妳到了。」她告訴我，彷彿我不知道一樣。「前門鎖住了，我以為裡頭沒人。」

「我到了。」我說，語氣比預期活潑。「早起的鳥兒有蟲吃嘛。」我解釋，發現我不管早到晚到，都讓她覺得討厭。在她眼中，我怎麼做都是錯的。

## 鼠兒

很久很久以前，有一個女人。她的名字是假媽媽。想當然耳，那不是她的真名，但鼠兒就是這樣叫她的，雖然只敢在她背後叫。

假媽媽很漂亮。她皮膚滑嫩，擁有一頭褐色長髮和隨和的開朗笑容。她總是穿得光鮮亮麗，像是有領子的襯衫和閃閃發亮的上衣。她會把衣服紮進牛仔褲，不像鼠兒穿牛仔褲時那鬆垮垮的邋遢模樣。她總是打扮得宜，和鼠兒大不相同。她總是看起來光彩奪目。

除了聖誕節或父親去上班的時候，鼠兒和她父親不穿漂亮衣服。鼠兒覺得漂亮衣服穿起來不舒服，行動不方便，讓她覺得綁手綁腳。

假媽媽那晚來到家裡前，鼠兒都不知道有她的存在。父親不曾提過她，所以鼠兒心想他大概是把假媽媽帶回家的那一天才遇見她的。但鼠兒沒問，父親也沒說。

她來到家裡那晚，鼠兒的父親就像他平時出差回來那樣走進房子裡。鼠兒的父親通常在家工作，在他們稱之為他的「辦公室」的房間。他有另一間辦公室，位於別處的一棟大樓裡，鼠兒僅僅見過一次，但他不像她所認識的其他爸爸一樣，天天去那裡上班。他反倒是待在家裡的辦公室，房門緊閉，成天和客戶講電話。

但有時候，他不得不去另一間辦公室一趟，就像那天他帶假媽媽回家一樣。而有時候，他不得不離家外出，一走就是好幾天。

假媽媽來到家裡的那一晚，他先是獨自進屋。他把公事包擺在門邊，外套掛上衣鉤，向對街幫忙照顧她的老夫妻道謝。他送夫妻倆到門口，鼠兒就跟在後頭。

鼠兒和父親目送他們緩緩穿過馬路回家，看起來彷彿很艱難，彷彿會痛似的。鼠兒心想她永遠都不想變得那麼老。

他們離開後，她父親關上大門。他轉向鼠兒。他對鼠兒說他有個驚喜要給她，要她閉上眼睛。

鼠兒很肯定她的驚喜是一隻小狗，自從他們經過寵物店櫥窗的那天起，她就一直央求爸爸買給她的那一隻，又白又大，全身毛茸茸的。父親那時候說不行，說小狗太麻煩了，但說不定他改變了主意。他有時候會那樣，在她真的很想要某樣東西的時候。因為鼠兒是個乖孩子。他不寵溺她，但知道她快樂，他也快樂。而一隻小狗會讓她非常、非常快樂。

鼠兒用雙手摀住眼睛。不知為什麼，她也屏住了呼吸。她仔細聽著父親所在的房子盡頭有沒有傳來小狗的吠叫聲或嗚咽聲。但她沒聽見吠叫聲或嗚咽聲。

反之，她聽見的是前門打開又關上的聲音。鼠兒知道原因。她父親到外面的車上去抱小狗了。因為小狗可沒辦法藏在公事包裡。小狗仍在車上，父親把牠留在那裡，好給她一個驚喜。

鼠兒等著等著，臉上揚起偌大的笑容。她興奮得膝蓋顫抖，幾乎無法克制自己。

鼠兒聽見前門關上，父親清了清嗓子。

他說話時，語氣熱切。他對鼠兒說，睜開眼睛。她還沒把目光放到他身上，就知道他也在微笑。

鼠兒飛快睜開眼睛，然後出於本能反應，用手摀住了嘴巴。她倒抽一口氣，因為眼前站在她家客廳的不是小狗。

是一個女人。

女人的纖纖玉手牽著父親的手，兩人十指緊扣，就像鼠兒在電視上看過的那樣。女人對鼠兒露出燦爛的微笑，她的嘴巴豐厚美麗。她對鼠兒說聲哈囉，聲音就和她的臉蛋一樣甜美。鼠兒沒有回話。

女人放開鼠兒父親的手，走向前，彎腰與她同高。女人再次伸出她的纖纖玉手，但鼠兒不知道該怎麼辦，所以她只是低頭盯著那隻纖細的手，不知所措。

鼠兒注意到那晚的空氣不一樣了，變得比較凝重，令人難以呼吸。

父親告訴她：快啊，不能沒有禮貌。打聲招呼。和她握握手。於是鼠兒照做了，含糊說了一句哈囉，把她的小手伸進女人的手中。

鼠兒的父親轉身，匆匆回到外面。女人跟著上去。

鼠兒靜靜觀看，隔著窗戶看著父親從後車廂搬下女人的行李。東西好多，鼠兒不知道該如何解讀這一切。

他們回到屋內，女人從手提包裡拿出一根巧克力棒，遞給小女孩。妳爸爸說巧克力是妳的最愛，她說。沒錯，僅次於薩勒諾奶油餅乾。但巧克力是小狗的安慰獎。她寧願得到一隻小狗。但她很懂事，知道不該這麼說。

鼠兒想問女人什麼時候要離開。但她也知道不該這麼問，所以她收下女人手中的巧克力棒。她把巧克力棒拿在濕黏的手中，感覺巧克力融化時逐漸頹軟的模樣。她沒吃。她不餓，儘管她還沒吃晚餐。她沒胃口。

在女人眾多的物品當中，有一個狗籠。這引起了女孩的注意。狗籠的大小適中。鼠兒立刻開始幻想裡面可能住著什麼品種的狗：牧羊犬或巴吉度獵犬或米格魯。她凝視窗外，看著父親把東西接連帶進屋內，好奇狗狗什麼時候會出現。

妳的狗狗在哪裡？父親卸完車裡的行李、回到屋內把門鎖上後，女孩問道。

女人搖搖頭，遺憾告訴女孩，她已經沒有養狗了，她的狗就在最近剛剛過世了。

那為什麼妳有狗籠？她問道，但父親說：夠了，鼠兒。不能沒有禮貌，因為他們都看得出來，談到那隻死掉的狗狗讓女人很難過。

鼠兒？女人說。幸好鼠兒夠懂事，不然她可能以為女人會笑她。對一個小女孩來說，真是特別的小名。她只說那麼多。真是特別的小名。她沒說她喜不喜歡。

他們吃完晚餐，坐在沙發上看電視。但鼠兒不像平常一樣和父親一起坐在沙發上，而是坐在客廳另一邊的椅子上，那裡她幾乎看不到電視。但沒關係；反正她也不喜歡他們在看的頻道。鼠兒和父親向來都看體育節目，現在卻在看一堆大人七嘴八舌喋喋不休的節目，說些讓女人和父親捧腹大笑的內容，但鼠兒沒有。鼠兒沒笑，因為不好笑。

女人全程都坐在沙發上，依偎在鼠兒的父親身邊。鼠兒一有勇氣轉頭看，只見他們坐得好近，像女人剛來的時候那樣牽著彼此的手。這讓鼠兒心裡覺得怪怪的。她盡量不去看，但她的目光頻頻回到他們的手上。

女人準備梳洗就寢而先行離開的時候，父親靠過來，告訴女孩如果她能叫這個女人媽媽的話就太好了。他說他知道一開始可能有點奇怪，如果她不想叫也沒關係。但也許她可以隨著時間慢慢嘗試看看，父親建議道。

女孩願意做任何事讓父親高興，因為她非常愛他。她不想叫這個陌生女人媽媽——現在不想，以後也不想——但她知道她不會和父親爭辯。她這麼做會傷他的心，她萬萬不想傷他的心。

女孩已經有個母親了，那個女人不是她的母親。

但父親希望她叫女人媽媽的話她就叫，當著她的面和父親的面時沒問題。但腦海中，她會叫這個女人假媽媽。女孩這樣下定決心。

鼠兒是個聰明的女孩。她喜歡看書。她知道其他同齡女孩不知道的事情，比如香蕉為什麼彎彎的，蛞蝓有四個鼻子，鴕鳥是世界上最大的鳥類。

鼠兒喜歡動物。她一直想要一隻小狗，但她從來沒有得到一隻小狗。反之，她得到了別的東西。因為假媽媽來了之後，父親讓她挑了一隻荷蘭豬（又名天竺鼠）。他之所以這麼做，是因為他以為這會讓她快樂。

他們一起前往寵物店。鼠兒第一眼看見她的荷蘭豬就愛上了。雖然不是小狗，但仍然很特別。鼠兒的父親認為他們應該用他最喜歡的棒球選手伯特．坎帕尼斯的名字，替牠取名為伯特。鼠兒答應了，因為她想不到別的名字。也因為她希望讓父親快樂。

鼠兒的父親也買了荷蘭豬的書給她。她帶伯特回家的那天晚上，鼠兒爬上床，鑽進被窩，從頭到尾讀完了整本書。她喜歡吸收資訊。關於荷蘭豬，鼠兒學到許多她從來不知道的事情，例如牠們吃什麼，不同的吱叫聲代表什麼意思。

她學到荷蘭豬和豬一點關係都沒有，牠們並不是從荷蘭這個地方來的，而是來自於南美洲安地斯山脈的某個高山地帶。她向父親要地圖，想看看南美洲在哪裡。他在地下室找出一本老舊的國家地理雜誌，那曾經是鼠兒她爺爺的雜誌。爺爺過世時，她父親本打算扔掉那些雜誌，但鼠兒不肯。她覺得那些雜誌非常有意思。

鼠兒用膠帶把地圖貼在房間的牆壁上。她站在床上，從那張地圖找到了安地斯山脈，用紫色的筆畫了一個大圓圈。她指著地圖上的圓圈，告訴她的荷蘭豬——養在床邊地板上的籠子裡——那兒就是牠的出生之地，儘管她知道她的荷蘭豬壓根兒不是從安地斯山脈來的。牠是從寵物店來的。

假媽媽總是叫伯特「小豬」。不像鼠兒，她沒有看過荷蘭豬的書。她不知道伯特是老鼠，不是豬，牠和豬根本八竿子打不著。她不知道牠之所以稱作荷蘭豬，只是因為牠的叫聲像豬，也因為以前有個人覺得牠長得像豬——雖然根本不像。一點也不像。鼠兒覺得那個人是錯的。

鼠兒站在客廳，把這一切講給假媽媽聽。她不是故意要讓自己聽起來像個萬事通。但鼠兒知道很多事。她知道很多艱深的詞彙，能在地圖上找到很多偏遠的地方，可以用法文和中文說很多字。有時候她太興奮了，忍不住把知道的事情全部分享出來。因為她不知道像她這種年紀的女孩應該知道或不知道哪些事，所以她只說她知道的。

現在就是那樣的時刻之一。

但這次，當她分享時，假媽媽用力眨著眼睛。她盯著鼠兒，不發一語，蹙著眉頭，兩眼之間出現一條寬如河道的皺紋。

但鼠兒的父親出聲說話。

他摸摸鼠兒的頭髮，對她驕傲燦笑，一邊問這世界上還有什麼事情是她不知道的嗎？鼠兒回以微笑，聳了聳肩。當然，她也有許多不知道的事。她不知道寶寶是哪裡來的，為什麼學校有那些惡霸，為什麼人會死。但她不說，因為她明白父親並不是真的想知道。這只是誇飾法，又一個她剛好知道的艱深詞彙。

鼠兒的父親看著假媽媽問道：她真的很厲害，對吧？

假媽媽說：當然了。她真是不可思議。但假媽媽沒有像父親那樣微笑，連個假笑都沒有。鼠兒不確定該怎麼解讀不可思議這個形容詞，因為不可思議可能代表許多意思。

那一刻過去了。鼠兒以為這整件關於豬和老鼠的話題已然結束。

但那天傍晚，假媽媽趁父親不注意的時候，彎腰直視鼠兒的臉對她說，如果她再讓她在父親的面前出糗，她就有罪受了。假媽媽的臉漲得通紅，像狗生氣時那樣咬牙切齒。一條青筋從她的額頭凸出來，不斷抽動。假媽媽說話時口沫橫飛，彷彿氣到無法控制自己噴口水。彷彿整個人都瘋了。她的口水濺在鼠兒臉上，但鼠兒不敢舉手擦掉。

鼠兒試圖退後一步，離假媽媽遠一點。但假媽媽把鼠兒的手腕抓得太緊。鼠兒動彈不得，因為假媽媽不肯放手。

她們聽見鼠兒的父親沿著走廊走過來。假媽媽連忙放開鼠兒的手。她挺直胸膛，把頭髮弄鬆，用雙手把襯衫撫平。她的臉變回本來的膚色，唇邊揚起微笑。而且不只是普通的微笑，是光彩奪目的那一種。她走向鼠兒的父親，湊近親吻了他。

我最親愛的兩位小姐都還好嗎？他問道，向她回以親吻。假媽媽說她們很好。鼠兒喃喃說了差不多的台詞，但沒人聽見，因為他們正忙著接吻。

鼠兒把假媽媽的真面目告訴她的真媽媽。她在真媽媽對面的紅色地毯邊緣坐下，作勢幫兩人各倒了一杯茶。她們邊喝茶邊吃餅乾的同時，鼠兒向她坦承她不太喜歡假媽媽。假媽媽有時候讓鼠兒覺得自己彷彿是家中的陌生人。每次和假媽媽共處一室的時候，鼠兒就肚子痛。鼠兒的真媽媽告訴她別擔心。她說鼠兒是個好女孩，好女孩只會有好事降臨。我絕對不會讓任何壞事發生在妳身上，她的真媽媽說。

鼠兒知道她父親有多喜歡假媽媽。從父親望著假媽媽的眼神中，她看得出來她讓他有多快樂。這讓鼠兒感到腸胃翻攪，因為假媽媽提供了一種鼠兒無法給予的快樂，即使在假媽媽出現前，父女倆已經很快樂。

如果父親喜歡假媽媽陪伴在身邊，她可能會一輩子待在這裡。鼠兒不希望這件事發生。因為假媽媽有時候讓她覺得不自在，有時候讓她覺得害怕。

現在鼠兒在腦中編故事的時候，她開始捏造一個名叫假媽媽的女人遭逢各種巨變的故事。有時候，她從那些嘎吱作響的樓梯摔下來，撞傷腦部。有時候，她被埋在毛皮堆底下的兔子窩裡，無法逃脫。

有時候她就只是消失了，而鼠兒不在乎原因，不在乎是何種方式。

## 莎蒂

這晚，寒風刺骨，氣溫驟降。我把車開出停車場，準備返家，想起今晚威爾和泰特出門玩樂高去了。想到這裡，我不禁開始擔心，擔心威爾不在家扮演我和伊莫金之間的緩衝角色。

開車回家的路上，我盡量不讓這件事困擾我。我是成年人了；我自己可以解決。何況，我和威爾是伊莫金的監護人。在她滿十八歲之前，我們在法律上有義務照顧她。如果我想翻她的東西，這也是我的權利。話雖如此，我仍有些問題渴望得到答案。就像，照片中被伊莫金刮花了臉的那個男人是誰？他是寫紙條給伊莫金的那個男人嗎？我在伊莫金運動衫裡找到的那一封。我猜應該是一封分手信吧。他提到所謂雙面人的生活讓我相信，伊莫金是小三。或許他已經結婚了，傷了她的心。但他到底是誰？

我在車道上停好車，打上P檔。離開上鎖車輛的安全庇護前，我左顧右盼一番，確認這裡只有我一個人。但外頭天色昏暗，將近一片漆黑。我怎能百分之百肯定呢？

我很快下車，急忙走進安全的家中，接著關門上鎖。我扯了兩下，確保大門已經牢牢上鎖。

我走進廚房。一鍋燉菜在爐子上等著我，砂鍋用鋁箔紙封住保溫，最上方貼著一張便條紙。

愛妳，上面寫著。署名，威爾。

只有狗在廚房裡等我，露出成對的犬齒盯著我，乞求能到外面去。我幫牠們打開後門。牠們馬上直奔後院的角落開始挖土。

我爬上嘎吱作響的樓梯，發現伊莫金的房門緊閉。不用說，門一定上了鎖，就算我想進也進不去。然而我再定睛一看，發現門上有一道新鎖，搭配扣在門把上的掛鎖，做足了一整套的防盜系統。門現在由外鎖上。這想必是伊莫金自己安裝的，為了把我拒之門外。

斃命水池樂團這類型的搖滾樂震著藍芽喇叭隆隆作響，音量一路開到最大，歌詞聽得一清二楚，死屍的字眼反覆出現。那些穢言謾罵難以入耳，仇恨思想透過喇叭湧入我們家中。但泰特不在附近聽不見，所以這次我就隨她去。

我來到奧圖的房門口，輕輕敲了敲門，提高音量蓋過伊莫金製造的噪音說：「我回來了。」

他為我開門。我看著奧圖，發現他一天比一天長得更像威爾。如今他年紀漸長，臉的輪廓也越來越鮮明。線條柔和的嬰兒肥不復存在。他隨時都在抽高，總算開始享受長久以來忽視他、害他過去在其他男同學越長越高的同時卻依然矮小的成長迸發期。很快，他就會追上他們的身高。奧圖和威爾一樣帥氣。過不了多久，女孩就會被他迷得神魂顛倒。他只是還不知道罷了。

「今天過得怎麼樣？」我問他。他聳聳肩說：「還行吧。」

他回答得模稜兩可。我趁勢把握機會。「還行吧？」我問，想知道更多詳情：我想知道他的一天究竟過得怎麼樣，他和學校裡的其他同學處得好不好，他喜不喜歡他的老師，他有沒有交到朋友。見他不發一語，我進一步追問：「從一分到十分，你會打幾分？」這很蠢，是醫生想要測量病人的疼痛指數時會問的問題之一。奧圖再次聳肩，告訴我他給今天打六分，平淡無奇、差強人意的一天。

「有功課嗎？」我問道。

「有一些。」

「需要幫忙嗎？」

他搖頭。他可以自己寫。

我準備前往我和威爾的房間換衣服的時候，瞥見通往三樓閣樓的門縫底下透出光線。閣樓的燈是亮的，但過去從來不曾亮過，因為愛麗絲就是在那裡自殺的。我吩咐過兩個孩子絕對不能上去。我不認為那是我們任何人必須待的地方。

孩子們知道是愛麗絲給了我們這棟房子。他們不知道她是怎麼死的。他們不知道有一天，愛麗絲在脖子上綁了一條繩索，把繩索另一端固定在天花板的大梁，從矮凳跳下來。身為醫師的我所知道的是，繩索勒住她的脖子，讓她懸在半空僅靠下巴和脖子支撐之際，她肯定是拚了命地和自己全身的重量對抗，爭取氧氣。她肯定花了十幾分鐘才失去意識。過程中肯定非常痛苦。即使等她終於昏了過去，身體仍會持續猛烈擺動，花上很長一段時間才真正死去，大約二十分鐘，甚至更久。不是很舒服的死法。

談起愛麗絲對威爾來說很困難。這我能理解。我的父親過世後，談起他對我也很困難。我的記憶力不是很好。但我最有印象的是我十一歲左右的時候，和父親就住在芝加哥近郊，而他在城裡的一間百貨公司工作。那個時候，爸爸每天搭火車通勤。當時我年紀已經夠大了，可以照顧自己，也就是所謂的鑰匙兒童。我自己走路上學，自己走路回家。沒人叫我去寫功課。我已經有足夠的責任心。我自己煮晚餐，自己洗碗盤，在適當時間上床睡覺。多數的夜晚，爸爸會在回程的火車上喝一兩瓶啤酒，下火車後造訪酒吧，直到我睡著後才回家。我會聽見他在房子裡跌跌撞撞，打翻東西。隔天早上，就會有一團混亂等著我去清理。

我靠自己讀完大學。我一個人住，先是住在學校的單人宿舍，接著住進一間小公寓。我試過與室友合住，但不適合我。我的室友做事粗心，缺乏責任感，缺點不可勝數。她善於擺布他人，是個徹底的偷竊狂。

她替我寫下電話留言，我卻從來沒有收到。她把我們的公寓弄得一團亂。她吃我的食物。她偷我錢包裡的錢和支票本裡的支票。她用我的信用卡替她自己買東西。當然了，她全盤否認，但之後我會查看我的銀行對帳單，發現支票是從髮廊和百貨公司等地方開出來的，甚至是兌現。我請銀行提供我已處理支票，支票上面的筆跡明顯不是我的。

我大可告她。但基於某種原因，我選擇不這麼做。

她問也沒問就穿我的衣服。她拿回來的時候，衣服又皺又髒，有時候染上污漬，沾著香菸臭味。我會發現它們像那樣掛在我的衣櫃裡。我向她問起這件事，她會瞪著我的髒衣服說：妳真的以為我會穿妳那件醜到不行的襯衫？

撇開其他事情不說，她就是個刻薄的人。

我在房門上裝了一個鎖，但仍阻止不了她。

不知怎地，她仍找得到方法闖進來。一天夜裡，我回家發現我的房門大開，東西全被翻了一遍。

我不想像這樣生活。

我提議搬出去，把住處讓給她。她氣到差點對我動手。她有某種特質令我害怕。她激動地告訴我，她一個人負擔不起這間公寓。她指著我的鼻子，對我說我瘋了，說我是神經病。

我堅定立場，毫不退縮。

我冷靜地說：妳也不遑多讓。

到頭來，搬走的人是她。這樣也好，因為那陣子我剛認識威爾，需要一個可以膩在一起的地方。即使在那之後，我還是懷疑她經常擅自進屋，翻找我的東西。她把她的鑰匙交給我，但這不表示她沒有先拿到五金行打了一把備用鑰匙。後來，我換了鎖。我告訴自己，這總能攔住她了。如果我還是感覺到她頻頻來訪，那就是我的妄想症在作祟。

話雖如此，這卻不是我最後一次見到她。因為大約在六個月之前，我在家裡附近的街上偶遇她。她看起來還是老樣子，提著東西昂首闊步走在哈里森大街上，傲慢如常。我一看見她立刻躲起來，溜到另一條街上。

當時我和威爾才剛認識，就在畢業後不久一場朋友的訂婚派對上。我們對認識彼此的時間有著不同的版本。我記得他在派對上朝我走來，一如既往地帥氣又熱情，伸出一隻手對我說：妳好啊。我覺得我好像在哪裡見過妳。

記得那晚我覺得尷尬又不自在，加上俗氣的搭訕台詞，絲毫沒有銳減那股尷尬。他當然沒有在哪裡見過我。他只是在調情，而這招奏效了。接下來的整個夜晚，我們在舞池上緊密共舞。我喝得越多，不自在的感覺也逐漸消失。

我們才交往了幾個月，威爾就提議他搬進我的公寓和我同居。我不懂他為什麼單身，也不懂為什麼在美女如雲的芝加哥大都會選擇了我。但不管原因為何，他堅稱他無法忍受離開我的感覺。他想要時時刻刻陪在我身邊。這個想法很浪漫——那時候，從來沒有人像威爾一樣讓我如此渴望——但在財務上也很合理。我的實習快結束了，威爾也快完成他的博士學位。我們只有一個人有固定薪水，儘管賺得不多，大部分都拿去還醫學院的學貸了，但我不介意負責支付房租。我喜歡威爾時時刻刻和我在一起。我可以為了他這麼做。

不久之後，我和威爾就結婚了。再過不久，爸爸過世，自願離開這個世界。肝硬化。

我們生下奧圖，接著幾年後，換泰特。如今我發現自己住在緬因州。

當初聽到消息，得知威爾的姊姊留了一間房子和一個遺孤給我們的時候，要說我完全不驚訝是騙人的。威爾一直都知道她患有纖維肌痛症，但我們是從遺囑執行人口中得知自殺的消息。我堅信我們全家人搬到緬因州不會有任何好處，但威爾不認同。

搬家的前幾個月，日子過得生不如死。先是奧圖遭到退學，緊接著是發現威爾外遇。在那之後沒幾天，我的一個病人死在手術台上。以前不是沒有病人死掉，但這個差點成了壓垮我的最後一根稻草。他剛動完心包穿刺術，一個相對安全、從一個人的心包吸出液體的例行性手術。我回顧醫學筆記的時候，整個手術顯得很理所當然。病人患有名為心包填塞的症狀，意即心包累積過多液體壓迫到心臟，導致心臟無法正常運作。心包填塞必須把些許液體排除，否則可能致命。我以前做過這個手術，好多次了，從來沒有任何問題。

但這一次，我沒有做。因為根據同僚的說法，我在病人心臟驟停的時候離開手術室，逼迫實習醫生在少了我的情況下進行心包穿刺術。手術台上的病人已經命懸一線，不做心包穿刺術必死無疑。

但手術發生失誤。探針刺穿病人的心臟，導致他回天乏術。後來，他們在醫院頂樓找到我，坐在十四層樓的建築物邊緣，雙腳懸空。有些人聲稱我正準備要往下跳。

但我沒有自殺傾向。日子是很糟，但沒有糟到那種地步。我歸咎於奧圖的退學和那場外遇，摧殘了我的情緒和心智。精神崩潰，整間醫院這樣謠傳著。眾人竊竊私語，說我在急診室突然精神崩潰，走到十四樓，準備往下跳。實際上真正發生的，是我失憶了。我說了什麼、做了什麼，統統想不起來。我人生中的一個片段就這樣消失了。我只記得我正在幫病人做檢查，然後在另一個房間醒來——只是到了那時，我卻成了躺在手術台、身上蓋著一塊布的那個人。後來，我聽見我的病人死在經驗不足的醫生手上時，忍不住哭了。我不是愛哭的人。但那個時候，我無法克制情緒。

觸發精神崩潰的因素全數到齊：一段擱置未處理的壓力、覺得迷惘、一文不值、無法入睡。隔天，急診室主任堅持幫我請病假。他不經意提到了心理評估。我向他道謝，但他的好意我心領了。接著，我選擇辭職。我不能再回到那裡。

抵達緬因州時，我和威爾發現這間方正農舍的屋況極差。矮凳仍在閣樓，連同那條九十公分的繩索，尾端已經剪斷，其餘的繩子依舊綁在天花板裸露的支撐梁上。在愛麗絲那具殘破不堪的身體可及之處，所有東西全被踢翻，意味著死亡期間並不輕鬆。

我來到通往閣樓的門前，把門拉開。上面有一盞燈亮著。我兩步併作一步上樓，樓梯在我腳下嘎吱作響。閣樓是個尚未完工的空間，天花板飾以木梁，地面鋪著軟木地板，一團團鬆軟的粉紅隔絕泡棉如雲朵般散落各處。光源來自天花板的一顆裸燈泡，上來這裡的某人忘記把燈關掉。一條細繩懸在下方。由裸磚堆砌而成的煙囪貫穿閣樓中央，向外排氣。還有一扇面街的窗戶。今晚外面一片漆黑，什麼也看不見。

幾張紙引起我的注意，和一支鉛筆一起放在地上。我立刻認出那是奧圖的其中一支素描筆。我和威爾買給他、他從來不肯借給泰特的那一組。那組素描筆所費不貲，同時也是奧圖的珍寶，儘管我已經好幾個月沒見他使用。自從在芝加哥發生了那些事之後，他一直沒有提筆畫畫。

我因為兩件事而左右為難：第一是失望，奧圖竟然違背我的囑咐，在我明說不能上閣樓的時候依然故我。但再來是很慶幸奧圖再次提筆畫畫，也許這是回歸正常的第一步。

也許威爾說得對。也許只要給點時間，我們真的可以在這裡找到快樂。

我走向那些擱在地面上的紙張。窗戶開了一條縫，十二月的乾冷空氣襲來，吹得紙張飛動。我跪下拾起那張紙，預期看見阿瑟和肯的漫畫大眼回盯著我。他們是奧圖畫到一半的連環漫畫中的角色，擁有銳利的髮尾線條，和大得不成比例的哀傷眼睛。

擺在紙張旁邊的那支鉛筆折成兩半，筆尖磨損不鋒利，實在不像奧圖的作風。他總是細心照料這些鉛筆。我也伸手拾起鉛筆，接著起身，朝眼前的圖畫一看。結果不看則已，一看讓我倒抽一口氣，不由自主摀住嘴巴。

我看見的並非阿瑟和肯。

我看見的是斷斷續續的零碎線條。畫紙上有樣東西遭到肢解，我猜是一具屍體。紙張邊緣有一個圓形物體，我看應該是一顆頭；細長如四肢一般的形狀應該是雙手和雙腳。圖畫上方是一片繁星和一彎新月。是夜晚。畫紙上還有另外一個人，從其外觀那凌亂的長髮，那圓圓的頭上伸出來的線條看來，是個女人。她手中握著一把利刃，上面滴著別的東西，除了血之外，我猜不出還有其他可能，雖然畫上只有黑白兩色，沒有鮮明的紅色。畫上這個人的眼神瘋狂，旁邊的斷頭則在哭泣，豆大淚珠把頁面撕開一個洞。

我深吸一口氣，憋在肺腑，胸口湧上一股痛楚，手腳也瞬間發麻。

三張紙全都複製了同樣的圖畫。肉眼所見，看不出一絲不同。

起初，我告訴自己這些畫是奧圖的，因為奧圖是家中的藝術家，唯一會畫畫的成員。

但這些畫看起來太簡單、太粗淺，不像是奧圖的作品。奧圖的畫功厲害多了。

但泰特是快樂的孩子，聽話又乖巧。我告訴他不能上閣樓，他就絕對不會上來。況且，泰特不會畫出如此暴力又血腥的圖畫。他絕對想像不出這樣的東西，更別說描繪在紙上了。泰特不知道什麼叫謀殺。他不知道人會死。

我的思緒回到奧圖身上。

這些畫是屬於奧圖的。

除非，我想了想，倒抽一口氣屏住呼吸，這些是伊莫金畫的？因為伊莫金是個憤世嫉俗的女孩。伊莫金很清楚什麼叫謀殺；她知道是人都難逃一死。她親眼見過死亡。但她拿奧圖的鉛筆和白紙畫這些東西做什麼？

我關上窗戶，轉身背對窗口。對面的牆邊有一座復古娃娃屋，引起了我的注意。我最初發現娃娃屋是搬來的那一天，心想那可能是伊莫金小時候的玩具。那是一座迷人的綠色小屋，裡面有四個房間、一個寬敞的閣樓、一條細長樓梯在小屋中央延伸。當中的裝潢細節簡直無可挑剔。迷你窗框和迷你窗簾，袖珍版的檯燈、水晶吊燈、寢具、茶几，甚至還有與房子相襯的綠色狗屋，包括一隻迷你狗。那一天，出於對愛麗絲的尊重，我替娃娃屋清掃灰塵，把全家人放到床上睡覺，等到當阿嬤給孫子玩的那一天。這不是泰特會喜歡的玩具類型。

我走向娃娃屋，很肯定自己會發現那家人在我當初留下他們的地方呼呼大睡，結果卻不是這麼回事。因為有人曾經爬上閣樓，畫畫、開窗、搞東搞西。因為娃娃屋不再是我當初擺放的模樣。

娃娃屋內，我看見小女孩從床上起來。她不再躺在二樓臥房的天篷床上，而是席地而臥。父親也不在床上睡覺；他不見了。我左顧右盼，到處找不到他。只有母親仍在一樓的大床上熟睡著。

床腳躺著一把迷你小刀，不過一個拇指指尖那麼大。

娃娃屋裡有一個箱子，塞滿各式服飾。蓋子是闔起的，但門閂沒有扣上。我打開蓋子，往裡一看，在箱子裡尋找父親的蹤影，卻還是沒找到他。我宣告放棄。

我把燈繩一拉，閣樓瞬間變黑。

我走下樓梯，胸口鬱悶難受，這時突然驚覺：整間屋子好安靜。伊莫金關掉了刺耳的音樂。我來到二樓樓梯口時，只見她站在房門口，房裡的燈光照亮她的後方。

她的眼神充滿質疑。她沒發問，但我可以從她的表情解讀出來。她想知道我在閣樓做什麼。

「閣樓有燈亮著。」我解釋，等了一會兒後問道：「是妳嗎？妳有上去嗎，伊莫金？」

她哼了一聲。「妳要是以為我還會上去那裡就蠢到家了。」她說。

我仔細思索那句話。她有可能在說謊。伊莫金讓我覺得是一個高超的騙子。

她倚著門框，雙臂交叉。

「莎蒂，妳知道一個人死的時候是什麼樣子嗎？」她說，看起來自鳴得意，我這才發現她以前從來沒有直呼我的名字。

老實說，我知道。我這輩子見過許多事故傷亡。

但問題從伊莫金的嘴裡說出來，卻讓我啞口無言。

伊莫金並不想得到答案，而是為了製造震撼；她企圖嚇唬我。她繼續鉅細靡遺地描述那天她在閣樓找到愛麗絲吊在繩索上時是什麼模樣。那天，伊莫金人在學校。她一如往常搭渡輪返家，進入安靜無聲的屋子後發現愛麗絲幹的好事。

「她的脖子上有抓痕。」她說著，用她的紫色指甲沿著蒼白的頸子往下抓。「她該死的舌頭變成了紫色，伸長了掛在嘴邊，像這樣卡在牙齒之間。」她說著，對我伸出自己的舌頭一咬。用力一咬。

我見過被勒死的受害人。我知道臉部毛細管破裂的樣子，眼睛後方累積的血液會導致雙眼充血。身為一名急診醫師，我受過訓練要在家暴受害人身上尋找這些特徵，遭到勒掐的跡象。但我想，對一個十六歲的少女而言，親眼看見自己的母親是這種狀態肯定是極大的心理傷害。

「她差點他媽的整個咬掉。」伊莫金在說愛麗絲的舌頭。就在這時，在這不合時宜的情況下，她開始放聲大笑，讓我一肚子火的失控笑聲。伊莫金站在一公尺外，除了這副過分開心的模樣之外，沒有流露其他情緒。「想看嗎？」她問道，儘管我不太明白她這句話是什麼意思。

「看什麼？」我小心翼翼地問道，接著她說：「她怎麼咬斷她的舌頭的。」

我不想看。但她還是拿給我看了，一張她亡母的照片。就存在她的手機裡。她硬是把手機塞進我的手裡。我的臉瞬間失去血色。

那天，伊莫金竟然在警方抵達前，用手機大膽拍下一張照片。

穿著淺粉紅毛衣和束腿褲的愛麗絲，吊在一條繩索上。她的頭部歪斜，繩索嵌進她的頸子。她的身體癱軟，雙手垂在兩側，雙腿挺得筆直。四周擺滿收納箱，本來三三兩兩高高疊起的那些箱子，如今東倒西歪，內容物全都掉出來。地板上有一盞檯燈，彩色碎玻璃散落一地。旁邊還有一個望遠鏡——以前大概是用來眺望閣樓窗外的星空——同樣倒在地上。所有東西十之八九都是被臨死前的愛麗絲猛力踢翻的。她用來爬上絞台的矮凳直立在一公尺外。

我想像愛麗絲所經歷的一切，想像她踏上三層台階迎向死亡，想像她把頭套進繩結。閣樓的天花板不高。愛麗絲想必事先測量過繩子的長度，確保她離開矮凳時，雙腳不會碰到地面。她頂多往下掉了幾公分。掉落的距離不大；以這個高度，她的脖子不至於折斷，這表示死亡的過程痛苦又漫長。證據就在那張照片裡。摔壞的檯燈、一道道的抓痕、險些斷掉的舌頭。

「妳為什麼要拍這個？」我問，努力保持冷靜。我不想讓她稱心如意。

她聳聳肩，用漠不關心的口吻問道：「為什麼不行？」不把母親的性命當一回事。

我掩飾驚訝的情緒，讓伊莫金拿走手機，緩緩轉身背對我。她走回房間裡，留下震驚不已的我。我祈禱在隔壁房間的奧圖有戴上耳機，祈禱他沒有聽見那段可怕的對話。

我回房換上睡衣，站在窗邊等待威爾回家。我望著隔壁人家的房子。屋內亮著一盞燈，就是每晚七點準時亮起、接近午夜又會熄滅的那盞燈。每年這個時候，那棟房子無人居住。我想著一連好幾個月，屋內空無一人。怎麼樣才能阻止一個人闖進屋內？

一輛車駛進車道，我只得直盯著看。車門一開，車內頓時燈火通明。泰特和他的好朋友坐在後座，威爾在前座，鄰座的女人怎麼也不像沒牙齒的老巫婆，而是一個朦朧不清的棕髮女子。

泰特開心地蹦蹦跳跳進入屋內。他跑上樓和我打招呼。「妳今天來學校看我了！」他自豪地大聲說，穿著星際大戰的連帽衫和針織褲衝進房門。這條長褲就像其他褲子一樣，對他而言太短了，露出腳踝。我和威爾追不上他長大的速度。他的襪子破了一個洞。

慢一步走進房間的威爾轉向我問：「真的嗎？」

我對威爾搖搖頭。「沒有。」我說，不懂泰特那句話是什麼意思。我和泰特四目相交，於是我說：「我今天在診所，泰特。我沒有去你的學校。」

「有，妳有。」他說著，一副快生氣的模樣。我為了安撫他，只好配合演出。

「那，我在做什麼？」我問他。「我說了什麼？」

「妳沒有說話。」他說。我接著問：「你難道不覺得如果今天我去了你的學校，不會和你說點什麼嗎？」

泰特解釋我站在操場圍牆的另一邊，看著下課時間的孩子。我問他我穿得怎麼樣，他說我穿著黑外套，戴著黑帽子，確實是我今天的穿著。他習慣見到我打扮成那樣，但城裡幾乎每個女人都穿著黑外套，戴著黑帽子。

「我想可能是其他人的媽咪吧，泰特。」我說，但他只是瞪大著眼，不發一語。我發現一個陌生女子站在操場邊緣看著孩子們玩耍的畫面讓人有點不安。我好奇學校有多安全，尤其是孩子們下課的時候。下課時間有多少老師在一旁盯著？圍牆有上鎖嗎？還是任何人都能打開圍牆大門走進來？孩子們在教室的時候，學校似乎很容易管理，但到了戶外又是另外一回事了。

威爾撥弄他的頭髮，對他說：「我想我們差不多要帶你去檢查一下視力了。」

我改變話題。「你手上拿著什麼啊？」我問。泰特自豪地拿著他參加圖書館活動時親手組裝的迷你雕像。他拿給我看，然後在威爾的要求下與我親吻道晚安，準備上床就寢。威爾帶他回自己的房間，在那裡讀了一本故事書給泰特聽，替他蓋上棉被。走回我們房間的路上，威爾順便去了奧圖和伊莫金的房間道晚安。

「妳沒吃那鍋燉菜。」威爾一回到房間，立刻對我說。他很擔心，但我告訴他我不餓。「妳還好嗎？」他問道，體貼地伸手撫摸我的頭髮，但我搖搖頭跟他說沒事。我想像傾身靠著他會是什麼感覺，讓他那雙強壯的臂膀抱著我，讓我難得一次表現出脆弱的一面，在他面前崩潰瓦解，再讓他一一撿起。

「泰特的學校安全嗎？」反之我問道。

他向我保證很安全。「大概只是哪個孩子的媽媽送來忘記帶去學校的午餐罷了。」他說，「泰特算不上觀察力敏銳的孩子，莎蒂。我是學校唯一負責接送的爸爸，儘管如此，他還是成天在一堆人當中找不到我。」

「你確定嗎？」我問，盡量不讓想像勝過理性。況且，這件事聽起來沒那麼令人不安，因為她是一個女人。如果是個男人在操場上看著孩子們玩耍，我現在早就到網路上肉搜，看看這座島上住了多少有前科的性犯罪者。

他告訴我：「我確定。」

我把閣樓找到的畫推到他面前。他看了一眼，立刻相信那是奧圖的作品。威爾和我不同，他似乎很肯定。「為什麼不是伊莫金？」我問，但願這些畫有可能是屬於伊莫金的。

「因為奧圖是我們的藝術家。」他毫不遲疑地告訴我。「記得簡約法則嗎？」他說，提醒我解釋最簡單的觀點通常都是正確的。

「可是為什麼呢？」我的意思是，為什麼奧圖會畫這樣的東西。

起初，他拒絕承認事情的嚴重性，僅僅是說：「這是一種自我表達的形式，莎蒂。對一個抑鬱難受的孩子來說很正常。」

可是，光是這句話就叫人不安。因為一個孩子會抑鬱難受是不正常的。

「你覺得他在學校被欺負了嗎？」我問，威爾只是聳聳肩說不知道，但他明早會打電話給學校。他會查個清楚。

「我們必須跟奧圖聊聊這件事。」我告訴他。但威爾說：「讓我先調查一下再說。我們知道的越多，就準備得越萬全。」

我說好。我相信他的直覺。

我告訴他：「我覺得找人和伊莫金聊一聊對她是好事。」

「什麼意思？」他問道，很吃驚的模樣，儘管我不曉得為什麼。威爾並不排斥心理治療，不過伊莫金在血緣上是他的外甥女，不是我的。這件事得由他定奪。「像是精神科醫師嗎？」他問道。

我說對。「她的狀況越來越糟了。她內心想必積累了很多情緒。憤怒、悲傷。我認為找個人和她談一談會是好事。」我說著，把我們今天傍晚的對話告訴他，不過我沒說我在伊莫金的手機上看見了什麼。他不需要知道我看見了他姊姊死掉時的照片。我只說伊莫金對我鉅細靡遺地描述她找到愛麗絲的時候是什麼模樣。

「在我聽來，她似乎慢慢對妳敞開心房了，莎蒂。」他說。但我難以相信。我告訴他心理治療比較好，找個受過訓練、知道如何與自殺倖存者應對的人，而不是我。

「威爾？」我問，心思飄到別處，來到今晚稍早我望著隔壁房子的窗戶時出現的一個想法。

「怎麼了？」他問道。

「隔壁的那間空屋。你覺得警方挨家挨戶進行調查的時候有搜過那裡嗎？」

他給我一個困惑的表情。「我不知道。」他說，「為什麼這麼問？」

「只是覺得一間空屋會是殺人兇手絕佳的藏身處。」

「莎蒂。」他用一種雖傲慢卻又令人放心的口吻說，「我肯定我們家隔壁沒有住著一個殺人兇手。」

「你怎能那麼肯定？」我問道。

「我們會知道，不是嗎？會有哪裡看起來怪怪的，燈亮著，窗戶被打破，我們會聽見一些動靜。但那棟房子從我們搬來這裡之後一直沒有改變。」

我不得不相信他，因為這是今晚我能入睡的唯一辦法。

# 卡蜜兒

有些夜裡，我會前往威爾的公寓，獨自站在大街上，從外面往裡看。但是威爾和莎蒂住得太高，很難從街上看到屋內的景象。

於是乎，有一晚，我爬上了防火梯。

我穿得一身黑，有如夜裡的飛賊一連爬上六段樓梯。

到了六樓，我在鋼鐵平台上坐下，就在他家廚房的窗外。我往窗內看，但夜深人靜之際，他們家漆黑無光，幾乎什麼也看不見。於是我坐了一會兒，但願威爾會醒來，但願他會來到我身邊。

我一邊等，一邊點了一根菸。我玩起打火機，看著燈芯頻頻噴出火焰。我把手指穿過火焰，希望受點皮肉之苦，卻事與願違。我只是想要有所感覺，什麼都行，疼痛也好。我內心只感覺到一片空虛。我讓火焰燒了一陣子，讓打火機燒得滾燙。我把打火機緊緊握在手心，等了一會兒，然後把手攤開，對我的傑作露出微笑。

手心燙出的圓形傷痕對我回以微笑。

我站起來，擺動麻掉的雙腿，讓血液循環，感覺有如針刺。

我腳下的城市叫人目眩神迷，到處霓虹閃爍。遠處，街上車水馬龍，大樓燈火通明。

我在那裡待了整晚。威爾始終沒有來到我身邊。因為我們在一起的日子並非總是充滿陽光和彩虹，有時過得很快樂，有時很艱難。

有些日子，我們簡直是天生一對。有些日子，我們水火不容，完全不同調。我們在一起的時光，無論好壞，都讓我體認到，他對我的了解，永遠不可能像他了解莎蒂那麼透徹。因為情婦只能撿正宮的殘渣，永遠吃不了一頓正餐。

與威爾共度的每分每秒很隱密，很匆忙。我學會善加抽出空檔與威爾在一起，創造出這些分分秒秒。有一次，我去他的教室找他，趁教室空無一人的時候兀自進去，給他一個驚喜。我進去時，他正站在他的辦公桌前。我把門關上鎖好，朝他走去。我把裙襬拉到腰際，扭腰擺臀坐上他的辦公桌，打開雙腿，讓他親眼看見我裙底下什麼都沒穿。

威爾盯著看了一段太長的時間，整個人目瞪口呆。

妳在開玩笑吧，威爾說。妳想在這裡做？他問道。

當然，我告訴他。

在這裡？他又問了一次，壓壓桌面確認辦公桌可以承受我們兩人的重量。

有什麼問題嗎，教授？我問著，雙腿打得更開了。

他的眼睛亮起來，咧嘴大大一笑。

沒有，他對我說。沒有問題。

我們完事後，我從桌面跳下來，讓裙襬落回大腿處，說了再見。我盡量不去想他接下來要去哪裡。當情婦不是一件容易的事。社會大眾對我們只有鄙視，絕不是同情。沒有人覺得我們可憐，只有批評和指責。我們被貼上自私、陰險、狡猾的標籤，但我們唯一的錯就是墜入了愛河。

大家忘了我們是人，我們也有感情。

有時候，威爾吻我的感覺既刺激又帶有磁性，彷彿一條電流直通我們的身體。他的吻向來火熱激情，但有時候又不是這麼回事。有時候，他的吻好冰冷，我以為就這樣了，我們的婚外情宣告終結。但我錯了。因為感情有時候就是這樣，有高潮也有低潮。

有一天，我發現自己對一位心理醫生講到這件事。我坐在一張旋轉椅上。我所處的房間天花板很高，有許多落地窗。厚重的灰色窗簾垂掛窗邊，從地面一路延伸至天花板。我們之間的茶几上有一瓶特大號的花束，就像房間裡的其他東西一樣。花瓶旁邊放著兩杯水，一杯給她，一杯給我。

我掃視整個房間，尋找時鐘的蹤影，卻只看到一排又一排關於心理疾病、情緒智商和智力遊戲的書籍，以及各式研究所文憑。

告訴我，心理醫師說，最近發生了什麼事。

對話就是從這裡開始的。

我在椅子上挪動姿勢，調整上衣。

我清清喉嚨，爭取我的聲音。

一切都還好嗎？心理醫師問道，看著我在椅子上喬姿勢，一副從容不迫的自在模樣。

我告訴她一切都很好。我不是個害羞的人，從來不是。我把雙腳放上一個矮凳，對眼前的女人說：我跟一個有婦之夫上床。

她體格較魁梧，是一胖就容易胖臉的那種女人。

除了左邊眉毛微微抬高之外，她的表情沒有任何變化。她的眉毛又濃又粗。

她嘴唇微張，喔？她問道，沒有對我剛剛的話流露一絲情緒。跟我聊聊他吧。你們怎麼認識的？

我把威爾的一切毫無保留地告訴她。我邊說邊面帶微笑，重新經歷每個時刻。我們在鐵軌底下遇見對方的那一天。他伸手抓住我的手腕，救了我一命。在咖啡廳喝咖啡。兩人倚在一棟大樓邊，威爾的聲音在我耳畔呢喃，手撫摸我的大腿。

但就在這時，我的情緒急轉直下。我伸手拿面紙，輕拭雙眼。我繼續往下說，告訴她當別人的情婦有多艱難，多寂寞。我無法指望能夠天天聯絡，不能打電話問候，不能在夜裡一邊談心一邊沉沉睡去。沒人可以傾訴。我盡量不去細想我的孤獨，可是一直被叫成另一個女人的名字，心底很難沒有芥蒂。

她鼓勵我結束這段外遇。

可是他說他愛我，我告訴她。

一個願意背叛自己妻子的男人，她說，通常會對妳說出他無法實現的諾言。他說他愛妳，只是一種引誘的手段。背叛另一半的人通常都是善於操弄他人的高手，她說。只要能阻止妳斬斷這場婚外情，他對妳什麼話都說得出口。享受齊人之福的人是他，他沒有理由改變。

聽完這些話讓我如釋重負，雖然這並非她的本意。

威爾沒有理由離開我。

威爾永遠不會離開我。

# 莎蒂

我從一場夢中驚醒，半睡半醒躺在床上。夢裡，我躺在一張不屬於自己的床上，抬頭凝視著同樣不屬於自己的天花板。上方的天花板設計成中間凸起的托盤吊頂，下方懸掛一只風扇，扇片狀如棕櫚葉。我第一次見到這樣的東西。床鋪中央有點凹陷，我的身體容易滑進凹槽，難以動彈。我躺在這張陌生的床上，困在凹陷處。

一切發生得好快，我沒時間思考自己身在何方，沒時間擔憂，只知道我不在自己的床上。我把手伸向兩側摸索，尋找威爾。但床上就只有我一個人。我的身體在棉被底下被一條毛毯裹住。我躺在那裡，望著頭頂的風扇，光源僅有從窗戶透進來的一絲月光。床裡好熱。我恨不得風扇能轉動，送來一陣風，讓我涼快些。

就在這時，我突然不在床上了。我站在床邊，看著自己熟睡。房間四周變得扭曲，色彩開始褪去。一下子，所有東西都成了黑白照片。房間牆壁扭曲變形，不再是正方形，成了梯形和平行四邊形。

我開始出現頭暈腦脹的感覺。

夢裡，我強迫自己閉上眼睛，阻止房間繼續扭曲變形。

再次睜開眼睛時，我已經回到自己的床上，腦海出現摩根的畫面。我夢見的是她。我不記得細節，但我很肯定她就在夢裡。

剛才威爾離開房間之前，吻了我一下。他自告奮勇載孩子們上學，讓我可以多睡一會兒。妳昨晚睡得不好，他說。我不確定這是疑問句還是肯定句。平心而論，我沒有睡得不好，但我的夢境實在栩栩如生，睡覺時想必不停翻來覆去。

威爾在我頭上親了一下。他祝我今天過得愉快，然後離開。

現在，我能聽見樓下傳來準備早餐和收拾書包的忙亂聲，緊接著大門打開，他們出門去了。到了這時，我才從床上坐起來。我發現我的睡衣沒穿在身上，而是擱在床尾。

我起身，棉被從身體滑落。我發現我全身赤裸。這著實嚇了我一跳，手不由自主遮住胸口。我不討厭裸睡。孩子還小的時候，尚未東倒西歪走進我們房間以前，我和威爾經常裸睡。但後來就不常這麼做了。一想到家中有孩子的時候裸睡，我就覺得不好意思。萬一被奧圖撞見我這個樣子怎麼辦？萬一是伊莫金呢？豈不是更糟？

想起伊莫金突然讓我愣了一下，因為我有聽見威爾和兩個孩子出門，但我一直沒聽見伊莫金離開的聲音。

我告訴自己，威爾不可能比她早出門。他會確保她先離開，去學校上課。伊莫金經常不報備行蹤，所以我直覺認為她不在家，她老早在威爾和兩個孩子出門前就偷溜出去了。

我的腋下和大腿內側留著乾掉的汗漬，老房子暖氣失調的後果。我記得夢裡的我有多熱。我八成是在無意識之下脫掉了睡衣。

我在抽屜櫃裡翻找衣服，套上緊身褲和一件長袖襯衫。穿著穿著，又一個想法冒出腦海，是有關伊莫金的事。如果威爾只是像我一樣，假定她上學去了呢？因為她習慣神不知鬼不覺地進出家門？

我對伊莫金的恐懼蒙蔽了我的判斷力，我發現自己在想：她還在家嗎？家裡只剩我和伊莫金兩個人了嗎？

我小心翼翼離開房間。伊莫金的房門是關著的，最新安裝的門鎖機制上那牢牢扣住的掛鎖告訴我，她不在房間裡。因為她在裡面的話不可能上鎖。

那只鎖是用來防止我進去的。乍看之下，這似乎是個無害之舉，但再定睛一看，我好奇這只鎖是否也能輕易把人鎖在裡面。

我邊下樓，邊喊著伊莫金的名字，只是以防萬一。樓下，她的鞋子和後背包都不見了，外套也是。

威爾在流理台上幫我留了早餐和喝咖啡用的空杯子。我斟滿咖啡，連同可麗餅一起拿到餐桌上吃。就在這時，我看見威爾留了一本書，那本真人真事改編的犯罪小說。我猜他大概是看完了，放在那裡要給我看。

我伸向那本書，挪到面前。但我在意的不是書，不算是，是書裡的照片，他前任未婚妻的照片。我把書捧在手中，深呼吸，翻閱書頁，預期艾琳的照片會掉出來。

不見照片掉落，我再次翻閱，一次又一次。

我把書放下，抬頭嘆了口氣。

威爾把照片拿走了。他拿走了照片，把書留給我。

威爾把照片放去哪裡了呢？

我不能問他。再提起艾琳就太不上道了。我不能一而再再而三拿他死去的未婚妻煩他。早在我出現前，她就離世了。但得知這些年來，他一直保有她的照片實在很難受。

威爾在美國東岸長大，離我們現在住的地方不遠。他在大二、大三的時候轉學，離開東岸到芝加哥就學。威爾告訴我，隨著艾琳和他的繼父相繼過世，他在東岸再也待不下去。他非走不可。離開後不久，他母親就梅開三度（以威爾的看法，太快了；她是那種無法獨自生活的女人），搬到南部。他弟弟加入和平部隊，現在住在喀麥隆。然後，愛麗絲過世了。威爾在東岸已經沒有家人。

艾琳和威爾是高中班對。他跟我提到她的時候不使用那種說法，因為太傷感，太可愛。但他們的確是，名副其實的高中班對。艾琳過世的時候十九歲；他才剛滿二十歲。他們從十五、六歲起就在一起了。照威爾的說法，讀大學的艾琳趁聖誕假期返家之際——那兩年威爾去了社區大學——失蹤了一整晚，直到後來屍體才被尋獲。她本應該在六點來接他一起去吃晚餐，但她始終沒有出現。到了六點半，威爾越來越擔心。接近七點鐘，他打電話給她的父母、她的朋友。沒人知道她去了哪裡。

八點左右，艾琳的父母打到警局報案，但那時艾琳才失蹤兩小時，警方無法立刻展開搜救。時值冬季，外面剛下過雪，路面濕滑，事故很多。那晚，警力大多去支援那些事故了。與此同時，警方建議威爾和她的父母繼續打電話，查看任何艾琳有可能去的地方——這建議很荒謬，因為那晚冬季暴風雪警報已經發布，呼籲所有駕駛盡可能遠離道路。

艾琳前往威爾家常走的那條路蜿蜒陡峭，因為圍繞一個大池塘，路面覆蓋了一層薄冰。那條路人煙罕至，儘管風景秀麗，卻是在那晚突然驟變的天氣下，最好選擇避開的一條路線。

但以威爾的說法，艾琳個性莽撞，不是叫她做什麼她就會去做的那種人。氣溫僅有零度，不過稍晚他們發現她的那個池塘尚未完全結冰。因此，艾琳撞上那塊結冰路面，從大街上飛出去的時候，池塘根本承受不住汽車的重量。

那天晚上，威爾四處奔波尋找艾琳。健身房、圖書館、她練舞的工作室。他把艾琳家到他家之間所能想到的每條路都開過一遍。但夜色漆黑，池塘不過是一片無底深淵。

直到隔天清晨，一名慢跑者發現了在冰雪之中露出來的汽車擋泥板。艾琳的父母率先接獲通知。等威爾聽聞噩耗時，距離兩人約定見面的時間已經過了超過十二個鐘頭。她的父母和年幼的妹妹傷心欲絕。艾琳死時，小妹才九歲。威爾同樣痛不欲生。

我把書推開，沒心情讀，因為我只要一看到這本書就會想起曾經夾在裡面的那張照片。

他把艾琳的照片放到哪裡去了？我好奇，但同時另一個念頭又冒了出來：我何必在乎？

威爾娶了我。我們生了孩子。

他愛我。

我把早餐留在原位，走出廚房，穿上掛在玄關掛鉤上的防風外套。我得出門跑跑步，消消悶氣。

我來到大街上。今早天空灰濛濛的，地面因為早些時候下了雨而濕答答的，如今雨雲已經飄到海上的某處。我看見遠方在下雨。絲絲細雨盤旋在一群雲層下方。整個世界看起來絕望又淒涼。氣象預報員預測，在今天結束前，雨會轉為飄雪。

我沿著大街慢跑。這天難得不用工作。我盤算的是先來個晨跑，再好好享受早晨的獨處時光。奧圖和泰特去上學，威爾去工作。他現在想必已經搭上渡輪，在前往主島的路上。抵達主島後，他會搭公車到學校，花半天時間對一群十九歲的年輕人講解替代能源和生物修復，把他們迷得團團轉，然後接泰特放學回家。

我跑下斜坡，順著小島外圍的街道前進，經過一間又一間濱海房屋。這些房子完全稱不上富麗堂皇，反倒是陳舊過時，世世代代居住於此，屋齡隨便都有一百年以上。一間間瑕不掩瑜、恬靜宜人的小屋，隱身在蔥鬱的樹林裡。繞小島一圈大約是八公里。風景不是經過精心維護的那種景致，而是充滿濃濃的鄉土氣息。無望無際的窮鄉僻壤和岩石密布、遍地海藻的公共海灘，在每年的這個時候總是格外空蕩。

我跑得很快，太多心事盤據腦海。我發現自己想著伊莫金，想著艾琳；想著傑佛列和他的前妻藏在教堂的聖所。我好奇他們在說什麼，還有艾琳的照片在哪裡？威爾藏起來不讓我發現嗎？還是他只是拿來做下一本書的書籤？那是什麼幸運物嗎？

我經過佇立在小島東邊的懸崖。懸崖濕滑陡峭，向外傾斜在大西洋海面上。我盡量不想起艾琳。我望著海上的大浪氣勢滔滔地拍打岩石。忽然，一大群瘋狂的候鳥飛過我身邊，符合牠們每年這個時候的習性。鳥群突如其來的舉動嚇我一跳，於是我放聲尖叫。即使沒有上百隻，少說也有數十隻的黑鳥有志一同地拍動翅膀，展翅高飛。

今早的大海波濤洶湧。風吹過海面，把陣陣浪花送往岸邊。兇猛白浪拍打著岩石嶙峋的海岸線，掀起三公尺——或甚至是六公尺的駭浪。

我能想像，每年這個時候的海水肯定極度冰冷，水深如淵。

我跑一跑停下來伸展，彎腰碰碰腳趾，放鬆後腿肌腱。周圍的世界是如此寧靜，叫人不安。唯一聽得見的是在我四周呼嘯、在我耳邊低語的風聲。

突然間，我被乘著疾風而來的那些字句嚇了一跳。

我恨妳。妳是個廢物。去死、去死、去死。

我一下子挺直腰桿，掃視地平線尋找聲音的來源。

然而我沒看見任何東西、沒看見任何人。但我仍無法甩開有人在不遠處監視著我的念頭。我的脊椎一陣發冷，雙手也開始發抖。

我輕輕喊了一聲「哈囉？」，沒人回應。

我環顧四周，遠處什麼也沒有。沒人躲在房子的角落或大樹的後方。海灘杳無人煙，房子的門窗緊閉。不用說，像這樣的天氣，大家都躲在家裡。

一切只是我的想像。這裡一個人都沒有。沒人在和我說話。

我聽到的是瑟瑟風聲。

我的大腦把風聲錯認成說話聲。

我繼續慢跑。等我來到城市郊區——那是一座典型的小鎮，有衛理公會教堂、一間旅社、一間郵局和幾個用餐的地方，包括季節性的冰淇淋店，每年這個時候用木板給封住了——天空開始下雨。起初只是毛毛細雨，不久就成了傾盆大雨。我全速狂奔，躲進一間咖啡廳等待暴風雨過去。

我拉開門，匆匆進去，渾身濕淋淋的。我以前沒來過這裡。這間咖啡廳充滿鄉村風情，是老年人會花上一整天喝咖啡、聊天氣和爭辯地方政治的那種地方。

咖啡廳的門還來不及關上，我就偶然聽見一個女人問：「妳們誰去了摩根的追悼會嗎？」說話的女人坐在咖啡廳中央一張搖搖欲墜的椅子上，吃著盤裡的培根和雞蛋。「可憐的傑佛列。」她說著，難過地搖搖頭。「他一定傷心死了。」她拿起牛奶罐，倒進咖啡裡。

「實在太可怕了。」另一個女人回答。一群中年婦女坐在咖啡廳窗邊的一張合板長桌前。

「簡直無法形容。」同一個女人說。

我告訴老闆娘我要一個靠窗的位子。一名服務生走過來，問我需要什麼，我告訴她請給我咖啡。

那桌的女士們繼續聊天。我在一邊聽著。

「我今天早上看到新聞在報這件事。」有人說。

「新聞怎麼說？」另一個人問道。

「警方一直在跟一名嫌犯交談。」

我告訴自己，傑佛列就是嫌犯。

「我聽說她被捅了好幾刀。」我無意中聽到這句話，腸胃不禁一陣翻攪。我伸手按著自己的腹部，想像刀子穿透皮膚刺進她的內臟是什麼感覺。

接下來說話的人帶著質疑的口氣。「他們怎麼會知道？」女人問，馬克杯放回桌面時用力過猛，讓其他女人大吃一驚，包括我在內。「警方又還沒發布任何訊息。」

第一個聲音再次開口。「警方發布啦。那是驗屍官的證詞。驗屍官說她是被刀捅死的。」

「新聞上說一共捅了五刀。一刀在胸口，背後和臉各兩刀。」

「臉？」有人驚聲問道。我伸手撫摸臉頰，感受當中的不真實。那細薄的皮膚，那堅硬的骨骼，沒有刀子的容身之處。「好可怕。」

那些女人大聲說出內心的疑惑，熱烈討論著被刀捅是什麼感覺。摩根是否馬上感覺到痛，還是見血後才有感覺。一個女人猜測，或許事情發生得太快，這樣反覆刀進刀出的，她根本沒時間有任何感覺，因為她早就已經死了。

身為醫師的我所知道的是，如果刀刺進去時傷到主動脈，摩根應該立刻就一命嗚呼。但如果沒有，如果她是動彈不得、失血過多而死，就得花上更久的時間。等驚嚇感逐漸消退，應該會非常痛苦。

為了她好，我希望攻擊摩根的兇手刺中了主動脈。我希望整個過程速戰速決。

「現場沒有強行闖入的跡象，窗戶沒破，門也沒被砸爛。」

「也許是摩根替他開的門。」

「也許她一開始就沒鎖門。」有人一派輕鬆地說，「也許她在等他上門。」她說。緊接著，她們開始談論謀殺案中大部分的被害人都與兇手相識。有人端出統計數字，說隨機犯罪的例子其實比較少見。「攻擊臉部，在我聽起來像個人恩怨。」

我立刻想到那個前妻，寇特妮。寇特妮有希望摩根死的理由。我想起她的自白。我對我所做的事一點都不後悔！她那句話是什麼意思？

「兇手肯定知道傑佛列不在家。」其中一位女士推測。

「傑佛列常出差。就我所知，他幾乎長年不在家，不是在東京，就是在法蘭克福或多倫多。」

「也許摩根在和別人交往。說不定她有男朋友。」

這時，那質疑的聲音再次發聲。「這些全是小道消息，全是傳聞。」她說，輕責其他女人對一個死去的女人這樣說三道四。

有人很快反駁。「潘蜜拉。」女人說，語氣充滿敵意。「這不是小道消息，這是新聞說的。」

「新聞說了摩根有男朋友嗎？」潘蜜拉問。

「呃，沒有，這沒說。可是他們說她是被刺死的。」

我好奇威爾是否知道這些事。

「他們說是一把刀。」我發現這個無所不知的「他們」開始讓我神經緊張。他們是誰？「刀就是兇器。妳能想像嗎？」女人問著，拿起奶油刀的刀柄，粗魯地舉過頭頂，用鈍愚的刀口假裝刺殺她旁邊的女人。其他女人群起斥責。「賈姬，別鬧了。」她們說，「妳到底是哪根筋不對？有個女人被殺了耶。」

「他們就是這麼說的。」一名叫賈姬的女人繼續說，「各位，我只是陳述事實。根據驗屍官的報告，是一把剔肉刀，以傷口的形狀和長度來判斷。刀身窄且彎，長約十五公分。不過這純屬推測，因為殺死摩根的兇手沒有留下兇器。他把它帶走了，大概已經扔進大海。」

我坐在咖啡廳裡，回想慢跑途中看見的洶湧駭浪。我想起日復一日搭渡輪往來主島的那些乘客，就坐在浪濤上方，加上將近五公里寬的海面可以棄置兇器。如此寬廣，如此壯闊。每個人都沉浸在自己的世界裡，沒注意到身邊的其他人在做什麼。

大西洋的洋流沿著海岸往北急流，朝加拿大的新斯科舍省而去，再從那裡流向歐洲。如果兇手把兇器丟進大海，要沖回緬因州海岸上的機會微乎其微。

我離開時，整杯咖啡完好如初。我一口也沒喝。

## 卡蜜兒

我向來討厭大海。但不知怎地，我說服自己跟隨威爾來到這裡，因為有他在的地方，就是我想去的地方。

我找到一個地方住下，一棟離他不遠的空屋。那棟屋子又小又可悲，白布鋪在傢俱上，讓所有東西有如幽靈。

我走進屋內，把一切盡收眼底。我坐在他們的椅子上，像闖入三隻熊家中的那個金髮小女孩一樣躺在床上。一張床太大了，另一張又太小了，但第三張剛剛好。

我把抽屜櫃開了又關，裡頭幾乎空無一物，只有一些被遺忘的東西，像襪子、牙線、牙籤等等。

我打開水龍頭，沒水流出來。水管是空的，廁所也是。櫥櫃和冰箱空空如也，只剩一盒小蘇打粉。房子冷得叫人筋骨瑟縮。

住在那棟房子裡，我時常出現存在危機。我發現自己困在屋內，消磨時間，想東想西。我受困在黑暗之中，感覺自己不存在，感覺自己不應該存在。我想也許死了比較好。我想過許多結束生命的方法。這不是第一次了。我以前就想過，也試過，可惜遭人阻止。不用多久我就會再度嘗試，這只是遲早的問題。

有些夜裡，我離開那棟房子，站在大街上透過威爾家中的窗戶望著他。多數夜晚，門廊的燈是亮的，一盞指引莎蒂回家的燈塔。這讓我憤怒不已。他愛莎蒂勝過愛我。我恨莎蒂。我對她尖叫。我想殺了她，我想要她死。但事情沒那麼簡單。

我站在大街上時，看著煙囪湧出陣陣煙霧，飄進夜裡，染得深藍的夜空一片灰濛。房子裡亮著燈。黃光暈染整片窗戶，窗簾將其劃分成一個完美的V字形。

一切看起來像一張該死的賀年卡。

一天晚上，我站在街上看進那扇窗戶。我暫時閉上眼睛，想像自己在窗戶另一邊陪著他。腦海中，我緊緊抓著他的毛衣，他輕扯我的頭髮，把嘴唇貼上我的唇，狂野又激情。他咬我的嘴唇，我嚐到血味。

但就在這時，車子的引擎聲把我喚醒。我睜開眼睛，看見那輛車沿街緩緩駛來。就像那本童書《小火車做到了》裡的畫面。我掉頭走開，跳進溝渠裡，不讓駕駛看見我在陰影處徘徊。

車子緩緩經過，車尾噴出陣陣煙霧。我想我可以，我想我可以❶。

我看著屋內的威爾在房間跪下。那晚，他穿著一件灰色毛衣，胸前有半襟拉鍊的那種款式。他穿著牛仔褲和鞋子，正在和他的孩子玩，小的那個，兩人跪在房間中央。那蠢小孩，他在微笑，一副心滿意足的樣子。

他牽起孩子的手，兩人一起從地上站起來，來到窗邊。他們站在那裡，望向夜空。我看得到他們，但他們看不到我。我能看見屋內的一切，因為外頭黑暗無光。我能看見壁爐裡的火，壁爐架上的花瓶；牆上的畫。

他們在等莎蒂回家。

我告訴自己，他來到這座島不是因為他想甩掉我。他別無選擇，只能離開，就像幼蟲別無選擇，只能化作跳蚤。

就在這時，另一輛車開了過來，但這次我沒有走掉。

我努力不當個討厭鬼。但有時候，我就是控制不了自己。我在莎蒂的車窗上留下訊息；我坐在她的引擎蓋上抽菸，一根接著一根，就在快抽完整包菸以前，有個老太婆跑來跟我說我不能在那裡抽菸，說我應該到別的地方去。我不喜歡被人指使。我告訴她，這是個自由的國家，我想在哪裡抽菸就在哪裡抽菸。我罵她臭婆娘、老女人。她威脅要告發我。

一天，趁沒人在家時，我讓自己溜進他們家。進去並不難。如果觀察一個人夠久的話，你就會知道。密碼、PIN碼——都是一樣的數字。所有資訊全在他們丟進垃圾桶的文件上。出生年月日、稅單上社會安全號碼的後四碼、薪資單。

我躲在看不見的地方，看著威爾的車越開越遠，才走向車庫的鍵盤前，開始輸入密碼。我試了第三次就猜中密碼。

房子大門解了鎖，我轉動門把，讓自己進去。

踏進屋內時，狗沒有吠叫，算什麼看門狗嘛。牠們匆匆忙忙跑過來，聞我的手，舔我。我拍拍牠們的頭，叫牠們去躺下，牠們乖乖照辦。

我把鞋脫掉，先走進廚房，這裡摸摸，那裡找找。我肚子餓了。我打開冰箱，找到一些食

❶《小火車做到了》的經典口號。

物，坐在餐桌前吃了起來。

我假裝這裡是我家。我把雙腳抬高放在另一張椅子上，伸手拿起幾天前的舊報紙。我坐了一會兒，邊吃邊讀著過時的頭條。

我看向餐桌對面，想像在跟威爾一起吃東西，想像我不是一個人。

你今天過得怎麼樣？我問威爾，但他還來不及回答，電話響了。電話鈴聲來得出乎意料，我大吃一驚，從椅子上跳起來接電話，因為有人打斷我和威爾共進晚餐而忿忿不平。

我拿起話筒，湊到耳邊。

喂？我說。那是一部老式的轉盤電話，全世界已經沒人在用的那一種。

請問是福斯特太太嗎？他問道。那是一個男人的聲音，聽起來很爽朗。

我一秒也沒有遲疑。我是，我說著咧嘴一笑，往後靠在流理台上。我是莎蒂．福斯特，我說。

他是有線電視公司打來的，想知道我和威爾想不想升級電信方案。他的聲音友善，富有說服力。他問很多問題。他用我的名字稱呼我。

這個嘛，確切來說不是我的名字。

但心意依舊。

目前的方案用起來怎麼樣，福斯特太太？對現有的頻道滿意嗎？

我告訴他不滿意，選擇有點少。

妳是不是發現自己常常想看那些熱門的付費頻道呢，福斯特太太？或是妳先生想看職棒頻道?

我告訴他是的,我經常這麼想,我很想看HBO或Showtime上的電影。那些頻道不在我們現有的方案裡,對吧,先生?

是的,福斯特太太,很遺憾,他告訴我。但我們可以改變。我們現在在電話上就可以改變。這是升級的好時機,福斯特太太。

他提出的優惠讓人難以拒絕。我無法說不。

我掛上電話,把燉菜留在原來的地方。我伸出雙手撫過流理台。我把抽屜拉開關上,撥弄瓦斯爐的開關。

我轉動開關,沒觸發點火器。

沒多久,瓦斯味就開始飄進鼻腔。

我來到客廳,觸摸相框,在沙發上坐下,彈彈鋼琴。

我轉身走向樓梯,握住樓梯扶手,開始往上爬。樓梯是木製的,中間有些凹陷,非常老舊,就像這棟房子一樣老。

我來到走廊上,逐一查看每間房。

我很快就知道哪個房間是他的。

床鋪很大。他的一條褲子掛在洗衣籃上,裡面還有他的襯衫、他的襪子和她的胸罩。我用拇指輕搓她的胸罩蕾絲,放回洗衣籃裡,接著翻找到一件毛衣。那是一件咖啡色的羊毛開襟衫,又醜又舊,但很暖和。我把雙手穿進袖子,撫摸羅紋飾邊,輕觸鈕釦。我把雙手插進兩邊的大口袋，轉了一圈。

我來到莎蒂的梳妝台前，她的首飾就掛在一個收納架上。我把一條項鍊掛上頸子，把一只手鐲套上手腕。我打開一個抽屜，發現裡頭的化妝品。我看著盒上附贈的鏡子，一邊用她的粉撲上妝，再用她的腮紅刷過臉頰。

妳看起來真漂亮，福斯特太太，我對鏡中的自己說，儘管我一直比莎蒂漂亮得多。不過話說回來，只要我想的話，我可以做和她一樣的髮型，穿和她一樣的衣服，假裝自己是福斯特太太。說服別人相信我是威爾的妻子，他的真命天女。只要我想的話。

我走到床邊，抓起棉被掀開。床單很軟，是灰色的，織數很高的那一種，肯定很貴。

我用雙手撫過床單，用手指輕搓摺邊。我在床邊坐下。我無法克制自己；我非得鑽進被窩不可。我把雙腳伸上床，鑽進棉被底下。我側躺，閉上眼睛，假裝威爾在我旁邊的床上。

他回到家前我就走了。他完全不知道我來過這裡。

他來到碼頭時，我人已經在那邊。這一天天色陰暗，雲層從天空往下沉，有如霧霾一般瀰漫在街道上。因為這樣，所有人事物都變得一片模糊。每個人都灰濛濛的。

但有許多人竟是為此特地出門，彷彿喜歡這份淒涼。他們站在那裡凝視大海，看著海上那可能是又可能不是渡輪的小點。小點緩緩移動，越靠越近，把小船拋在後方，留下的尾流使小船上下搖動著。

風有如利刃切穿我。我手裡握著船票，躲在售票亭後方，等待威爾的到來。他從街上往碼頭走來之際，我發現了他。

他的微笑魅力四射。我的心跳得好快。

但他不是在對我微笑。

他在對人群微笑，和民眾閒話家常。

我躲在售票亭後方等待，看著他來到隊伍盡頭。我再等了一會兒，接著來到他後方的隊伍，我們之間夾了幾個人。

我把連帽衫的帽子戴上，再掛上墨鏡遮住眼睛。

渡輪姍姍來遲。乘客排成一列過橋，有如徒步行軍的囚犯。橋上坑坑疤疤，有個洞你能直接看見腳下湍急的海水。我看到海藻。我聞到魚腥味。

威爾爬上階梯來到上層甲板。我找了個可以觀察他又不會被發現的地方坐下。我無法從他身上移開目光。我看著他站在船尾；看著他握住欄杆；看著他凝望那逐漸消失眼簾的海岸線。

我們下方的海水又鹹又濁。鴨群圍繞在渡輪四周。

我全程看著威爾。他站在那裡眺望大海，彷彿裝飾在船頭的人像、海神波賽頓。我打量他的身軀，目光順著他的輪廓游移，盤旋在他被風吹亂的頭髮上，繞過他寬闊的肩膀一路延伸到一邊的手臂，細數每根手指頭，再從大腿沿著牛仔褲的接縫來到他的雙腳。於鞋底結束後，繼續從另一邊往上，與往下時的做法相同，從雙腳到大腿再到手指。我想像用雙手撫摸他的頭髮，回味他的頭髮被我的手指纏住打結的時候是什麼感覺。

二十分鐘左右的時間，我就這樣一直重複著。

海岸越來越近，建築物也越來越高大。自始至終，建築物就像地平線上的積木，一直都在。

但突然之間變得巨大，如同這天的其他萬物一樣黯淡灰濛。

渡輪靠岸後，我跟隨威爾下船，橫越碼頭，然後到碼頭的另一邊，跳上公車。我翻找包包，很開心看見我有一張交通卡。

我上了公車，在他後面找到一個座位。

公車笨重地往前開，載著我們穿越市區。

不久我們就抵達目的地。另一座大學校園，更多的紅磚建築。我重拾平常的習慣，跟隨威爾前進，模仿他，隨時保持在二十步以外。

我看著他一路走進一棟建築物裡。等他上樓的三十秒後，我也走上樓梯。我跟隨他來到一間教室，站在走廊聽他講課。他的聲音悅耳動聽，彷彿涓涓溪流，彷彿令人振奮的瀑布聲，同時令我興奮又抑鬱，讓我雙腿發軟。

威爾火力全開，談論著人口密度、人類擁擠的居住環境、不乾淨的水源。我背靠著牆，靜靜聆聽。我聽的是他的嗓音，而非他說的話，那些話對我毫無意義。

我站在走廊，閉上雙眼，假裝從他嘴裡說出的每一個字都是給我的秘密訊息。

學生魚貫走出教室，聲音吵鬧又刺耳。

等教室空無一人後，我走了進去。

他站在教室前面。他一看見我，整個人油然放鬆下來。

他很高興見到我。他在微笑，想藏也藏不住的那種燦爛微笑。他的嘴角不由自主揚起。

我真不敢相信，他說著走向我，一把將我擁入懷裡。我不敢相信妳在這裡。妳來這裡做什麼？他問道。

我告訴他，我來見你的。我想你。

妳怎麼知道要去哪裡找我？他問。

我眨眨眼說：我跟蹤你到這裡的。我想你有個跟蹤狂嘍，福斯特教授。

# 莎蒂

我從咖啡廳慢跑回家。氣溫又降到了新低點。雨水轉變成冰霰，打著我的雙眼，我只能低頭看著水泥地慢跑。冰霰下得很大，黏在我的衣服上。不久後，冰霰就會化作雪花。

來到家裡附近時，我聽見不遠處傳來汽車的引擎聲，就在前方的山頂。我抬起頭，正好看見一輛維多利亞皇冠警車停在尼爾森夫婦家的車道上。未熄火的引擎排出陣陣廢氣，飄過紅色的車尾燈，遁入冷空氣中。有個男人站在尼爾森夫婦家的信箱旁邊。像這樣的天氣，不應該有人待在外頭。

我慢下腳步，一手遮在眉毛前阻擋冰雨。因為天氣和距離的緣故，我看不清楚那男人的模樣。但這不打緊。我知道他是誰；我以前見過同樣的場景。

在與我相距不到四十五公尺的，是貝爾格警官。他手裡拿著一樣東西，站在警車的車尾徘徊。他左顧右盼，確定沒人在看，便把那樣東西塞進尼爾森夫婦家的信箱裡。我設法及時溜到一棵樹後。

貝爾格警官之前做過同樣的事，就在他在我們家偵訊我和威爾的那一天。那天我目睹他離開後，驅車來到尼爾森家的信箱前，也留下了某樣東西在裡頭。

最叫我感興趣的是他那小心謹慎的態度。他在尼爾森家的信箱裡究竟放了什麼東西，為何不希望其他人知道？

貝爾格關上信箱，回到車內，開車離開，駛過山頂後便消失了。好奇心殺死一隻貓，我知道不應該但我還是做了。我撥開臉上的濕髮，沿著斜坡往上跑。我把手伸進去，拿出信箱裡的東西，完全沒有貝爾格警官的小心謹慎。

來到附近的一棵樹下，我發現那是一個密封的空白信封，裡面放了一疊紙。我把信封拿高對著少得可憐的陽光。我不敢百分之百肯定，但我相信應該是一疊鈔票。

遠方傳來的車子引擎聲把我嚇了一跳。我把信封塞回信箱，快步走路回家。

現在才上午，但以外面陰沉的天色，說是半夜也不為過。我匆匆進屋，關門上鎖。狗奔來迎接我，我很感激有牠們作伴。

我轉身背對窗戶，在玄關差點被某樣東西絆倒。是泰特的玩具，湊近一看，是一個洋娃娃。看到是洋娃娃，我並沒有多想。我們家不喜歡那種性別分明的玩具。如果泰特想要和洋娃娃玩而不是玩變形金剛，我也沒意見。但讓我生氣的是放置的地方，躺在客廳中央可能會有人被絆倒。我把玩具踢到一旁，把焦慮感發洩在可憐的娃娃身上。

我打給威爾，但他正在講課。等他總算有機會回電時，我把驗屍報告和剔肉刀的事告訴他。但威爾已經知道了，因為今早他一抵達主島就讀到了那個消息。

「太可怕了。」他說。我們一起反覆琢磨這整件事有多悲慘，簡直無法想像。

「我們在這裡安全嗎？」我問威爾。在他猶豫之際——因為我們怎知道自己安不安全呢？——我果斷地說：「我想我們應該離開。」

趁他反駁前，我說：「當然，伊莫金會跟我們一起走。」

我沒說的是，到了我們的地盤，我們就有優勢了。我對伊莫金會感覺到現在所沒有的掌控權。

「離開要去哪裡？」威爾問。但依我看，這個問題很明顯，我們的全新生活到頭來並沒有那麼新穎。我們待在緬因州的日子有如暴雨，這麼說還算客氣了。真要說的話，自從來到這裡後，我們的生活可謂每況愈下。

「回家。」我告訴他，但他只是問：「現在哪裡是家，莎蒂？」聽到這些話，我心好痛。

我和威爾整個婚姻生活所居住的那間芝加哥公寓已經沒有了，賣給了幾個千禧世代的年輕人。我在醫院的工作也沒了，不用說也知道是換成了某個剛從醫學院畢業的年輕人。奧圖絕對回不去原來的公立學校，泰特也回不去他的幼兒園，倒不是因為他做了什麼，只是因為受到牽連。他們都得就讀私立學校，光靠威爾的薪水——先假設他回得去之前的工作好了——絕對行不通的。

見我不發一語，威爾說：「等我回家我們再好好談一談吧。」我答應他。我結束通話，準備到廚房煮開水。剛走進廚房，我就看見我們家那組刀具，接著一股病態的好奇心湧上。我想親眼看看剔肉刀是什麼，長什麼樣子，想把它握在手中。威爾有一組刀具插在流理台上的木製刀座裡，就放在泰特那雙好奇的小手搆不到的地方。

我走向刀座。我不知道剔肉刀是哪一把，但根據上網搜尋的結果，我要找的刀刀身彎曲，刀尖非常鋒利，約十二至二十二公分長。我抽起刀柄，輪流查看刀身。不用多久我就發現，刀座裡沒有符合敘述的刀。此外，我發現刀座有一格是空的。這組刀具共有二十一把刀，但現在僅有二十把。有一把刀不見了。

我的想像力開始作祟。我努力保持冷靜，維持理智，再次想起簡約法則。或許屬於這一格的是別種類型的刀。或許威爾沒有剔肉刀。或許不見的刀放在水槽，但我探頭一看，並不在那裡。或許威爾很久以前就弄丟了那把刀，或不小心放進了餐具抽屜。我拉開抽屜，翻找愛麗絲的廉價刀具組——大多是牛排刀和餐刀，一把刀刃呈鋸齒狀的削皮刀——但也不在裡面。

我回想起伊莫金溜進我們房間的那一晚。孩子趁半夜謀殺自己父母的故事時有所聞。這種事發生過；並非遙不可及。況且，伊莫金受過創傷，個性咄咄逼人。如果是她拿了那把刀要威脅我或做出更可怕的事，我也不會訝異。

我轉身離開廚房，用濕滑的手抓住樓梯扶手，走上二樓。我走向她的房間，打算像前幾天那樣進行搜查。但計畫很快就付諸流水，因為我來到門前時才發現少了掛鎖的鑰匙根本進不去。

我咒罵一聲，用力搖動門把。我又打了一通電話給威爾，想告訴他刀子不見的事，但現在他在回家的路上，很可能正在搭船，而船上的收訊很差。電話沒有打通。我把手機放到一邊，放心不少，知道他很快就會回家了。

我找些事讓自己做。我打掃房子。我拆掉床墊上的床單。我把床單收成一堆，拖到洗衣間。

我來到我們的房間，拉拉保潔墊。與此同時，有個黑色的東西從我那一側的床滾出來，看樣子已經卡在床墊和床架之間好一陣子了。那樣東西在房間地板上滾到一半的時候，我直覺想到的是我們在房間鮮少使用的電視遙控器。我走過去撿起來，發現不是遙控器，而是一支手機，不是我的也不是威爾的。我拿在手中翻看，上面沒有任何可辨識的線索。純粹是一支手機，前幾代的iPhone。我心想，大概是愛麗絲的手機，接著注意到手機沒電了，不意外。愛麗絲已經過世一段時間，手機當然也會沒電。

回到樓下一個裝滿3C產品的抽屜裡，我找到了吻合的充電器。我把充電器插進客廳牆壁的插座，再把手機拉到壁爐架上。

我回頭繼續整理房子，沒過多久威爾就帶著泰特回家了。我到玄關迎接他們，威爾看見我的眼神立刻就知道了：有事不對勁。

他和泰特兩人都被雪搞得一身濕。雪落在他們的外套上、頭髮上，融化得很快。泰特用力跺了跺腳，在木地板上形成一灘小水坑。他企圖告訴我今天在學校發生的事情，今天學到了什麼。他開始唱歌，但我沒在聽，威爾也一樣。

「把鞋子脫掉。」威爾告訴泰特，接著再幫他脫掉外套。他把外套掛到掛鉤上。玄關一片漆黑，我這才發現我應該開燈才對。

「媽咪，妳喜歡嗎？」泰特在問那首歌。「一週有七天、一週有七天、一週有七天。」他唱著阿達一族的主題曲，每唱一句就拍兩下。我聽是聽見了，但沒有回應。「妳喜歡嗎？」他問道，這次音量放大，近乎尖叫。

我點點頭，但根本心不在焉。我聽見他的歌，但大腦無法處理，因為我滿腦子都是那把失蹤的刀。

泰特不喜歡受到漠視。他改變姿勢；雙臂在胸前交叉，開始嘟嘴。

威爾轉向我，把我摟入懷裡。擁抱的感覺真好。

「我研究過居家保全系統了。」他告訴我，回到稍早我們在電話裡提到我們在這裡安不安全的話題。「我約了時間請人來安裝。還有，在我們匆促離開前，給貝爾格警官一次機會把這樁案子查清楚吧。這是我們的家，莎蒂。不管喜不喜歡，現在這裡就是我們的家，就湊合著用吧。」

我抽開他的懷抱。他企圖安撫我，但我無法心安。我看著他的目光問道：「可是萬一保全系統沒辦法保護我們呢？」

他的表情充滿困惑。「妳這是什麼意思？」他問。

「萬一威脅是在家裡呢？」

「妳是說有人騙過保全系統嗎？」他問完向我保證，我們可以讓房子隨時全副武裝，這些保全系統一天二十四小時都在監控。如果警報器被觸發，救援差不多立刻就會出發趕來。

「我所想的不是入侵者。」我說，「是伊莫金。」

威爾不敢置信地搖搖頭。「伊莫金？」他問。我說沒錯。「妳不會認真覺得——」他開口，但我打斷他。

「我們的ㄉㄠ一。」我告訴他，為了泰特著想使用拼音。泰特會拼音，但拼得不夠好。「我們的剔骨ㄉㄠ一不在家裡。我找不到。」我說，強迫自己壓低聲音承認。「她讓我害怕，威爾。」

我想起不久前的夜裡，她來到我們的房間看我們睡覺。我想起我們在走廊上那段詭異的對話，以及她留在手機、隨身攜帶的那張母親遺照。這些都是不正常的行為。

還有就是她房門上的掛鎖。「那裡面有她不希望我們找到的東西。」我終於對他坦承在她裝上掛鎖的幾天前，我曾進去過。我告訴他我找到那張男人的臉被刮花的照片、那封分手信和保險套。「她一直在和某個人上床。」我告訴他。「我想對象是個已婚男人。」根據信上的內容。

威爾對此沒說太多。他比較失望的是我竟然會窺探她的房間，侵犯她的隱私。不過，他確實有說出口的是，與已婚男人上床不算犯罪。「她才十六歲。」威爾提醒我，「十六歲的孩子一天到晚做蠢事。妳知道她在門上裝鎖的原因嗎？」威爾問完，不等我回答便繼續說：「她是青少年，莎蒂。這就是原因。她不希望有人進她房間。如果她亂翻妳的東西，妳作何感想？」他說。

「沒關係。」我告訴他，「我沒什麼可隱瞞的，但伊莫金脾氣火爆，骨子裡是個憤怒的孩子，威爾。」我反駁道，「她讓我害怕。」

「試著站在她的立場想想，莎蒂。妳難道不會憤怒嗎？」他問道。當然，我一定會傷心又難過——母親親手結束自己的生命，害我不得不跟陌生人同住——但我會憤怒嗎？「我們不知道伊莫金那天看到了什麼。」他堅持主張。「如果我們親眼目睹她所看見的情景，肯定也會變得脾氣火爆。妳沒辦法裝作沒看見。」

「況且，」威爾告訴我，話題回到那把刀上。「前幾天我才用了剔肉刀切雞肉做燉菜。妳為了沒有的事在窮緊張，莎蒂。」他說，問我有沒有打開洗碗機找那把刀。我沒有。我連想都沒想過要去洗碗機找。

但現在都不重要了，因為我的心思已經從剔肉刀轉移到伊莫金的手機照片，那張愛麗絲死時的照片。我非常清楚伊莫金母親過世那天她看見了何種情景，雖然我不願意告訴威爾，他沒必要知道愛麗絲受了什麼苦。但我還是告訴他了，因為這是不對的，這不正常。伊莫金竟然拍了一張愛麗絲死後的照片，甚至隨身攜帶。話說回來，她拿那張照片要做什麼？給她朋友看嗎？

我迴避威爾的眼神，接著向他坦承，我知道伊莫金看見什麼。「那天伊莫金趁驗屍官帶走愛麗絲之前拍了一張照片。她拿給我看。」我說。

威爾突然陷入沉默。他用力嚥下一口口水。

「她拍了照片？」經過一段時間，他問道。我點頭。「她看起來怎麼樣？」他問道，意指愛麗絲。

我根本難以形容。「這個嘛，她已經ㄙ—了。」我小心謹慎地告訴他。「但她看起來很安詳。」我說謊。我沒把抓痕和險些斷掉的舌頭告訴他。我沒告訴他閣樓當時的情況，那些翻覆的收納箱、破掉的檯燈、損壞的望遠鏡。但那些畫面重新在腦中浮現。我想像愛麗絲的氧氣逐漸被抽乾之際，用那殘破不堪的身體踢翻那些東西。

我回憶那些畫面的同時，頭皮突然發麻。我想起收納箱和檯燈倒在一旁，然而那個矮凳——愛麗絲用來墊高自己與繩索平行的東西——卻筆直立在那裡。我現在想起來了。

愛麗絲最需要踢開好完成自殺行為的東西怎麼可能沒有翻倒？

再者，矮凳根本不在愛麗絲身體的接觸範圍內。我不禁猜想是有人從她腳下抽掉了矮凳。

照這種情況，這還算得上是自殺嗎？抑或是他殺？

我一下子臉色發白，伸手摀住嘴巴。「怎麼了？」威爾問道，「妳還好嗎？」我搖搖頭，告訴他不，我覺得不太好。

「我剛剛意識到一件事。」我說。他焦急地追問：「什麼事？」

「伊莫金手機裡那張愛麗絲的照片。」我說。

「照片怎麼了？」他問。

「伊莫金拍下照片的時候，警方尚未抵達。當下就只有伊莫金。」我說，想知道從她返家到報警這之間相隔了多久。時間足夠讓伊莫金籌備一場自殺戲碼嗎？伊莫金很高，但體型不大。我無法想像她有那個力氣把愛麗絲扛到三樓——即使愛麗絲已經被下藥失去意識，不能反擊——再把她抬起來套進繩索。她不是一個人，肯定有人幫她。我想起那些和她一起抽菸等待渡輪靠岸的朋友。一身黑衣，離經叛道，滿滿的自我厭惡。會不會是他們幫的忙？

「威爾，照片裡那個我們在閣樓發現的矮凳，愛麗絲用來做她那件事的必需品。其他東西都東倒西歪的，但矮凳仍立得直挺挺的，而且擺放的位置太遠，愛麗絲根本搆不到。如果現場只有她一個人，矮凳肯定會被踢翻才對，而且肯定離她的腳邊不遠。」

他搖搖頭。「妳想說什麼？」他問道。我看見他突然變得不一樣。他的態度改變了，眉間出現皺紋，眉頭深鎖看著我。他知道我的意思。

「我們怎能百分之百確定她是ㄗㄧㄕㄚ—？」我問道。「警方沒有展開調查，現場也沒有留下遺書。ㄗㄧㄕㄚ—的人不是一般都會留下遺書嗎？貝爾格警官就是這麼說的，記得嗎？他告訴我們他從不覺得愛麗絲看起來像是會自殺的那種人。」

「貝爾格哪知道愛麗絲是哪種人？」威爾氣憤地問。威爾很少生氣，但我們在說的是他的姊姊，他的外甥女，他的血肉之親。

「我不信任伊莫金。」我承認。「她讓我害怕。」我又說一次。

「聽聽妳自己在說什麼，莎蒂。」威爾說，「妳先是指控伊莫金拿走我們的刀，現在又說她殺了愛麗絲。」威爾激動到沒用拼音直接說出那個字，但為了泰特著想，他只做嘴型沒出聲。

「妳太荒謬了。我知道她算不上熱情好客，但她沒有做出任何事讓我覺得她有能力犯下謀殺案。」他說，似乎已經忘記幾天前留在我車窗上的那些字：去死。

「妳真的覺得那是一樁偽造成自殺的謀殺案？」他不敢置信地問道。

我還來不及回答，泰特再次乞求：「拜託，媽咪，陪我玩。」我低頭看著他的雙眼，他的眼神是如此哀傷，讓我心痛。

「好吧，泰特。」我對他說著，心生內疚，我和威爾就這樣一直講個不停，冷落了他。「你想玩什麼？」我問他，語氣放軟，儘管內心仍然煩亂不已。「你想玩比手畫腳嗎？還是桌遊？」

他用力拉著我的手，吟唱著說：「玩雕像遊戲，雕像遊戲！」

被他扭轉的那隻手開始發疼。我越來越不耐煩，因為他不僅拚命拉扯我的手，把我弄痛，甚至想要轉動我的身體，逼它去它不想去的地方。我下意識把手抽開，高舉頭頂，讓他搆也搆不著。我不是有意的，但這個動作過於急迫，快得讓泰特縮了一下，彷彿他被賞了一巴掌似的。

「媽咪拜託。」泰特乞求著說，站在我面前想牽我的手，眼神突然變得哀傷。我努力耐住性子，真的很努力，但我的心裡千頭萬緒，實在不知道泰特所謂的雕像遊戲是什麼意思。他開始哭了起來。不是真哭，而是鱷魚的眼淚，這又讓我更不耐煩。

就在這時，我瞥見一個多鐘頭前被我踢到一邊的洋娃娃。她的身體有氣無力地靠在牆邊。

「把你的玩具收好我們再來玩。」我告訴他，接著他問：「什麼玩具？」

「你的娃娃，泰特。」我說著，失去耐性。「就在那邊。」我告訴他，指向那一頭亂髮、眼睛有如彈珠的鬆軟娃娃。娃娃側躺著，洋裝接縫稍微裂開，一隻鞋子不知去向。

泰特一臉困惑。「那不是我的。」他說，彷彿這是我早該知道的事。但娃娃當然是他的——全家人就只剩他還有在玩玩具——而我第一個念頭是泰特因為被我們逮到他玩洋娃娃而覺得不好意思。

「收起來。」我說。泰特用孩子慣有的回覆向我頂嘴。

「妳才收起來。」他說著，雙手扠腰，對我吐舌頭。我大驚失色。這種行為不像泰特會做的事。泰特是我的好孩子，善良聽話的那一個。我好奇他是怎麼了。

但我還沒回答，威爾就替我說了。「泰特。」他語氣嚴厲地說，「聽你媽媽的話把玩具收起來，馬上去收。」他說，「否則媽媽就不跟你玩了。」

泰特別無選擇，抓起洋娃娃的一隻腳，頭下腳上地帶著她回他的房間。沿路上，我聽見洋娃娃的塑膠頭不斷撞擊木地板發出咚咚聲。

泰特回來後，又開始開心叫道：「雕像遊戲，雕像遊戲。」一遍又一遍。最後我不得不承認，我不知道雕像遊戲是什麼。我說我沒玩過，也從來沒聽過。

就是這個時候，他大發脾氣，說我是騙子。「媽咪是大騙子！」他放聲大叫，嚇了我一大跳。他說：「妳知道。」假哭成了真哭。「妳明明就知道，妳騙人。」

我應該斥責他，我知道。但我驚訝得啞口無言。接下來的幾秒內，我找不到話好說，只見泰特赤腳踩在木地板上蹦蹦跳跳離開玄關。我還沒回過神來，他已經跑走了。我聽見他在隔壁房間撲通一聲跌坐在地。他讓自己頹坐在某個地方，像個洋娃娃了無生氣。我沒去理會。

威爾走近，伸手撥開我眼睛上方的頭髮。我閉上雙眼，靠著他的手心。「洗個熱水澡放鬆一下怎麼樣？」他建議，這時我才想起我今天還沒沖澡。反之，我在雨中慢跑，弄得渾身濕透。衣服、頭髮到現在都還沒全乾。我身上有股味道，不是很好聞。

「妳慢慢來。」威爾告訴我，「我和泰特沒事的。這件事我會處理。」他說。為此，我感激不盡。威爾會收拾我和泰特搞的這場爛攤子。等我泡完澡回來，一切都會恢復如常。

上樓途中，我大聲呼喊泰特，告訴他等我一結束馬上就和他一起玩。「好嗎，老兄？」我問，倚著樓梯看著他整個人趴在沙發扶手上，淚水滲進花布裡。我不曉得他有沒有聽見我的話，但就算聽見了，也沒有反應。

我腳下的樓梯嘎吱作響。來到二樓的走廊，我發現從床上拆下來的床單仍在原來的地方。我決定晚點再換，把床單鋪回床上，依舊如我拆下時一樣髒。

外面世界的漆黑氛圍滲進屋內，讓人難以相信現在竟然不是夜半三更。我才打開走廊的燈，接著又迅速關掉，擔心有人站在街上，隔著窗戶盯著我、威爾和泰特看。

## 鼠兒

他們把天竺鼠伯特帶回家沒多久，牠就越來越胖，胖到最後連走路都有困難。牠整天大肚子朝下平躺在那裡，就好像一頂降落傘。父親和假媽媽跟鼠兒說她餵牠吃太多胡蘿蔔了，牠才會變得那麼胖。但鼠兒控制不了自己。伯特好愛那些胡蘿蔔。每次鼠兒拿胡蘿蔔給牠，牠就會吱吱叫。雖然她知道不應該，但她還是繼續餵牠吃胡蘿蔔。

但後來有一天，伯特生了好多寶寶。鼠兒才知道原來伯特不是男生，而是女生。因為她懂得多，知道男生不會生寶寶。他們把牠從寵物店帶回來前，那些寶寶想必早就在伯特的肚子裡了。鼠兒不確定該怎麼照料天竺鼠寶寶，但這無所謂，因為沒有一隻寶寶活下來。一隻都沒有。

鼠兒哭了。她不喜歡見到任何東西受傷害，更不喜歡見到任何東西死掉。

鼠兒把伯特寶寶死掉的事告訴真媽媽。她告訴她，那些寶寶出生時長什麼模樣，伯特又是多艱難才把那些寶寶從肚子裡生出來。她問媽媽那些寶寶是怎麼跑進伯特肚子裡的，但鼠兒的真媽媽不說。她也問了父親。他對她說，改天等她大一點再告訴她。但鼠兒不想改天知道答案，她當天就想知道。

假媽媽告訴她那些寶寶會死掉八成是伯特的錯，因為伯特沒有盡到好媽媽該有的責任照料牠們。但鼠兒的父親私底下對她說那其實不是伯特的錯，因為伯特大概也不懂，因為牠從來沒有當過媽媽。而有時候，這些事情就是會無緣無故發生。

他們把寶寶鏟起來，帶到後院挖了個大洞埋葬。鼠兒在土堆上方放了一條胡蘿蔔，以免牠們就像伯特一樣喜歡吃胡蘿蔔。

但鼠兒看見了假媽媽臉上的表情。她很高興那些寶寶死了。鼠兒懷疑，說不定伯特的寶寶會死跟假媽媽有關。因為她連家裡有一隻老鼠都不喜歡了，遑論五隻或六隻。她成天都這樣對鼠兒說。

鼠兒忍不住懷疑，害伯特寶寶死掉的罪魁禍首不是伯特，而是假媽媽。但她不敢說，因為她猜這也會讓她有罪受的了。

鼠兒透過觀察她房間窗外的小動物學到了很多。她會坐在窗台上，凝視著在她家四周環繞的樹木。院子裡有很多樹，這表示也有很多動物。鼠兒從她讀的書中得知，樹木擁有動物所需的東西，例如食物和遮風避雨的住處。樹木吸引動物前來。鼠兒十分感激那些樹木。

鼠兒學到動物之間是如何相處的。她學到牠們都吃些什麼。她學到每個動物都有一套自我保護的方法，以防那些想要傷害牠們的壞動物。比如說兔子可以跑得非常快。牠們有辦法在院子裡曲折穿行，絕不以直線前進，讓鄰居家的貓很難追上牠們。鼠兒有時候會在房間重現這一招，Z字形奔跑，從書桌跳到床上，假裝有人或有東西在後方追她，而她想盡辦法要逃脫。

鼠兒觀察到，還有一些動物用的是偽裝術，完美融入在周遭的環境裡。棕色松鼠躲在棕樹上，白兔待在白雪中。鼠兒也試過這一招。她穿著紅色和粉色條紋的上衣，躺在同樣是紅色和粉色條紋的地毯上。她假裝因為偽裝術的關係，自己已經隱於無形，如果有人走進房間，他們會直接踩到她身上，因為他們看不見她躺在這裡。

有些動物會裝死或反擊。有些動物僅在夜間出沒，不讓別人看見牠們。鼠兒從來沒有見過那些動物。牠們現身時她已經睡了。但到了早上，鼠兒會在雪地或泥地上看見牠們留下的足跡。她就是這樣得知牠們來過這裡。

鼠兒也試了這一招。她嘗試在夜間活動。

她離開房間，踮著腳在家四處走動，深信父親和假媽媽已經睡著了。父親和假媽媽睡在一樓的房間裡。鼠兒不喜歡假媽媽睡在父親的床上。因為那是父親的床，不是假媽媽的床。假媽媽應該有她自己的床，她自己的房間，她自己的房子。鼠兒是這麼想的。

但鼠兒在夜裡活動的時候，假媽媽沒有在父親的床上睡覺。她這才知道假媽媽有時候也會趁夜跑出來活動，並非總是在睡覺。因為有時候假媽媽會摸黑站在廚房流理台前自言自語，但向來不是一些有意義的話，只是在胡言亂語。鼠兒發現假媽媽像那樣醒著，卻什麼也沒說，只是靜靜轉身，踮腳折返，回房睡覺。

所有動物之中，鼠兒最喜歡的就是鳥類，因為種類千變萬化，多不勝數。鼠兒欣賞牠們大多可以和平共處，除了想吃其他鳥類的老鷹以外。鼠兒覺得這樣不好。

但鼠兒又想到，這有點像人類，大多和平共處，除了少數一些人會想要傷害別人。

鼠兒很肯定她不喜歡老鷹，因為老鷹冷酷無情又卑鄙。牠不在乎自己吃什麼，即使是鳥寶寶也能大口吞下肚。應該說牠尤其喜歡吃小寶寶，因為牠們沒有能力反擊。牠們是容易下手的目標。老鷹視力又好。牠看似沒在觀察，實則不然，就像後腦勺有長眼睛一樣。

隨著時間過去，鼠兒慢慢覺得假媽媽有點像那隻老鷹。因為她趁父親奔赴另一間辦公室或關起門來講電話的時候，開始喜歡找鼠兒的碴。假媽媽知道鼠兒就如同那些鳥寶寶，無法像鳥爸爸或鳥媽媽一樣有能力保護自己。雖然說假媽媽並沒有企圖吃掉鼠兒，就像老鷹企圖吃掉鳥寶寶那樣。情況不太一樣，微妙得多。比如經過時用手肘撞一下鼠兒，偷走鼠兒盤子上最後一塊薩勒諾奶油餅乾，逮到機會就說她有多討厭天竺鼠，天竺鼠就像小老鼠一樣骯髒。

假媽媽出現以前，鼠兒和父親花很多時間在一起。他教她怎麼玩傳接球，怎麼投出曲線球，怎麼用彈滑的方式滑上二壘。他們一起看黑白老電影。他們玩遊戲，大富翁和紙牌和西洋棋。他們甚至發明了一款沒有名字的遊戲，是在一個下雨天想出來的。他們會站在客廳，不停轉圈圈，一直轉到兩人頭暈目眩才停止。停下來後，他們會靜止不動，維持原本的姿勢，不管那個姿勢有多蠢。誰先動誰就輸了，而通常輸的都是鼠兒的父親，因為他會故意動讓鼠兒贏，就像他玩大富翁或西洋棋的時候一樣。

鼠兒和父親喜歡去露營。天氣好的時候，他們會把帳篷和必需品裝進汽車後座，開進森林裡。在那裡，鼠兒會幫忙父親搭帳篷，撿生火用的樹枝。他們會在營火上烤棉花糖。鼠兒最喜歡棉花糖表面烤得焦焦脆脆，但裡面柔軟白皙。

然而假媽媽不喜歡鼠兒和父親去露營。因為他們一去就是一整晚。假媽媽不喜歡一個人被丟在家。她希望鼠兒的父親在家陪她。每次她看見鼠兒和父親在車庫裡收拾帳篷和睡袋，她就會用一種讓鼠兒覺得不舒服的方式靠近父親。她會把手放在鼠兒父親的胸膛上，鼻子湊進他的頸部，像在聞他的味道。假媽媽會摟他、親他，對鼠兒的父親說他不在的時候她有多寂寞，她一個人在家的夜裡有多害怕。

鼠兒的父親會放下帳篷，告訴鼠兒，我們下次再去吧。但鼠兒是個聰明的孩子。她知道「下次」真正的意思是「再也沒有下次」。

## 莎蒂

我走進診間發現貝爾格警官在等我。

他沒有像其他病人一樣坐在診療台上，而是緩緩繞著診間走動，這邊看看，那邊摸摸。他把各種罐子一一打開，踩著不鏽鋼的腳踏開關。

我看著他擅自戴上一雙醫療橡膠手套，於是我說：「那不是免費的，你知道嗎？」

貝爾格警官把手套塞回紙盒說：「被妳逮到了。」接著解釋他孫子喜歡用橡膠手套做氣球。

「你哪裡不舒服嗎，警官？」我邊問邊關上身後的門，伸手要拿他的病歷，這才發現放病歷的塑膠盒是空的。看樣子我的問題成了挑釁的反問句。我很快發現貝爾格警官好得很，他沒有預約看診，而是來這裡和我談話的。

這不是問診，而是盤問。

「我想我們可以繼續上次未完的話題。」他說。他今天比我上次見到他的時候更顯疲態，何況那時候他就已經夠累了。寒冬讓他的皮膚看起來飽受風霜，紅腫又粗糙。我想是因為一直待在戶外、看著渡輪來來去去的緣故。

島上的警察比平常多了不少，來自主島的警探企圖搶貝爾格警官的功勞。我好奇他是怎麼想的。上次島上發生命案是一九八五年。那場命案血腥駭人，至今尚未偵破。侵犯財產的罪行很頻繁；侵犯人命的罪行很罕見。貝爾格警官不希望調查結束後，又留下一樁懸案。他需要找到某人給這起謀殺案定罪。

「什麼未完的話題？」我問，在旋轉凳上坐下。我立刻就後悔做出這個決定，因為現在貝爾格警官比我高出了六十公分，我不得不像個孩子抬頭看著他。

他說：「前幾天我們在妳車上聊到的話題。」於是，這幾天以來我第一次感受到一線生機，因為如今手機裡有證據證明我沒有如尼爾森先生所說的跟摩根吵架。那天我人在診所。

我對貝爾格警官說：「我說過了，我不認識摩根。我們沒有交談過。有沒有可能是尼爾森先生弄錯了？他年紀已經很大了。」我提醒他。

「當然有可能，福斯特醫師。」他開口準備說話，但我立刻打斷他。我手上握有證據，沒興趣聽他的理論。

「你跟我說過，我和摩根之間的那次衝突發生在十二月一號的一個星期五。」我說著，從罩衫口袋拿出手機。我打開手機裡的相簿，逐一滑動每張圖片，最後終於找到我要的那張。

「問題是十二月一號的時候，我人在診所，整天都在工作。我不可能和摩根在一起，因為我無法同時出現在兩個地方，對吧？」我自鳴得意地問道。

我把手機交給他，讓他親眼看看我在說什麼。照片裡是診所的擦寫式月曆板，艾瑪在上面寫了我的名字，安排我在十二月一號的星期五上九小時的班。

貝爾格警官仔細查看。他本來遲疑了一會兒，但很快就恍然大悟。他放棄了。他點點頭，在診療台邊緣坐下，目不轉睛地看著照片。他揉揉前額的皺紋，嘴角往下癟，一臉愁容。

我為他感到可憐，彷彿他沒打算把摩根的案子嫁禍到我身上似的。

「當然，你已經調查過她的丈夫了吧。」我說。就在這時，他才重新抬頭看我。「還有他的前妻。」

「妳為什麼這麼說？」他問。他要嘛是說謊高手，要嘛就真的沒考慮過傑佛列殺了他老婆。我不曉得哪個讓我覺得更不安。

「我只是覺得那是個很好的起點。現今，家暴是女性死亡的主要原因之一，不是嗎，警官？」我問道。

「沒錯，超過半數的女性死在另一半的手下。」他證實。「如果妳是這個意思的話。」

「我就是這個意思。」我說，「這個理由拿來審問她丈夫難道還不夠好嗎？」

「班恩斯先生有不在場證明。妳也知道，命案發生的時候，他人在國外。證據有很多，福斯特醫師。像是班恩斯先生在東京的監視器畫面，隔天機場旅客名單上他的名字，旅館紀錄。」

「辦法還有很多。」我說，但他無動於衷。他反而告訴我，在眾多家暴的案例中，男性通常以拳頭相向，最先伸手拿武器的人反而是女性。

見我不發一語，他接著告訴我：「醫師，妳難道不曉得嗎？女性不總是受害者，她們也可以是加害者。雖然男性經常發生毆打老婆的醜聞，但其實這是雙向的。近來研究顯示，在一段不穩定的感情裡，有半數以上的肢體衝突是由女性引發的。美國多數兇殺案的起因是嫉妒心理。」

我不知道他這話是什麼意思。

「總之，」他說，「我不是來這裡談論傑佛列或他的婚姻的。我是來跟妳談的，福斯特醫師。」

但我不想談論我自己。

「班恩斯先生之前結過婚。」我說。他一臉質疑地看著我，接著跟我說他知道。「你有沒有考慮過可能是她幹的呢？傑佛列的前妻？」

「我有個主意，福斯特醫師。」他說，「何不從現在起換我問問題，然後妳來回答呢？」

「我已經回答完你的問題了。」我提醒他。我也和傑佛列一樣，在摩根死亡的那段時間擁有不在場證明。那時，我和威爾在家。

貝爾格警官從診療台末端起身。「今早我過來的時候，妳正在幫一名病人看診。所以我有幾分鐘的時間和櫃檯的艾瑪聊了聊。」他告訴我。「艾瑪以前和我的小女兒上同一所學校。當時我們兩家走得滿近的。」他用一貫喋喋不休的方式解釋艾瑪和他的女兒艾米是多年好友，所以他和他太太也進而與艾瑪的父母成為朋友。

他直接切入正題。「妳在幫病人看診的時候我和艾瑪聊過了。我想確定我的調查工作做到一絲不苟，滴水不漏，湊巧的是，我還真的沒做到。因為我和艾瑪說話的同時，也親眼看見了妳剛剛給我看的東西。於是我問了艾瑪，福斯特醫師。以防萬一。因為我們都會犯錯，不是嗎？」

我告訴他：「我不明白你在說什麼。」

但我的身體還是不由自主變得緊繃，膽子開始變小。

「我想確定日程表沒有變動，所以我問了艾瑪。當然，要她想起一兩個禮拜前的事，成功機率微乎其微。結果她還記得，因為那天很特別。艾瑪的女兒在學校生病了需要接回家，急性腸胃炎。」他說，「她下課的時候吐了。妳要知道，艾瑪是單親媽媽；她非去不可。可是艾瑪記得那天診所忙得雞飛狗跳，一大堆病人等著看病。她走不開。」

我站起來。「警官，這裡基本上天天都是這樣。我們得為住在這座島上的將近每一個人看診，更別提現在是感冒和流感的旺季。我不懂這有哪裡特別。」

「因為呢，福斯特醫生。」他說，「雖然那天妳的名字在日程表上，卻沒有整天待在這裡。中途有段時間，喬伊絲或艾瑪都不知道妳人在哪裡。艾瑪記得妳剛過中午的時候出門吃午餐，然後大約在下午三點左右回來。」

這番話有如一記悶拳打在我肚子上。「這不是真的。」我直截了當地說。根本沒發生那樣的事。我滿腔怒火。肯定是艾瑪搞錯日子了。或許她女兒是十一月三十號的星期四生病的，那天值班的是桑德斯醫師而不是我。

但我還沒能向警官提出這個看法，他就接著說：「三位病人重新安排看診時間，四位病人選擇繼續等，至於艾瑪的女兒呢？她在護理師辦公室的椅子上一直坐到放學。因為艾瑪人在這裡，為了妳的缺席編理由。」

「根本沒有那種事。」我告訴他。

「妳能證明嗎？」貝爾格警官問道。我當然不能，我找不到任何具體證明。

「你可以打電話給學校。」就在這時，我才好不容易想出辦法。「跟學校護理師確認一下艾瑪的女兒是哪天生病的。因為我敢用生命擔保，絕對不是十二月一號，警官。」

他一臉猜忌看著我，他什麼也沒說。

「我是個好醫生。」那一刻，我只想得到這句話。「我救過許多性命，警官。多得超乎你想像。」我想起那些若不是我早已不在世上的病人，那些重要器官受到槍傷、陷入糖尿病昏迷和呼吸窘迫症發作的病人。我又說了一遍。「我是個好醫生。」

「我在乎的不是妳的職業道德，醫師。」他說，「我想弄清楚的是，十二月一號下午十二點到三點這段時間，妳成謎的行蹤。妳沒有不在場證明。聽著，我不是指控妳和摩根的命案有關係或妳是不稱職的醫生。我只是說妳和班恩斯太太之間似乎有些不愉快，某種需要解釋的恩怨。妳的謊言也是。隱瞞通常比罪行本身更糟，福斯特醫師。所以妳何不乾脆點，告訴我那天下午妳和班恩斯太太到底發生了什麼事。」

我在胸前交叉雙臂，沒什麼可說的。

「告訴妳一個小秘密吧。」他回應我的沉默。「這是一座小島，謠言傳得很快，大嘴巴的人很多。」

「我不知道這有什麼關係。」

「這麼說好了，妳丈夫不是第一個看上班恩斯太太的有婦之夫。」他說。

接著，他目光冷峻盯著我看，等我做出回應，等我大發脾氣。

我不會讓他稱心如意。

我用力嚥下一口口水，把雙手擺到背後；它們已經開始顫抖。

「我和威爾的婚姻很幸福，非常相愛。」我說，強迫自己與他四目相對。我和威爾曾經非常相愛，這句話有一半是事實，不算謊言。

接下來這句才是謊言。「除了我，威爾從來沒有看上其他女人。」

貝爾格警官微微一笑，但笑得很拘謹，一抹他不會笨到相信那句話的微笑。「這個嘛。」他字斟句酌地說，「福斯特先生是非常幸運的男人。你們都很幸運。這個年頭，美滿婚姻已經世間少有。」他舉起左手讓我看那光禿禿的無名指。「結過兩次婚。」他據實以告。「離了兩次婚。這輩子不打算再婚了。」他說，「總之，我大概是誤解了她們說的話。」

我的意志不夠堅定。我知道不應該問，但我還是問了。

我自投羅網。

「誰說了什麼？」我問道。

他告訴我：「學校接送區的那些媽媽。她們經常一群人站在校門口等孩子放學。她們喜歡聊天，說八卦，我相信妳也知道。對多數人而言，那是她們丈夫下班回家前與成人對話的唯一時光。」

這種說法有一種非常強烈的厭女情結。所謂女人說八卦，丈夫去工作。我好奇貝爾格警官對我和威爾的生活安排有何想法。我沒問。他繼續往下說：「只是，我對她們提問題的時候，她們提到妳丈夫和班恩斯太太挺——她們用的是哪個形容詞？」他一邊回想一邊說道，「親暱。對了，就是這個。親暱。她說他們挺親暱的。」

我想也不想，直接脫口回答：「你見過威爾。他開朗外向，容易相處，人人都喜歡他。這我不意外。」

「是嗎？」他問道：「因為詳細情形讓我挺意外的。那些女人說他們站得很近，交談輕聲細語，說話很小聲，沒人聽得見。其中一個女人還有照片。」

「她拍了一張威爾和摩根的照片？」我難以置信地插話問道。她不僅對我的丈夫閒言閒語，甚至還拍他的照片——有何居心？

「冷靜點，福斯特醫師。」他說，儘管語氣頗為傲慢。表面上，我很冷靜，然而心臟在體內跳得飛快。「她拍了一張她兒子走出校門的照片。他獲頒校長獎。」他解釋，找到那女人分享的照片給我看。她兒子站在照片前方，大約十歲左右，一頭蓬亂的淡黃色頭髮遮住雙眼，冬季大衣的拉鍊沒拉，鞋帶也沒綁。他手中拿著一張寫著校長獎的獎狀，在小學算是大事一件，雖然根本不該如此。因為到了年底，每個人都會得到一張。但對孩子而言非同小可。男孩咧嘴笑得燦爛，對自己的獎狀很自豪。

我的目光來到照片後方。正如貝爾格警官所說，威爾和摩根站在那裡。他們站得好近，近得令我腸胃翻攪。他轉向她，臉對著她，一手放在她的臂膀上。她的表情和眼神有一股淡淡的哀傷，十分顯而易見。他的身體面對她，微微彎腰二十至三十公分的角度。兩人的臉只有幾公分的距離。他的嘴巴微張，目光直盯著她。

他在和她說話，告訴她某件事。

拍下這張照片時，威爾在跟她說什麼？

他在說什麼，有必要靠得那麼近？

「妳問我的話，我會說看起來有點可疑。」貝爾格警官說著，拿走我手上的照片。

「我沒問。」我越來越生氣，把心底話大聲說出來，阻止不了緊接著脫口而出的那句話。

「我看到你了。」就在剛剛我才想起這回事。「我看見你在尼爾森夫婦家的信箱裡塞了某樣東西，警官。兩次。裡面是錢。」我說，對他發起控訴。

貝爾格警官始終鎮定自若。「妳怎麼知道是錢？」

「我很好奇。」我告訴他。「我一直看著你。等你離開後，我跑去看。」

「郵件詐欺可是聯邦罪，刑罰非常重，福斯特醫師。最多可判五年的有期徒刑，外加高額罰金。」

「可是那不是郵件，對吧？郵件得透過郵政服務系統。那可不是，是你放進去的。我相信這行為本身就是犯罪。」

對此，他沉默不語。

「那是什麼，警官？回扣？封口錢？」因為我怎麼看都找不到合理的解釋，說明貝爾格警官為什麼會偷偷放一袋鈔票在尼爾森家的信箱裡。忽然間，謎團都變得明朗了。

「你付錢請尼爾森先生說謊嗎？」我錯愕地問道，「要他明明沒看見我卻說看見了？」

因為少了兇手，貝爾格警官只得找個代罪羔羊，把殺害摩根·班恩斯的罪行嫁禍在某人頭上。

他選擇了我。

貝爾格傾身靠著診療台，在自己面前擰擰雙手。我深呼吸，鎮定下來，冷不防把話題轉移到別的方向。「這年頭妨礙司法公正值多少錢？」我問道。

「妳說什麼？」

我確保這一次把問題問得清清楚楚。「你付給尼爾森先生多少錢幫你說謊？」我問道。

一陣沉默過去了。從頭到尾他都看著我，態度從驚訝轉為難過。「我還真希望是這麼一回事，醫師。」他低下頭說，「但很不幸的，情況並非如此。尼爾森夫婦已經陷入困頓好一陣子了，瀕臨破產的邊緣。他們的兒子惹了一些麻煩，於是喬治和波比拿出了半數積蓄幫助他。現在有風聲說如果喬治找不出辦法及時支付市政稅的話，市政府可能會收走他們的房子。可憐的喬治。」他嘆了口氣。「可是喬治自尊心強，說什麼也不可能請求幫忙。我捐款一直保持匿名，感覺就不像是施捨。如果妳不說的話，我不勝感激。」他說。

他朝我走近一步說：「聽著，福斯特醫師。就妳我私下說一句，我其實不認為妳有能力殺人。但事實是，配偶提供的不在場證明可信度向來不高。他們容易有偏見；也有說謊的動機。妳和妳丈夫雙雙宣稱在摩根遭到殺害的時候妳人在家裡，算不上堅不可摧的不在場證明。隨便一位檢察官都能輕易看穿這一點。再加上目擊證人的證詞，我想我們還有一些問題得釐清。」

我什麼也沒說。

「如果妳願意幫我，我也會盡我所能幫助妳。」

「你想從我這裡得到什麼？」我問道。

「真相。」他說。

但我已經告訴他真相了。「我一直以來都對你據實以報。」我說。

「妳確定嗎？」他問道。

我對他說我確定。他凝視半晌。

最後，他向我輕舉帽簷道別，接著就離開了。

# 莎蒂

夜裡，我發現自己難以入眠。在這煩躁不安的夜晚，我大多時間都醒著，處於警戒狀態，等待伊莫金溜進臥室。每個聲音都叫我提心吊膽，以為是房門打開的聲音，踏在木地板上的腳步聲。虛驚一場。一切只是這棟房子在表現它的高齡：水流過水管和鍋爐奄奄一息的聲音。我努力說服自己冷靜，提醒自己伊莫金只是因為我做過的某件事來過我們房間一次罷了。那並非沒來由的無端舉動。我告訴自己她不會再來的，但我緊張的情緒卻絲毫沒有減輕。

同時，我一直在想貝爾格警官給我看的那張照片。我好奇在那張照片中，威爾是不是因為摩根心情不好而在安慰她？還是威爾說了什麼或做了什麼惹得她心情不好？

我丈夫有什麼魔力能讓這個女人傷心？

不久，早晨來臨了。威爾起床準備早餐。我在樓上等待。伊莫金剛來到走廊上，為上學做準備。我聽見她走來走去，踩著沉重步伐走下樓梯，聽起來充滿憤恨。

我聽見樓下的她在跟威爾說話。我走到二樓走廊偷聽。但儘管我再怎麼努力，就是聽不清他們說的一字一句。

大門打開，再用力關上。伊莫金出門了。

我下樓時，威爾站在廚房裡。兩個孩子坐在餐桌前，吃著他做的法式吐司。

「妳有空嗎？」威爾問。我跟隨他離開廚房，來到可以私下談話的地方。他面無表情，長髮往後梳成整齊的低矮髮髻。他靠著一面牆，牢牢看著我。「我今天早上和伊莫金聊過妳的擔憂了。」他告訴我，而叫我惴惴不安的是他的遣詞用字。妳的，意即那是我的擔憂，不是我們的。我希望他對伊莫金不是用同樣的方法處理這個話題，因為這樣一來，她肯定會對我恨上加恨。

「我拿妳說妳在她手機上看到的那張照片詢問她。我想看看。」

他字斟句酌，態度謹慎，我聽得很明白。妳說妳看見的照片。

「然後呢？」我問，察覺他的猶豫。他低下目光。伊莫金一定幹了什麼好事，我心想。「她有沒有把愛麗絲的照片拿給你看？」我問，但願威爾也看見我所看見的端倪。矮凳筆直站立，遠在愛麗絲懸盪的雙腳之外。大半夜裡，當我沒有在想威爾和摩根的時候，就是在想這件事。一個女人竟然能從矮凳躍下離地一．五公尺的高度，讓自己的腦袋落在一條繩索上。

「我看了她的手機。」威爾說，「我瀏覽了所有的照片，總共有三千張。裡面沒有任何妳所描述的那種照片，莎蒂。」他說。

我的血壓瞬間飆高，突然覺得又熱又怒。「她刪掉了。」我只是實話實說。想當然耳她刪掉了。「真的有，威爾。你有檢查最近刪除的檔案嗎？」我問他。他說他確實有檢查最近刪除的檔案夾，但也不在那裡。

「那肯定是被她永久刪除了。」我說，「你有問她嗎，威爾？」

「我問了，莎蒂。我問她那張照片跑到哪裡去。她說從來就沒有什麼照片。她不敢相信妳會編出這樣的事情。她很沮喪。她覺得妳不喜歡她。」

起初，我不發一語。他這番話讓我目瞪口呆，啞口無言。我觀察威爾的眼神。

他也相信這是我編出來的嗎？

泰特在廚房尋找威爾。他肚子餓，還要更多法式吐司。威爾走向廚房，我跟了上去。「她在說謊，你知道吧？」我說這話的時候，餐桌前的奧圖看了我一眼。

威爾又放了一片法式吐司在泰特的盤子上。他沉默不語。他不回應的態度讓我很難過。因為要是他不相信伊莫金說謊，那就意味著是我說謊。

「聽著。」他說，「讓我把這件事好好想想，思考一下該怎麼做。我會看看有沒有辦法復原已刪除的照片。」

威爾把我的藥丸遞給我，我喝了一口咖啡一起吞下。他穿著亨利衫和工裝褲，因為他今天有課。他的公事包已經整理好，放在門邊等他出門。他最近在讀一本新書。就在那裡，從地板上的公事包突出來。一本包著書套的精裝書，書脊是橘色的。

我好奇艾琳的照片是不是也在那本書裡面。

泰特坐在餐桌前側眼看我。儘管我一直道歉，他仍因為前幾天發生的事，因為那個洋娃娃和他吵著要玩的遊戲而在生我的氣。我決定今天去買一組新樂高給他。沒什麼問題是樂高不能解決的。

我和奧圖出門了。車上的他比往常安靜。我從他的眼神看得出來有事不對勁。他知道的事情比我們表面透露出來的還多，關於我和威爾之間的婚姻壓力，關於伊莫金。他當然知道了。他已經十四歲了，他不是笨蛋。「一切都還好嗎？」我問，「你有什麼想聊一聊的嗎？」

他的回答簡單扼要。「沒有。」他說著，別開頭。

我載他到碼頭，放他下車，在碼頭邊尋找伊莫金的身影。她不在那裡。渡輪來了又走。奧圖離開後，我下車走向售票口，買了下一班前往主島的船票，接著回到車內等待。不到三十分鐘後，渡輪來了。我開上車輛甲板，打好停車檔，熄火後把車留在那裡，走上階梯來到渡輪的上層甲板。啟程後，我坐在一張長凳上凝望大海。現在才早上八點。我有將近一整天的時間等我消磨。威爾去教課了，不會知道我怎麼打發時間的。

渡輪緩緩前進橫跨海灣時，一股安心感湧遍全身。我們的島越來越小，最後變成了緬因州沿岸的眾多島嶼之一。主島逐漸靠近，一座城市在我面前膨脹放大，出現大樓和人群和噪音。我暫時把伊莫金拋諸腦後。

警方只是想找代罪羔羊。貝爾格警官企圖把這起謀殺案栽贓給我。為了洗刷冤屈，我必須找出是誰殺了摩根。

我善用這段通勤時間，在手機上搜尋傑佛列的前妻寇特妮。她就住在大西洋另一邊的某個地方。我不確定，但用猜的也知道，她沒有像我們一樣住在小島上。而且前幾天追悼會結束之後，我看見她開著她的紅色吉普車駛上渡輪，消失在大海中。

我在網頁瀏覽器輸入「寇特妮．班恩斯」。找她簡直出奇簡單，因為我很快得知她原來是當地學區的督導。她的名字隨處可見，全與職業相關，沒有任何私事。班恩斯督導贊成教職員調薪；班恩斯督導對近來一連串的校園暴力事件表示關切。

我找到一個行政大樓的地址，便輸進我的地圖應用程式。距離渡輪碼頭有八分鐘的航程。我在八點三十六分抵達。

渡輪轉進碼頭停靠。我跑下階梯，從上層甲板回到車上。我發動引擎，等到獲准下船，我就駛離渡輪。

我開上大街，跟隨指示前往學區的教學大樓。這座城市和芝加哥根本沒得比。人口不到十萬人；沒有一棟大樓高於十五層樓。但仍是一座城市。

行政大樓坐落在市中心，外觀看上去年久失修。我開進停車場，找到位置把車停好。我不知道我來這裡做什麼。我不知道我見到班恩斯督導的時候要說什麼。

我在停車場穿梭之際，很快想好一個計畫。我是一名憂心忡忡的家長。我的小孩被霸凌了。這不是太難以相信的事。

我仔細查看前兩排車，看著看著，發現了寇特妮的吉普車。跟我親眼看見她從衛理公會教堂開出來的是同一輛紅色吉普車。我走到車邊，四下張望，確定這裡只有我一人，接著伸向車門一拉。不用說，車門是鎖上的。有基本常識的人都會把自己的車子鎖好。我用雙手框住眼周往車內看，沒見到任何不尋常的東西。

我一路走進行政大樓。一進門，一位秘書前來招呼我。

「早安。」她說，「有什麼我們能為您效勞的嗎？」她以我們自稱，雖然這裡沒有其他人。大廳就只有她一個人。

我告訴她我想找督導談話時，她問：「請問您有預約嗎？」

我當然沒有，於是我說：「這花不了太多時間的。」

她看著我問：「所以您沒有預約嘍？」

我告訴她沒有。

「我很抱歉，但今天督導的行程已經完全約滿了。如果您想跟她約明天的話，我們能安排妳們見面。」她看著電腦螢幕，把督導有空的時間一一告訴我。

但我不想明天再見督導。我人已經來了，我想今天就和她見面。

「明天我沒辦法。」我告訴這位秘書，編了個可憐的故事說我有個生病的母親，明天要做化療等等。「請讓我和她見個面，頂多不超過三分鐘。」我說，不確定自己憑什麼以為能在三分鐘之內達成目的——或是達成任何事。我只是想和這個女人說說話，感覺一下她是什麼樣的人。她是那種會殺人的女人嗎？這就是我想知道的。我能在三分鐘內看得出來嗎？

但這都不重要了。秘書同情地搖搖頭，重述她真的很抱歉，但今天督導的行程已經約滿了。

「您可以留下您的電話號碼。」她建議道，伸手拿了紙筆，準備記下我的資料。但我還來不及告訴她，一個女人的聲音——語氣精明又暴躁——從對講機傳來，召喚那位秘書。

我認得這個聲音。這幾天，我每次閉上眼睛幾乎都能聽見。

我對我所做的事一點都不後悔。

秘書把椅子往後推站起來。離開前，她告訴我她馬上回來，接著便留下我一個人離去。

我第一個想法是離開，直接一走了之。除非訴諸一些極端的方法，否則我不可能過得了秘書那一關。但時間還很多，還不到絕望的地步。我開始往大門走去。我身後是一面用來掛外套的牆，工業風鐵架配上相襯的掛鉤。一件黑白相間的千鳥格紋外套掛在上面。

我認出那件外套，是寇特妮．班恩斯的。是那天她溜出摩根的追悼會匆匆跑上車時所穿的同一件外套。

我深吸一口氣，仔細聆聽有沒有說話聲、腳步聲。一片沉寂，於是我走向外套，接著不加思索，伸手撫摸外套的羊毛衣料。我把雙手伸進兩邊的口袋，立刻就摸到某樣東西：寇特妮・班恩斯的車鑰匙。

我凝視手中的鑰匙，五把串在皮革鑰匙圈上的銀鑰匙。

身後一扇門打開，來得突然又即時，連腳步聲的警告都沒有。

我連忙轉身，鑰匙仍握在手中。我沒時間放回去。

「抱歉讓您久等了。」秘書說著，坐回位子上。她的手中多了一疊文件，為此我很感激，因為她的目光正放在文件上，不是我。

我匆匆遠離衣帽架，鑰匙緊握手中。

「我們說到哪裡了？」她問，我提醒她。我留下一個名字和一個電話號碼，麻煩督導有空的時候打電話給我。名字和電話都是假的。

「感謝妳的幫忙。」我說完，掉頭離去。

開門坐進吉普車並不是事先盤算好的計畫。一直等到我拿著鑰匙站在車旁，這個想法才閃入腦中。不採取行動就太蠢了，因為這就是命運，一連串我無法控制的事件。

我打開車門；我爬進車裡。

我快速搜尋，沒找到什麼特別的東西，倒是進一步認識了這個女人的生活。她喜歡聽鄉村樂，收集了一大堆麥當勞的餐巾紙，喜歡看居家雜誌。最新一期的雜誌就放在副駕駛座上，混在一疊郵件中。

今我大失所望的是，這裡沒有任何表明她是謀殺犯的證據。

我把鑰匙插進鑰匙孔，發動引擎。

儀表板上有導航面板。我按下主選單，指示導航系統回家。

不是我家，而是寇特妮·班恩斯的家。

就這樣，我得到一個位於布拉克特街上的地址，距離這裡不到五公里。

我別無選擇，只得出發。

# 鼠兒

關於假媽媽，鼠兒漸漸發現的是，她就像硬幣一樣擁有不同的兩面。

鼠兒的父親在家時，假媽媽早上會花一個鐘頭更衣弄頭髮。她會塗上桃紅色的口紅，噴上香水。她會在他上班前，幫鼠兒和父親做早餐。假媽媽做的早餐不是鼠兒習慣吃的麥片，而是像鬆餅、可麗餅、班尼迪克蛋之類的食物。鼠兒從來沒有吃過可麗餅或班尼迪克蛋。她父親替她做過的早餐只有麥片。

鼠兒的父親在家時，假媽媽說話的聲音輕柔又甜美。她喚鼠兒叫小甜心、親愛的或寶貝。

妳想在可麗餅上撒點糖粉嗎，寶貝？假媽媽會這麼問，手裡拿著糖粉罐，準備在可麗餅上撒下一層美味的糖粉，吃進鼠兒嘴裡入口即化的那一種。鼠兒會搖搖頭，雖然她確實很想要撒糖粉。但僅僅六歲的鼠兒，已經知道好東西有時候是有代價的，她不想付出的代價。她開始想念父親冷冰冰的麥片，因為她從來不需要付出代價，只需要牛奶和湯匙。

鼠兒的父親在家時，假媽媽善良可親。但鼠兒的父親並不總是在家。他的工作需要他經常出差。他只要出差，一去就是好幾天。

他第一次把她託給假媽媽照顧之前，她從來沒有和她長時間獨處過。鼠兒不想和她獨處。但她沒有跟父親說，因為她知道父親有多愛假媽媽。她不想傷他的心。

她只是在他道別之際抱住他的手臂。她心想，如果她抱得夠緊，說不定他就不走了。又或者他會帶她一起走。她個子不大，她可以塞進他的行李箱。她不會發出半點聲響。

但他兩者都沒做。

我幾天後就回來，父親對她承諾道。他沒告訴她所謂的幾天到底是幾天。他輕輕抽開他的手臂，臨走前在鼠兒的額頭上親了一下。

我們會相處融洽的，假媽媽說著，輕撫鼠兒的褐色頭髮。鼠兒站在門口，忍著不要哭出來，因為假媽媽用她粗劣的手拉扯她的頭髮。她不認為假媽媽是故意要拉她頭髮的，但或許她是。無論如何，這都讓鼠兒痛得皺眉蹙額。她往前一步，趁父親離開前企圖阻止他。

假媽媽把手放在鼠兒的肩頭用力一捏，不讓她前進。

這，鼠兒知道，是故意的。

鼠兒小心翼翼抬頭看假媽媽，不確定會看到什麼景象。鄙視的眼神，或憤怒的目光。她以為這是她會看到的。但都不是，而是一抹令人戰慄的微笑，讓她內心受創的那一種。識相的話就乖乖站著別動，和妳父親說再見，假媽媽命令道。鼠兒聽話照辦。

她們目送父親的車子駛出車道。她們站在門口看著車子轉了個彎，開上馬路，消失在鼠兒看不見的地方。只有這個時候，假媽媽抓著鼠兒肩頭的力道才稍微放鬆。

他才剛離開視線不久，假媽媽就變得尖酸刻薄。那輕柔甜美的聲音眨眼間變得冷淡無情。假媽媽轉身離開大門口，用腳後跟用力把門踢上。她大罵鼠兒別再找她父親，她父親已經走掉了。

他短時間內不會回來了。妳給我好自為之，她說，接著叫她走開，別站在門邊。

假媽媽的目光在房間四周游移，找毛病發洩。任何毛病都行。她在熊熊先生身上找著了。鼠兒最喜歡的棕色熊玩偶坐在沙發角落，遙控器擺在他毛茸茸的小手底下。熊熊先生像平常一樣正在看電視，全是鼠兒喜歡看的那些節目。

可是假媽媽不喜歡熊看電視。她不希望那隻熊出現在任何她看得見的地方。她一手抓起沙發角落的熊熊先生，告訴鼠兒趕快把她的蠢玩具收起來，否則就統統丟進垃圾桶。她狠狠搖晃熊玩偶，然後用力扔到地上。

鼠兒看著她心愛的熊玩偶躺在地上。他看著鼠兒有如睡著一般，又或許他已經死掉了，因為假媽媽搖他搖得那麼用力。就連鼠兒都知道不應該這樣對待一個生物。

鼠兒知道她應該閉上嘴巴。她知道她應該聽話照做。但她就是忍不住。在不自覺的情況下，話就這樣脫口而出。熊熊先生才不蠢，她大聲說著，伸手拿起熊玩偶，緊緊抱在胸前安慰他。鼠兒撫摸玩偶的柔軟毛髮，在他耳邊輕聲說：噓，沒事了，熊熊先生。

不准給我頂嘴，假媽媽說。妳父親現在不在家，所以妳得聽我的話。現在由我作主。我在家的時候，自己的東西自己收，兔崽子，她說。聽清楚了嗎，鼠兒？她問完，立刻大笑起來。

鼠兒，這次她以嘲笑的口吻叫她。她說她有多討厭老鼠，說牠們根本是害蟲。她告訴鼠兒，牠們的腳上踩滿糞便，而且到處散布細菌，害人類生病。妳怎麼會有這種小名，妳這骯髒的兔崽子？

但鼠兒不知道，所以鼠兒不說。這讓假媽媽非常生氣。

妳有聽見我說話嗎？她問道，彎腰直視鼠兒的臉。鼠兒不是很高的孩子。她很嬌小，大約只有一百零五公分，勉強只有到假媽媽的腰間，她把漂亮上衣塞進牛仔褲頭的地方。我問妳問題，妳就給我回答，假媽媽一根手指指著鼠兒的鼻子說，距離近得揮了她一下。鼠兒不知道假媽媽是不是故意打她，也許這是那種典型的有意裝無意。但那不重要，因為無論如何還是很痛，傷了她的鼻子，也傷了她的心。

我不知道爹地為什麼那樣叫我，她誠實地說。他就是這樣叫的。

妳對我沒禮貌是嗎，兔崽子？不准妳對我沒禮貌，假媽媽說著，抓住鼠兒的手腕。她像對付熊玩偶那樣搖晃她，搖到鼠兒的腦袋和手腕好痛好痛。鼠兒企圖抽開手臂，卻只讓假媽媽抓得更緊，長指甲掐進皮膚。

等她總算放手的時候，鼠兒看見假媽媽在她手上留下的紅印，皮膚上盡是假媽媽的指甲留下的新月形凹痕。

她的眼眶滿溢淚水，因為她的頭和她的手都好痛，但更痛的是她的心。假媽媽像那樣搖晃她讓她傷心，同時也讓她害怕。從來沒有人像那樣對鼠兒說話或像那樣碰她，鼠兒不喜歡。她嚇得尿出了一滴尿，沿著腿往下滑，最後被褲子的布料吸收。

假媽媽看見鼠兒顫抖的小嘴和滿眶的淚水，不禁大笑起來。她問：妳要怎麼辦？像小嬰兒一樣大哭嗎？這可不是棒極了，她說。一個沒禮貌的愛哭鬼。真是自相矛盾的說法，她放聲大笑。儘管鼠兒懂很多，但她不知道「自相矛盾」是什麼，但她知道「矛盾」的意思，因為她前幾天在學校聽見有學生這樣說另一個人。所以鼠兒心想，假媽媽說她矛盾，但那天她說了一堆惡毒的話，那根本算不了什麼。

假媽媽叫鼠兒滾去她看不見的地方，因為她已經厭倦看到她那張沒禮貌又愛哭的臉。

我沒說妳可以出來之前都不准出來，她說。

鼠兒難過地帶著她的熊玩偶回到二樓的房間，輕輕把門關上。她把熊熊先生放到床上，在他耳邊哼著搖籃曲。然後，她在他身邊躺下，哭了起來。

即便這樣，鼠兒知道她不會告訴父親假媽媽說了什麼做了什麼。她甚至沒有告訴真媽媽。打小報告不是她的作風，但尤其是因為她知道父親有多愛假媽媽。她可以從他每次望著她的眼神中看出端倪。鼠兒不想傷他的心。如果他知道假媽媽的所作所為，一定會很傷心，甚至比鼠兒還傷心。鼠兒是個善解人意的小女孩。她從來不希望讓任何人傷心，尤其是她的父親。

# 莎蒂

我把地址牢記在心。我坐上自己的車，開往寇特妮的家。我在路邊停好車，輕易駛進兩輛車子之間。我下車，把寇特妮的鑰匙帶在身上。

平時我不會做這種事，但我已經走投無路。

在企圖擅自進屋之前，我先敲了敲門。沒人前來應門。

我在手中撥弄那些鑰匙，任何一把都有可能。我先試了第一把鑰匙，不吻合。

我回頭一看，發現公園盡頭靠近街道的附近有個牽著狗的女人。女人正拿著塑膠袋彎腰清理狗狗在雪地上製造的穢物；她沒在看我。

我緊張地試了第二把鑰匙，這把成功插進鑰匙孔。門把一轉，門打開了。我發現自己正站在寇特妮．班恩斯她家的大門口。我踏進屋內，把門關上。室內裝潢典雅迷人，充滿特色：拱形門廊、牆面凹室、木造訂製櫃。但也看起來疏於照料和愛護，物品也不多。整間房子亂七八糟。沙發上散落一疊疊的郵件，兩只空的咖啡杯擱在木地板上，一籃洗好的衣服擺在一樓樓梯邊，孩子的玩具棄置在房間的角落，已經一陣子沒有玩過。

但照片倒是不少，就掛在牆上，相框稍微歪斜，頂部積了一層灰。

我走向那些照片，差點伸手擦拭灰塵。但就在千鈞一髮之際，我想起我的指紋，想起會留下證據，於是連忙把手抽回。我在外套口袋找到一雙禦寒手套戴上。

照片上是傑佛列、寇特妮和他們的小女兒。在我看來甚是奇怪。如果我和威爾在他外遇後離婚，我一定會把他在家裡的照片全部處理掉，才不會一天到晚想起他這個人。

寇特妮不僅把全家福的照片留在家中，甚至還有婚紗照。她和傑佛列親吻的浪漫畫面。我好奇這意味著什麼。她是否仍對他有感情？她是否不願承認他的外遇、他們的離異和他的再婚？她是不是認為他們仍有機會復合？或者她只是在緬懷他們曾經擁有的愛？

我在走廊之間遊走，往房間、浴室和廚房裡看。這個家是狹窄的三層樓透天，每個房間都相當簡單樸素。小孩房裡，床上的棉被盡是森林動物的花樣，有鹿和松鼠等等。地上鋪著一張小地毯。

另一個房間是辦公室，內有一張書桌。我走向書桌，隨意拉開抽屜，沒特別想找什麼，但看到不少東西，像奇異筆、大量紙張和一盒文具。

我回到一樓，打開冰箱門，掀開窗簾往外看，確定沒人來。

在寇特妮發現她的鑰匙不見之前，我有多少時間？

我輕輕坐上沙發，注意不要擾亂每樣東西的位置。我翻閱郵件，維持相同順序，免得在混亂中有我看不見的秩序。裡頭大多是帳單和垃圾郵件，但也有其他東西，例如法院請願書。那些請願書的信封上打著緬因州，讓我忍不住撕開封背，用我戴了手套的雙手拿出裡面的文件。

我向來對法律措辭不太在行，但像「兒童危害」和「立即的生活監護權」等字句躍至眼前。

我花了一會兒工夫才明白傑佛列和摩根打算取得他和寇特妮兩人孩子的完全監護權。

想到有人想從我身邊奪走奧圖或泰特，就讓我心煩意亂。如果有人企圖搶走我的孩子，我不知道我會做出什麼事。

但我能確定的是，阻礙一個女人和她孩子之間的關係絕對不會有好下場。

我把文件塞回信封，但在那之前用手機很快拍了一張照片。我把郵件放回原位，從沙發起身，溜回門口，暫時結束搜查。我不確定我找到的東西是否足以證明寇特妮涉案，但已經足以引起一些疑問。

我把鑰匙放進包包的拉鍊夾層裡，之後再處理。

大家一天到晚弄丟鑰匙，對吧？這不是什麼不尋常的事。

我朝著停在對街的車子走去。途中，手機突然響起。我從包包裡拿出手機，接起電話。「請問是福斯特太太嗎？」來電者問。不是每個人都知道我是醫師。

「對。」我說，「我就是。」

話筒另一端的女人告訴我，她是從學校打來的。我直覺想到奧圖。我想起我們今早開往碼頭時的短暫交談。有件事困擾著他，他不肯說。當時他是不是想跟我說什麼呢？

「我先打給妳先生。」女人告訴我。「但轉進了語音信箱。」我看了手錶一眼。威爾正在上課。「我想確認一下伊莫金的狀況。她的老師今天標記她沒來上課。有人忘記打來幫她請假嗎？」這個女人問道——這通電話與奧圖無關讓我安心許多——我嘆口氣，告訴她不是這樣，伊莫金想必是蹺課了。我才懶得幫伊莫金的缺課捏造謊言。

她的語氣不太友善。她向我解釋，伊莫金必須來上學，她已經快逼近一學年允許無故缺席的時數了。

「福斯特太太，確保伊莫金來上學是你們的責任。」她說。她將替我、威爾、伊莫金、老師和主任安排會面，勸說大會之類的。要是失敗了，學校將不得不照法律程序走。

我掛斷電話，爬進車內。出發前，我傳了簡訊給伊莫金。妳在哪裡？我問。我不期待收到回覆，然而一條訊息傳了回來。來找我，上面寫道。

伊莫金在和我玩遊戲。

緊接著傳來的是一連串的照片。眾多墓碑、一片慘澹的風景、一個藥罐子。那是愛麗絲以前的藥丸，用來治療纖維肌痛症的疼痛，兼用於阻斷神經的一種抗抑鬱藥。她的名字寫在標籤上。

我必須趁伊莫金拿那些東西幹出傻事前找到她，趁她還沒做出任何無法挽回的草率決定前。

我加速駛離，暫時把我在寇特妮家中找到的那些法律文件拋諸腦後。尋找殺死摩根的兇手得再等等了。

# 鼠兒

那天晚上，假媽媽沒有給鼠兒吃晚餐，但鼠兒聽見她下樓進廚房弄東西給她自己。她聞到飯菜香透過地板通風口飄上二樓，從鼠兒房門底下的縫隙溜進來。鼠兒不知道那是什麼食物的味道，但香氣讓她的肚子咕嚕作響。她想吃東西。但她不能吃，因為假媽媽絕對不可能分給她。

到了就寢時間，鼠兒肚子好餓。但她沒笨到要求吃晚餐，因為假媽媽明確說過她不想見到她，除非她說她可以出來了。而假媽媽從來沒說她可以出來了。

隨著太陽西下，天色變暗，鼠兒也努力想要忽視陣陣的飢餓感。她聽見假媽媽吃完飯後過了好久，仍在一樓走來走去，洗碗，看電視。

但後來，房子變得安靜。

一扇門關上，鼠兒心想，假媽媽應該去睡了。

鼠兒把房門打開一條縫。她站在房門正後方，屏住呼吸，確定房子寂靜無聲，確定假媽媽不是暫時進房，馬上又走出來，確定假媽媽不是故意要騙她下樓。

鼠兒知道她應該去睡覺。她試過上床睡覺。她也想要睡覺。

但她實在很餓。

而且，更糟的是，她得上廁所，而浴室在樓下。鼠兒真的非去廁所不可。她已經憋了很長一段時間，覺得自己就快憋不住了。她肯定沒辦法憋一整晚。但她也不想在房間尿褲子，因為她已經六歲了，大得不該在房間尿褲子。

但鼠兒在得到假媽媽的准許前不能離開房間。所以她把兩條腿夾得非常緊，希望尿液留在體內。她也用上她的手，像軟木塞一樣壓著胯下，心想這樣或許能止住尿液。

但沒一會兒，她的肚子痛得不得了，因為她又餓又得上廁所。

鼠兒勸說自己下樓。這並不容易。鼠兒不是那種喜歡違反規矩的女孩。鼠兒是那種喜歡遵守規則、從來不惹麻煩的女孩。

但她記得假媽媽沒說過她非得待在自己的房間裡。是鼠兒決定回房的。假媽媽說過是，滾去我看不見妳的地方。鼠兒認為，如果假媽媽睡著了，那她就不會在一樓看見鼠兒，除非她閉著眼睛也能看得見。這樣一來，鼠兒就不算違反規矩了。

鼠兒把房門完全敞開，過程中房門發出嘎吱聲，嚇得鼠兒的心臟彷彿要停止了，不知道這個音量是否足夠吵醒睡夢中的假媽媽。她從一默唸到五十，確定房子始終安靜無聲，沒有假媽媽醒來的跡象，她才出發。

鼠兒躡手躡腳走下樓梯。她穿過客廳，踮著腳尖朝廚房走去，快抵達廚房之前是一條突然轉向通往假媽媽房間的走廊。鼠兒在轉角處偷看，勉強瞥到一眼房門，並慶幸發現門是關的。

比起肚子餓，鼠兒更急著要上廁所。她先去了廁所。但廁所距離父親和假媽媽的房間僅僅不到一公尺，鼠兒因此怕得要命。她利用襪子滑到浴室門口，盡量不要抬腳離地。

房子光線昏暗，並不是完全黑不見光，但鼠兒仍得沿著牆壁摸黑前進，免得撞上任何東西。鼠兒不怕黑。她是那種天不怕地不怕的孩子，因為她在家裡總是覺得很安全。至少在假媽媽出現前是如此。現在她不再覺得安全，儘管黑暗不是她目前最大的擔憂。

鼠兒成功抵達浴室。

進去後，她輕輕把門關上。她沒有開燈，所以浴室裡一片漆黑。因為沒有窗戶，所以也沒有隔窗透進來的微弱月光，更沒有小夜燈。

鼠兒摸黑找到馬桶。謝天謝地，馬桶蓋已經是掀起的。她不必冒著製造噪音的風險抬起馬桶蓋。

鼠兒把褲子脫到膝蓋的位置。她坐上馬桶的速度放得好慢好慢，害她的大腿痠痛不已。鼠兒努力控制尿量，盡量尿得很慢，不要發出聲音。但她憋了好長一段時間。她無法控制尿出來的方式。結果計畫不如預期，洩洪大門一旦開啟，尿液就如湍流一般響亮衝出體外。鼠兒敢說整條街的人大概都聽見了，尤其是假媽媽，就睡在走廊對面父親的床上。

鼠兒開始心跳加快，雙手大汗淋漓。她的膝蓋抖得厲害，等上完廁所把褲子拉回纖瘦的髖部時，差點站不住腳。她的雙腳不停晃動，就像她企圖躲避噴進房間裡的熱岩漿時爬上的桌腳。桌腳在下方搖搖欲墜，彷彿隨時會垮掉。

排空膀胱、穿上褲子後，鼠兒站在一片漆黑的浴室裡好長一段時間。她連手都不洗了。但她想先確定她尿尿的聲音沒有吵醒假媽媽再離開浴室。因為要是假媽媽在走廊上的話，她就會看見鼠兒。

鼠兒在心中數到三百，然後又數了第二次。

數完，她才離開。但鼠兒沒有沖水，因為害怕聲音太吵。她把所有東西留在馬桶裡，尿、衛生紙等等。

她打開浴室門，滑回走廊上，慶幸發現走廊對面的房門仍然牢牢關著。

到了廚房，鼠兒從櫥櫃拿了幾塊薩勒諾奶油餅乾，又從冰箱拿了一杯牛奶。她洗淨杯子，放在碗碟架上晾乾。她把餅乾屑集中在手上，丟進垃圾桶。因為假媽媽也說過，我在家的時候，自己的東西自己收，兔崽子，鼠兒想乖乖聽話。她做這些事情全程安靜無聲。

鼠兒回到二樓。

但走到一半的時候，她的鼻子開始發癢。

可憐的鼠兒一直努力保持安靜，努力不發出任何聲音。但打噴嚏是反射動作，是那種無意識的自主反應，就像呼吸和彩虹和滿月。一旦開始就無法停下來，儘管鼠兒拚了命想忍住。喔，鼠兒真的是拚了老命。她站在樓梯上，一下子用雙手摀住鼻子，一下子捏住鼻梁。她把舌頭頂住口腔上方，憋著氣，求老天爺止住噴嚏。她用盡各種想得到的方法阻止自己打噴嚏。

即便如此，噴嚏還是打了出來。

# 莎蒂

這個地方是典型的公墓。我沿著狹窄的碎石子路往前開，把車停在小教堂邊。我打開車門，一陣狂風迎面而來。我下車，走下緩坡，悄然行經墓碑和大樹之間。

愛麗絲埋葬的地方尚未雜草叢生，是一座乾淨的墓地，滿地泥土，零星散落白雪。墓碑還沒立，得等到土地變得密實。目前為止，愛麗絲只能靠區域和批號來辨識。

伊莫金跪坐在白雪皚皚的地上。她聽見我緩緩接近的腳步聲，於是轉過身來。她看見我時，我看得出來她剛剛在哭。她煞費苦心畫上的黑色眼線在她臉上糊成一團。她的雙眼紅腫，下嘴唇在顫抖。她緊咬著唇，想止住抖動。她不想讓我看見她脆弱的一面。

她突然間看起來比本來的十六歲年輕許多，但同樣心靈受創，憤世嫉俗。

「妳他媽也夠慢的了。」她說。老實說，來到這裡的途中，我曾經想過乾脆不來了。我打電話給威爾，想讓他知道伊莫金傳給我的那些照片，但電話再次進入語音信箱。我回到渡輪上的時候，突然恢復理智，才知道我非來不可。藥罐子仍然緊閉，躺在伊莫金旁邊的地面上。

「妳拿那些東西要做什麼，伊莫金？」我問。她滿不在乎地聳聳肩。

「我想可能有什麼作用吧。」她說，「這些東西對媽沒啥屁用，但說不定幫得了我。」

「妳吃了多少？」我問。

「一顆都還沒吃。」她說，但我不太相信。我小心翼翼走向她，彎腰拾起地上的藥罐子。我打開蓋子，往裡一看。藥丸仍在裡頭，但一開始到底有幾顆，我不清楚。

外面天氣頂多十三度。冷風不斷朝我吹來。我戴起連帽衫的帽子，雙手伸進口袋。

「妳在這裡會凍死的，伊莫金。」我說。考慮到目前的情況，我的用字失策。

伊莫金沒穿外套，也沒戴帽子或手套。她的鼻子紅通通的，鼻孔冒出鼻涕，流到她的上嘴唇。我看著她用舌頭舔掉，提醒了我她仍是個孩子。她的兩頰凍得一塊青一塊紫。

「我才沒那麼幸運。」她說。

「別胡說。」我說，但她是認真的。她相信她死了比較好。

「學校打電話來。」我告訴她。「他們說妳又蹺課了。」

她翻了個白眼。「是喔。」

「妳在這裡做什麼，伊莫金？」我問，雖然答案已經呼之欲出。「妳應該去上學。」

她聳聳肩說：「我不太想去。況且，妳不是我媽。妳不能告訴我該怎麼做。」她用衣袖抹眼睛。她的黑色牛仔褲破破舊舊，襯衫是紅黑格紋，釦子沒扣，套在一件黑色T恤外面。

她對我說：「妳把照片的事告訴威爾。妳不應該告訴他的。」她在地上一撐，站了起來。我不禁再次驚覺伊莫金有多高，高得足以低頭看我。

「為什麼不行？」我問，接著她告訴我：「他不是我該死的父親。而且，那是只給妳看的。」

「我不知道那是秘密。」我說。我退後一步，重新拿回我的私人空間。「妳沒跟我說不要告訴他。要是妳說了，我就不會提了。」我說謊。她大翻白眼。她知道我在說謊。

現場陷入一片沉默。伊莫金很安靜，整個人悶悶不樂。我好奇她帶我來這裡真正的目的是什麼。我始終保持警覺。我不信任她。

「妳認識妳父親嗎？」我問道，又往後退了一步，撞上樹幹。她狠狠瞪我一眼。「我只是在想妳真的很高。但妳母親不是非常高，對吧？威爾一樣沒有特別高大，所以妳的身高想必是遺傳到妳父親那一邊。」

我開始胡言亂語了。我聽見了，她肯定也聽見了。

她聲稱她不認識他。不過她承認她知道他的名字和他老婆的名字，還知道他有三個小孩。她見過他的房子。她把房子外觀描述給我聽。她知道他是驗光師，他有戴眼鏡，他最大的小孩伊莎貝拉現在十五歲，只比她小七個月。伊莫金夠聰明，知道這代表什麼意思。

「他告訴我媽他還沒準備好要當個爸爸。」但他顯然準備好了。他只是不想當伊莫金的爸爸。

我從她的表情中看得出來：遭父親棄養的感覺仍然很痛。

「問題是，」她說，「如果我媽沒有一天到晚他媽的那麼寂寞，可能會想要活下去。如果他也愛她，也許她會撐得久一點。她已經受夠了成天掛著一張笑臉。內心痛苦，但表面上表現得開心。沒人相信她受盡痛楚，連她的醫生也一樣。他們不相信她，她沒有辦法證明自己的痛。沒有方法能讓她好受一點。那些他媽老愛唱反調的人，她就是被他們害死的。」

「纖維肌痛症。」我告訴她，「這是非常令人沮喪的病症。但願當初我認識妳母親，我或許有辦法幫忙。」

「狗屁。」她說，「沒人幫得上忙。」

「我至少會努力試一試。我會盡我所能伸出援手。」

她發出咯咯的大笑聲。「妳希望大家以為妳很聰明，但其實妳沒有。妳和我有個共同點。」她說著，轉移話題。

「喔，是嗎？」我質疑地問道，「是什麼？」

我想不到我和伊莫金有任何共同點。

她湊過來。「我們啊，」她指著我們兩人，「人生都是一團亂。」

我哽咽著吞下一口口水。她再走近一步，向我伸出手指，抵住我的胸口。樹幹貼著我的背，我無法動彈。她的聲音如今變得宏亮，失去控制。

「妳以為妳可以就這樣住進來取代她的位置，睡她的床，穿她的衣服。妳不是她，妳永遠不會是她！」她尖叫道。

「伊莫金。」我低聲說，「我從來沒有……」我開口說著，她把臉埋進雙手。伊莫金開始啜泣，全身如海浪般發抖。「我從來沒有想過要取代妳母親的位置。」我近乎無聲地說。

周遭的空氣寒冷刺骨。一陣疾風吹來，我頂著大風，小心站穩腳步。我看著伊莫金那頭染黑的秀髮被風吹亂，皮膚也變得紅腫，不再像平時那般蒼白。

我走向她，伸手拍拍她的臂膀，安慰她。她被我一碰，迅速抽開身體。

她放下雙手，抬起頭來，接著對我大叫，那突如其來的真心話、她眼神中的空洞嚇著了我。我倒退一步。

「她做不到。她很想，但她沒辦法逼自己去做。她愣住了。她看著我，一邊哭，一邊求我。

幫幫我，伊莫金。」她說得口沫橫飛，唾液積在嘴角。她沒有抹掉。

我搖搖頭，一臉糊塗。她在說什麼？「她要妳幫忙解決她的痛？」我問，「她要妳讓她的痛消失？」

她搖搖頭，放聲大叫。「妳這個笨蛋。」她說。

她讓自己冷靜下來，擦去口水，站直身子，接著挑釁地看著我，恢復我所熟悉的伊莫金，不再支離破碎。

「不。」她頑強地繼續說，「她不是要我幫助她活下來。她要我幫助她死掉。」

我頓時無法呼吸。我想起那張矮凳，放在愛麗絲雙腳搆不到的地方。

「妳做了什麼，伊莫金？」我硬生生擠出話來。

「妳不懂。」她說著，語氣冷酷。「妳他媽根本不知道三更半夜聽見她大哭是什麼感覺。有時候痛得太厲害，她不得不放聲尖叫。每次有新的醫生、新的療法，她就興奮得要命，最後又他媽的再次失敗，害她希望破滅。這個病沒救了，她根本沒有好轉，永遠也不會好轉。誰都不應該像這樣過日子。」

潸然淚下的伊莫金開始從頭娓娓道來。那天就像往常一樣。她起床，去上學。她回家的時候，愛麗絲通常會在玄關等她。但那天愛麗絲不在那裡。伊莫金叫她。沒有人回應。她開始在房子裡找啊找，這時，閣樓的燈吸引她來到三樓。她在那裡發現自己的母親站在矮凳上，脖子套著繩索。她已經維持那個姿勢好幾個小時。愛麗絲的膝蓋因為害怕和疲倦而頻頻發抖，鐵了心想讓自己離開矮凳卻是枉然。她留下一份遺書，就放在地面上。伊莫金把內容背起來了。妳和我一樣清楚這對我來說有多艱難，信上寫道。這跟妳無關。這不表示我不愛妳了，我只是不能再過這種雙面人的生活。原來那不是分手信，而是愛麗絲的遺書。那天伊莫金把遺書撿起來，塞進連帽衫的口袋裡。起初，伊莫金試著說服她從矮凳下來，說服她活下去。可是愛麗絲心意已決，她只是沒辦法鼓起勇氣，縱身一跳。幫幫我，伊莫金，她乞求道。

伊莫金直視我的雙眼說：「我把那張該死的矮凳從她腳下抽開。這不容易，但我閉上眼睛，咬牙一拉，拔腿就跑。我這輩子不曾跑那麼快。我跑進房間，躲在他媽的枕頭底下，然後扯破喉嚨尖叫，這樣我就不必聽見她臨死前的聲音。」

我屏住呼吸，喘不上氣。那不是自殺，不算是，但也不是我以為的那麼惡毒。那是輔助死亡，就像那些偷偷塞給臨終病人致命劑量的安眠藥、讓他們自我了斷的醫生。

我不曾當過那樣的醫生。

我的工作是幫助病人活下來，而不是幫助他們死去。

我目瞪口呆凝視著伊莫金，心想：什麼樣的人會做出這種事？什麼樣的人明知道後果，還有辦法抓住矮凳一拉？

必須是個狠角色才有辦法做出伊莫金所做的事。不考慮後果，憑直覺衝動行事。她拉掉矮凳的那一刻，也大可打電話求救。她也大可剪斷她母親的繩索。

她當著我的面哭泣、抽搐。我無法想像她經歷過的事，她見過的畫面。沒有一個十六歲的孩子應該被迫面對那樣的處境。

我心想，愛麗絲太過分了。

但又覺得：伊莫金也簡直過分。

「妳做了妳唯一能做的。」我說謊，這麼說只是為了安慰她，因為我想她需要的是安慰。我猶豫地朝她伸出手，有那麼一下子，她沒有拒絕我。就那麼一下子。

但當我小心翼翼伸手摟住她，懷著戒慎恐懼的心，似有若無地碰觸她的時候，我突然驚覺我在抱著一個殺人兇手。儘管在她心中，那些殺人動機是合理的。但現在的她，心生悔恨和悲傷。這是伊莫金頭一遭流露出有別於憤怒的情緒。我從沒見過她這個樣子。

但就在這時，她變回老樣子，突然站直身子，彷彿能聽見我腦中的想法似的。她用衣袖擦去淚水。她的眼神空洞，面無表情。

接著，她突然推我的肩膀，力道毫不客氣，既粗魯，又充滿敵意。她用力用指尖按壓的部位，鎖骨和肋骨之間的那塊柔軟地帶，刺痛不已。我往後倒，被身後的石頭絆了一下。她說：「他媽的把手拿開，否則我就把我對她做過的事用在妳身上。」

那顆石頭大得讓我完全失去平衡，一屁股跌坐在被雪覆蓋的濕地上。

我倒抽一口氣，抬頭看著她高高佇立在我上方，一語未發。也沒什麼好說的。

她在地上找到一根掉落的樹枝。她抓起樹枝，很快朝我走來，彷彿準備再次攻擊我。我嚇得出於本能用雙手抱頭保護自己。

這次，伊莫金蹲了下來。

但她沒有出手，只是扯著喉嚨大聲說了一個字「滾！」。響亮得天搖地動。

我連忙起身。雖然背對她叫我害怕，但我還是轉身加緊腳步離開。臨走前我又聽見她罵我怪胎，好像死亡威脅還不夠似的。

# 莎蒂

那晚，我開車回家，駛上我們家前面那條路，沿著上坡前進。我把伊莫金留在公墓至今已經好幾個鐘頭。當時剛過中午，現在已是夜晚。外頭天色漆黑。時間就這樣從我指縫流逝。我的手機有兩通未接來電，都是威爾打來的，想知道我人在哪裡。等我見到他，我會把我的這一天說給他聽，把我在公墓跟伊莫金的對話告訴他。但我不會把一切毫無保留告訴他，因為要是他知道我偷了一個女人的鑰匙闖進她家，他會怎麼看我？

我開車經過我們家隔壁那棟空屋時，目光不禁隨之望去。屋內漆黑如常，燈還有一陣子才會亮。車道上積滿了雪，別人家的車道則已經鏟得乾乾淨淨。現在那棟屋子沒人住的事實更是一覽無遺了。

我壓抑一股心血來潮想要親自看看屋內樣貌的衝動。

我不認為屋內有人。但我的腦海就是甩不掉一件事：如果有人趁夜來到小島謀殺摩根，當下肯定沒有渡輪能返回主島。他或她想必得在小島上和我們度過一晚。

還有什麼地方比一間沒人知道的空屋更適合暫時逗留？

我把車子留在自家車道，偷偷溜過佈滿白雪的草坪時，想找的並不是殺人兇手。而是曾經有人待在裡面的證據。

我一邊走，一邊回頭往後看，唯恐有人在觀察我，知道我人在這裡。雪地上有腳印，我跟著腳印前進。

房子旁邊有一間小木屋，真的很小。我先走到小木屋前敲門。我不覺得有人會來應門，但我還是敲了，因為不這麼做感覺很蠢。果然，沒人應門。於是，我把臉貼到窗前往屋內看。我沒看見什麼不尋常的事物，就是一間客廳，傢俱一件件蓋上塑膠布。

我沿著房子周圍走動，不確定自己在找什麼，但我確實在找，找一個進屋的可行辦法。果不其然——經過一番搜尋，碰了幾次壁，希望逐漸渺茫之際——我總算找到了。

房子後面的地下室窗井蓋沒有蓋好。

我把蓋子一抬，輕易就抬起來了。我拍掉雪花，把整個窗井蓋移開，放在一旁，搬移的同時雙手不斷顫抖。

我小心翼翼讓自己鑽進地下室的窗井。窗井很小，我得用奇怪的角度扭曲身體才擠得進去。等我通過後，紗窗是破的。不是破一小塊，而是足以讓一個身體穿進去。我拉了拉紗窗後面的窗戶，以為肯定紋風不動——想也知道沒那麼簡單——但叫我驚訝的是，窗戶打開了。

地下室的窗戶沒有上鎖。

什麼樣的屋主在離家避冬前沒有幫自己家上鎖？

我把身體擠進窗戶，雙腳先下，笨手笨腳地爬進漆黑的地下室。雙腳落地的同時，我的臉撞上一張蜘蛛網。蜘蛛網黏在頭髮上，儘管這不是我的頭號擔憂。比起這個，還有太多值得擔心的事。我在地下室東張西望，確定只有自己一個人，心臟貼著胸膛狂跳不已。

我沒看見半個人。但裡頭太黑了，其實也不清楚到底有沒有人。

我在地下室緩緩前行，找到通往一樓、尚未完工的階梯。我上樓時走得很慢，拖著腳小心不發出任何聲響。來到樓梯頂端時，我把手放到門把上。我的手心都是汗，抖個不停，突然納悶自己當初為什麼會以為進來這裡是個好主意。但我已經走了這麼遠，不能就此回頭。我非知道答案不可。

我轉動門把，把門推開，踏上一樓的地板。

我很害怕。我不知道誰在這裡，是否有任何人在這裡。我不能大聲嚷嚷，怕有人可能會聽見我的聲音。但正當我躡手躡腳在這棟房子的一樓走動的時候，真相卻難以忽略。我沒看見任何人，但到處都是有人住過的痕跡。房子裡外都是一片漆黑；我得用手機上的手電筒才看得見。我發現覆蓋在客廳一張椅子上的塑膠布有個凹痕，彷彿有人曾坐在上面。鋼琴椅被拉出來，樂譜放在樂譜架上。茶几上有麵包屑。

小木屋只有一層樓。我沿著漆黑又狹窄的走廊前進，為了不發出聲音而踮著腳尖走，同時憋住呼吸，只在萬不得已、積在肺部的二氧化碳超過我能負荷的程度時，才稍微急促呼吸。

我來到第一個房間探頭看，用手電筒照亮四面牆。房間很小，本來的臥室被改裝成一間縫紉室。這裡住著一個女裁縫師。

第二個房間是塞滿華麗古董傢俱的小臥室，每件傢俱都覆蓋著塑膠布。地毯厚實又舒服。我的雙腳陷進地毯裡，不禁對穿鞋進屋感到內疚，彷彿這才是我最嚴重的罪行。另外，還有非法入侵。

我離開那個房間，走進三個房間之中最大的那一間。主臥室。相較之下，主臥室十分寬敞。

但這不是我進房時再次細看的原因。

外頭，太陽已經西下，只剩一抹藍色從窗戶悄悄透進來。大家稱之為藍色時刻。殘餘的陽光呈現出藍色色調，把整個世界染成藍色。

我拿著手電筒照進房間。我看見頭頂上方的電風扇，扇片狀如棕櫚葉。天花板是中間凸起的托盤吊頂。我以前全都見過。

我夢過這個房間。我夢過自己躺在這張床上，或類似的床上，在那座電風扇底下熱得滿身大汗，床中央的凹陷處仍清晰可見。我夢過自己凝視著電風扇，希望葉片轉動，朝我濕熱的身體送出一陣涼風。但願望沒有成真，因為才一晃眼，我就突然站在床邊，看著自己睡覺。

這張床沒有罩上塑膠布，不同於房子裡的其他傢俱。本來蓋在床上的塑膠布擠作一團掉在床邊的地板上。

有人想必在這張床上睡過一陣子。

有人曾經住在這裡。

這次，我也懶得用地下室的窗井了。我直接從前門走出去。我關上身後的門，臨走前客廳的燈閃了一下。

我一面跑回家，一面說服自己那面天花板、那張床、那架電風扇和我夢見的並不是同樣的東西。沒錯，是很相似，但不一樣。夢境通常消逝得飛快，所以夢裡的真實細節大概在我睜開眼睛前就已經忘了。

況且，小木屋裡光線昏暗。我沒能把天花板或電風扇看個仔細。

但毫無疑問，塑膠布是從那張床上被扯下來的。如同家中的其他傢俱一樣，屋主也把床鋪掩蓋起來。但後來，有人把塑膠布扯掉了。

我一回到自家院子，立刻查看手機。電池快沒電了，大概只剩百分之二的電量。我打了通電話給貝爾格警官。他可以蒐集指紋，查出是誰一直待在那裡。若一切順利，他便能找到殺死摩根的兇手。

在手機沒電前，我頂多只有一兩分鐘的時間。電話進入語音信箱。我匆匆留了言，請他打電話給我，但沒有告訴他原因。

我還來不及結束通話，手機就沒電了。

我把完全沒電的手機放回外套口袋。我穿過車道，朝門廊走去。房子外面一片漆黑。威爾忘記幫我點亮門廊的燈。屋內燈火通明，但我從這裡看不見兩個孩子。

房子有種溫暖的氛圍。通風孔噴出熱氣，一片灰濛襯托出近乎漆黑的夜空。外面風大又寒冷。過去幾天降下的雪開始被吹起，在車道和街上積了一團團的雪堆。天空萬里無雲。今晚據說不會下雪，但氣象預報員口沫橫飛地報導著明晚即將襲來的暴風雪。冬季的第一場大風雪。

後方傳來一陣騷動把我嚇了一跳。那是摩擦聲，聽起來刺耳突兀。我走到距離門廊不到三公尺時聽見這個聲音。我迅速轉身，但起初我沒有看見他，因為他的身體被一棵大樹擋住。但後來他離開大樹，往前一站。我看見他故意走得很慢，一支雪鏟拖在背後，沿著大街走來。

我聽見的聲音是雪鏟，金屬在水泥地上拖行的聲音。他用戴手套的手拿著握柄，鏟子刮著地面。是傑佛列・班恩斯。

威爾在屋內做晚餐。廚房位於房子後方。要是我放聲尖叫，他也聽不見。

來到我們家車道口後，傑佛列轉身朝我走來。他看起來狼狽不堪，頭髮直豎，黑眼珠濕漉漉的，眼眶是紅的。他的眼鏡不見了，看起來完全不像幾天前我在追悼會上遇見的那個和善又溫潤的男人，反而像個邋遢的流浪漢。

我的目光來到雪鏟上。那種工具用途廣泛，擁有雙重功能。他不僅能用雪鏟敲昏我的頭，把我殺害，還能用來掩埋屍體。

他是不是知道我在追悼會那天偷窺他和寇特妮？知道我闖進她家？

我突然湧上一陣恐懼：萬一她家有監視攝影機怎麼辦？那種配有攝影機的新型高級門鈴，讓你不在家的時候知道有誰來過你家門口？

「傑佛列。」我說著，往後挪了一步。我盡量不讓想像力害自己亂了手腳。他來這裡可能有許多原因，除了我想像的那個原因以外的各種原因。

「你回家了。」我說，因為我剛剛才發現他的家不再是犯罪現場。

傑佛列感受到我的恐懼。他從我的語氣中聽出來，從我的身體語言看出來。我的雙腳以肉眼幾乎看不出來的程度頻頻後退，但他的目光仍然往下來到我的雙腳上。他看見我的舉動，像狗一樣嗅出我的恐懼。

「我正在替車道鏟雪，剛好看見妳停車。」他說。我回答：「喔。」明白如果他在十五或二十分鐘前看見我把車停進車道，可能也看見我闖進隔壁的房子裡。他有可能聽見我給貝爾格警官在語音信箱的留言。

「你女兒呢？」我問。

他說：「她在玩玩具。」我往對街一看，看見二樓窗戶亮著一盞燈。窗簾是打開的，臥室明亮。我看見小女孩的剪影在房間裡跳來跳去，肩膀放著一隻泰迪熊，似乎在揹它。小女孩對著自己、對著她的熊開懷大笑。這卻增添了我的不安。我想起傑佛列坦白說過她和摩根並不親密。她是不是很高興她的繼母死了？她是不是很高興父親又變成她一個人的了？

「我告訴她我一下子就回去。妳在忙嗎？」傑佛列問，用戴著手套的手梳過他的頭髮。他戴著手套，卻沒戴帽子。如果他為了鏟雪全身穿得暖呼呼的，我好奇為什麼不戴帽子。難道手套除了替雙手保暖之外還有其他用途嗎？

「威爾在家。」我告訴他，一邊挪動腳步退後。「兩個孩子也是。我今天外出了一整天。」我這麼說。儘管這個藉口很可笑，我脫口而出之際就知道了。我應該說些更具體、更實際的理由才對。例如，晚餐已經煮好了。

但我的回答含糊不清，語氣果斷的人反而是傑佛列。他很肯定地說：「妳老公不在家。」

「他當然在家。」我說。但當我回頭一看，只見家中一片漆黑，毫無動靜，這才發現威爾的車不在車道上。我停車的時候怎麼沒發現威爾的車不在這裡？我回家時心神不寧，被太多雜事纏身，以至於沒有注意到。

我把手伸進口袋。我想打給威爾，弄清楚他在哪裡。我會求他回家。

但沒有反應的漆黑螢幕提醒了我：我的手機沒電了。

我的臉想必失去了血色。傑佛列問：「妳還好嗎，莎蒂？」恐慌的淚水刺痛我的雙眼。我硬是把眼淚吞下。我哽咽地嚥了口口水說：「當然了，我很好。一切都很好。」

接著，我騙他說：「今天太忙了，忙到我都忘了威爾得去一個朋友家接我們的兒子。他就住在附近。」我說著，隨意往後方一指，但願傑佛列會以為威爾去去就回，以為車程只有幾分鐘，他很快就會回家。

我告訴傑佛列：「我最好進屋去了，得快點準備晚餐。很高興見到你。」儘管我實在怕得不敢背對他，但也沒有別的辦法。我非進屋不可，關門，再牢牢上鎖。我聽見狗在吠，看見牠們的臉貼在大門側邊的小窗上。但牠們困在屋內，幫不了我。

我轉身時大氣不敢喘一下。我緊咬著牙，準備承受雪鏟打在我後腦勺的劇痛。

我才準備動身，一隻戴了手套的厚實大手落到我的肩上。

「在妳離開前，有件事我想請教一下。」

他的語氣相當沉重，令人心寒。我兩腿之間的骨盆肌變得無力，尿液滲進我的內褲裡。我勉強轉身，看見雪鏟插進雪地裡。傑佛列倚著雪鏟用為支撐，拉拉手套確認戴緊了。

「什麼事？」我聲音顫抖地問。

許多車輛轉往這個方向，接著穿過樹林。但全在一段距離外，越開越遠而非逐漸靠近。

威爾在哪裡？

傑佛列告訴我，他是來跟我談談他的亡妻的。

「她怎麼了嗎？」我問，感覺到聲帶在喉嚨震動。

但他一開始談起摩根，整個人都變了。他的態度不一樣了。說起摩根，他開始哽咽。眼睛彷佛覆蓋了一層薄膜，不是眼淚直流的那種，不仔細看不容易察覺。他的眼睛在月光下、在雪地反射的微光下閃閃發亮。

「摩根有點不對勁。」他告訴我，「她看起來心事重重，甚至是在害怕什麼。她不肯說是什麼事。她有跟妳說嗎？」

答案似乎再明顯不過。我不應該是那個把想法灌進他腦海的人。但說不定他心裡早已有個底，只是在耍什麼詭計。像狐狸一樣狡猾。我想他或他的前妻八成脫不了關係。根據她房子裡的證據，她親口說出的自白。但我怎能承認我偷聽他們在教堂聖所的談話，承認我非法闖入另一個女人的家，翻看她的東西？

我搖頭。「摩根什麼都沒說。」

我沒告訴他，我和摩根根本沒熟識到她願意告訴我她心事重重的原因。我沒告訴他，我根本不認識摩根。溝通不是傑佛列和摩根的強項，這不難理解。因為如果他們彼此有交流的話，他肯定早就知道我和摩根不是朋友。

我問：「你為什麼覺得她在害怕呢？」

「我的公司最近往海外發展，我花了很多時間待在國外。坦白說，這很困難。離家這麼久已經不容易，但更難的是學習新的語言和文化，努力融入異鄉，在工作上有一番成就。我一直處在很大的壓力下。我不知道我為什麼要跟妳說這些。」他說，語氣近乎抱歉，帶著一絲脆弱。

我不知道該跟他說什麼，於是我什麼也沒說。

我也不知道他為什麼要跟我說這些。

傑佛列繼續往下說。「我猜我想說的是我過度操勞，精疲力竭了。完全被工作給壓垮。我最近不常在家，只要在家也總是為時差所苦。但有件事困擾著摩根。我問過她。但她太體貼了，不肯告訴我。她說沒事。無論是什麼事，她都不願意增加我的重擔。我問過了。」他難過地吐實，「只是我問得不夠多。」我突然發現站在我面前的並不是一個精神失常的瘋子。

而是一個傷心欲絕的丈夫。

「我看新聞說她有收到恐嚇信。」我說。

「確實有。」他說，「警方在我們家裡找到了那些恐嚇信。」

「我這麼說請你別介意，我知道這不干我的事。但你的前妻有沒有可能對你人生中出現了新的女人而懷有怨恨呢？」

「妳覺得是寇特妮幹的？寄恐嚇信和殺死摩根？」他搖頭，毅然決然地說，「不，不可能。沒錯，寇特妮是那種容易暴跳如雷的女人。她很魯莽，她脾氣很大，她會做蠢事。」

他告訴我有天晚上，寇特妮抱著偷走自己孩子的唯一意圖來到小島上。她差點就要得逞，因為她有傑佛列和摩根同住的家裡鑰匙，畢竟那也曾經是她的家。她趁所有人睡著後擅自進屋，走到女兒的房間，吵醒睡夢中的小女孩。她們準備溜到外面的時候，是摩根發現了她們。寇特妮買好了機票，不知用什麼辦法也替他們的女兒辦了護照。她打算帶他們的女兒出國。「摩根想爭取完全監護權。她覺得寇特妮不是稱職的家長。」那天在追悼會的回憶一一湧上心頭。

我氣壞了。

我很生氣。

你不能怪我企圖奪回本屬於我的東西。

她死了我一點也不覺得遺憾。

難道這些話有雙重意義？也許那並非殺人的自白，而是在說她企圖偷走自己孩子的那一天。

「從母親身邊奪走她的小孩……」我說著，聲音逐漸變小。我想說的是——從母親身邊奪走她的小孩——是一種殺人動機。然而我沒有那樣說。我說的是：「要是有任何人敢介入我和我孩子之間，我一定會氣瘋。」

傑佛列態度堅定。「寇特妮不可能殺人。」他說，「而且摩根收到的那些恐嚇信是……」他說到一半停下來，無法把確切的內容化作文字。

「信上說了什麼？」我遲疑地問。我不確定我想知道答案。

傑佛列告訴我，一共有三封信。他不確定信是什麼時候送達的，但他對其中一封心裡大概有底。他在一天下午見過摩根往信箱走去。那是約莫在一個月前的一個星期六。當天他在家。他望向窗外，看見摩根走下車道。

「我習慣趁她不知道我在看她的時候凝視著她。」他坦承道，「因為她太美了。很容易養成這種習慣。」他告訴我，想起自己的妻子不經意露出微笑。「摩根很賞心悅目。大家都這麼覺得。」我想起貝爾格警官說過，城裡很多男人都對她有意思。說過威爾也對她有意思。

「我也覺得。」我回答。「她很漂亮。」我說著，改變了我對他的看法，因為我從他的眼神看得出來他有多愛摩根。

那天，傑佛列說他看她彎下腰，把手伸進信箱拿郵件。接著她回到車道上，邊走邊隨意翻閱郵件。

走到一半的時候，摩根突然停下腳步，用手摀住嘴巴。等她回到屋內時，臉白得有如鬼魅。她在門口跟傑佛列擦身而過時，全身都在發抖。他問她怎麼一回事，問她在郵件裡發現了什麼讓她如此心煩意亂。摩根說只有一堆帳單罷了——說保險公司還沒給付最近一位醫生的門診費。他們收取的差額簡直是敲竹槓。

保費應該有包含在內才對，她厲聲說著，拿著郵件大步上樓。

妳要去哪裡？他朝樓梯大聲問她。

打電話給保險公司，她說。但她說完就走進臥室，把門關上。

那天起，摩根整個人都變了。改變很微妙，別人可能不會注意到。每天只要天一黑，她就立刻拉上窗簾。他的妻子變得心神不寧、坐立不安，和過去截然不同。

警方找到的信件都不盡相同，就塞在傑佛列和摩根睡的床墊和底下的彈簧床架之間。她刻意藏起來不讓他發現。

我問信上寫什麼，他也如實告訴我。

妳什麼都不知道。

敢告訴任何人，妳就死定了。

我在看著妳。

我的脊椎一陣發冷，目光移向大街上家家戶戶的窗口。

有人在看著我們嗎？

「摩根和你的前妻處得好嗎？」我問，不過連我都看得出來，這些威脅沒道理出自一個委屈不平的前妻。這些威脅與一個企圖奪回小孩監護權的女人八竿子打不著關係。這些威脅也無關於一個丈夫覬覦妻子死後的壽險賠償金。

這些威脅另有所指。

我一直以來都搞錯了。

「我說過了。」傑佛列說，越來越不耐煩。站在妻子的追悼會上面露微笑的男人消失了。他已經卸下了面具。傑佛列的態度堅定不移。他加強語氣表示：「寇特妮和這件事沒有關係。有其他人在威脅我妻子，其他人想要她死。」

我現在看出來了。

# 莎蒂

「我煮起司通心麵的時候用光了最後一點牛奶。」威爾晚我幾分鐘踏進家門，一回來立刻跟我說。泰特和他在一起。他蹦蹦跳跳開心進門，叫威爾數到二十之後來找他。他衝去躲起來，威爾則把購物袋裡的幾樣東西一一拿到流理台上。

威爾對我眨眨眼，承認說：「我告訴他如果乖乖跟我一起去的話，我就和他玩捉迷藏。」威爾可以把任何差事變成一場冒險。

燉鍋裡煮的是威爾拿手的起司通心麵。餐桌上擺了五副餐具，彷彿威爾樂觀相信伊莫金會回家吃飯似的。他把剛買回來的一加侖牛奶拿到桌上，輪流裝滿空瓶。

「奧圖呢？」我問。威爾告訴我：「他在樓上。」

「他沒有跟你和泰特一起去？」

威爾搖搖頭說沒有。「只是去買個牛奶，很快就回來了。」他說。

威爾轉向我，大概是回家至今第一次真正看見我。

「怎麼了，莎蒂？」他問，把牛奶放在桌邊，朝我走來。「妳全身抖得好厲害。」他張開手臂抱住我，我想把今天的發現告訴他。我想把所有事情一吐為快，但不知為什麼，我說：「沒事。」把顫抖的原因歸咎於血糖太低。稍晚我再告訴他，等泰特沒有躲在隔壁房間等威爾去找他的時候。「我沒空吃午餐。」

「妳不能一直這樣對待自己的身體，莎蒂。」威爾溫柔斥責。

他探進食物櫃，找到一片餅乾給我吃。他遞給我的時候，說：「別告訴孩子。晚餐前不能吃餅乾，會破壞食慾。」他邊說邊露出微笑。儘管經歷了那麼多風雨，我卻也忍不住回以微笑，因為他仍在那裡：那個我愛上的威爾。

我凝視他良久。我老公真帥氣。他的長髮往後梳起，我的目光全聚焦在他那輪廓分明的下顎線，那顴骨高聳的臉頰，和那雙迷人的眼睛。

但就在這時，我突然想起貝爾格警官說過威爾對摩根有意思這回事，不曉得是不是真的。我的笑容從臉上消失，感覺到後悔的情緒在內心醞釀。

我知道我有時候給人的印象很冷漠，甚至是冷若冰霜。以前有人這樣形容過我。我常想，是我把威爾推向另一個女人的懷抱。如果我能更熱情、更體貼、更嬌弱就好了。更快樂。但從小到大，我只知道自己這份憂鬱是天生的。

我十二歲的時候，父親抱怨過我很情緒化。前一天還興高采烈，隔天就變得鬱鬱寡歡。他歸咎於我快要進入青春期的緣故。我像其他同齡的孩子一樣，嘗試各種奇裝異服。我迫切想知道我是誰。他說有時候我會對他咆哮，要他別再叫我莎蒂，因為我痛恨莎蒂這個名字。我想改名字，變成另一個人，什麼人都好。我有時刻薄，有時善良；有時外向，有時害羞。我可以是霸凌者，也可以輕易遭到霸凌。

或許這只是青少年的叛逆期，一種發現自我的需要，賀爾蒙激增的後果。但我當時的心理治療師不這麼想。她診斷出我有躁鬱症。我服用情緒穩定劑、抗憂鬱劑、抗精神病藥物，統統都沒用。引爆點後來才出現，在我和威爾相識結婚之後，在我有了自己的家庭和事業之後。

泰特在另一個房間大叫：「快來找我，爹地！」威爾說聲失陪了，在離開前慢條斯理地吻了我。這次我沒有避開，我讓他吻我。他用雙手捧著我的臉。他柔軟的雙唇輕輕掃過我的嘴唇時，我湧上一股好長一段時間沒有過的感覺。我希望威爾能繼續吻我。

但泰特再次大聲叫他，於是威爾離開了。

我前往二樓換衣服。獨自在房裡時，我好奇一個人有沒有可能夢見自己從未去過的地方。我拿著問題到網路上找答案。關於地方的答案不容易找到，但關於臉蛋的倒有一大堆。網路上聲稱，我們在夢裡看到的每一張臉都是我們在真實生活中見過的臉。

時間已經過了一個鐘頭，但貝爾格警官仍然沒有回電。

我換上睡衣，把脫下來的衣服放進洗衣籃。洗衣籃的衣服已經多得滿出來，我想威爾為我們做了那麼多，我起碼能幫忙洗一籃髒衣服。現在要我做這個太累了，但明天上班前，第一件事就是把衣服丟進洗衣機。

我們一起吃晚餐。一如預期，伊莫金沒有出現。我撥弄著食物，幾乎一口都沒吃。「妳在想什麼？」晚餐結束前威爾問道，我這才發現我整頓飯都在發呆。

我向他道歉，怪說是太累的緣故。

飯後，威爾洗碗。泰特溜去看電視。奧圖拖著沉重腳步離開廚房上樓。我聽見遠方傳來他關上房門的聲音。等我確定兩個孩子都聽不見我說話後，我才告訴威爾今天伊莫金在公墓跟我說過的話。我直接全盤托出，毫無猶豫。因為不這麼做，我可能會失去勇氣。我不確定威爾會如何反應。

「我今天看到伊莫金了。」我開口說。我把詳細情況一五一十告訴他：學校打電話來，我找到她一個人待在公墓，她身邊帶著藥罐子。我沒有閃爍其詞。

「她很生氣，但說話誠懇。我們聊了起來。威爾，她告訴我愛麗絲死的那一天，是她把愛麗絲腳下的矮凳抽走的。」我告訴他。「要不是伊莫金，愛麗絲現在可能還活著。」

我這麼說，感覺自己像個告密者，但這是我的責任，我有義務告訴威爾。伊莫金是個精神失常的孩子。她需要幫助。威爾必須知道她做了什麼事，這樣我們才能替她找到她需要的幫助。

起初，威爾僵在原地，背對著我站在水槽前。但突然間，他挺直胸膛，一個盤子從他濕漉漉的手中滑落，掉到水槽裡。盤子沒破，但掉進水槽的撞擊聲很響亮，我因此嚇得跳起來。威爾咒罵一聲。

在接下來沉默的時刻裡，我開口說：「我很遺憾，威爾。我真的很遺憾。」一邊伸手扶住他的肩膀。

他關掉水龍頭，轉身面向我，用毛巾擦乾雙手。整個人愁眉苦臉。「她在整妳。」他斬釘截鐵地說。很明顯地，他拒絕接受。

「你怎麼知道？」我問，儘管我知道伊莫金跟我說的是實話。在場的人是我。我親耳聽見她說了。

「她不可能做那種事。」他說，意思是伊莫金不可能協助她母親自殺。但我認為事情的真相，是威爾不願意相信她會那麼做。

「你怎能那麼肯定？」我問，提醒他我們根本不太認識這個孩子。她來到我們的生活中不過短短幾週的時間。我們不知道伊莫金是什麼樣的人。

「妳和她之間有私人恩怨。」他說，彷彿這是什麼芝麻蒜皮的小事，而非攸關生死的大事。「妳看不出來她是故意這麼說惹妳生氣的嗎？」他問。的確，伊莫金在威爾和兩個孩子面前的表現不是這樣。但這是兩碼子事。伊莫金有威爾看不見的另一面。

我想起今早我們提到伊莫金手機上那張照片的對話。「你想到辦法救回照片了嗎？」我問，心想要是他找到照片，那證據就在眼前。他就能以我的角度看清這件事。

他搖搖頭，告訴我沒有。「就算真的有照片，也已經不見了。」他說。

他謹慎的用字有如一記悶拳打在我肚子上。*就算真的有照片。*不像我，威爾從來不確定有那張照片的存在。「你不相信我？」我問，覺得很受傷。

他沒有立刻回答。他開口前想了一下。

一段時間後，他一臉沉思、雙臂交疊胸前說：「妳不喜歡伊莫金，莎蒂。妳說過妳很怕她。當初妳不想搬來緬因州，現在妳想離開。我覺得妳在找理由——」他拐彎抹角說著真相。他的真相，我在編造離開的藉口。

我舉起一隻手，要他別再多說。剩下的話我不需要聽。重要的只有一件事。他不相信我。

我一個轉身，掉頭離去。

# 莎蒂

又一個在床上翻來覆去、輾轉難眠的夜晚。我在接近凌晨五點的時候宣告放棄，悄悄溜下床。狗跟了上來，急著吃早餐。離開房門前，我把打算拿去洗的那籃髒衣服扛在腰間，接著穿過走廊下樓。

快到一樓的時候，我赤腳踩到某個尖銳的東西。那東西戳進我的足弓。我在樓梯上坐下來想看看是什麼，把洗衣籃放在大腿上。我在一片陰暗中摸黑感覺那令我不愉快的東西，把它拿到廚房的燈光下一探究竟。

原來是掛在繩鍊上的一只銀色小墜飾，現在在我手心繞成一團。項鍊壞了，斷成兩半，不是斷在扣環處，而是斷在繩鍊，所以沒辦法接回去。真可惜，我心想。

我把墜飾夾在指間，只見一面完全空白。

我翻到另一面，上面刻了一個M。想必是某人的名字縮寫，但是誰的呢？

我第一個想到的不是她的名字。我先想到的是蜜雪兒、曼蒂、梅姬。但就在這時，那個念頭出現了，朝我猛烈襲來，叫我一下無法呼吸。

M代表摩根。

我在廚房裡倒抽一口涼氣。這條項鍊是摩根的嗎？

我不敢肯定，但我的直覺是這麼想的。

這條項鍊怎麼會在我們家？沒有半個好理由能解釋這條項鍊為什麼會出現在這裡，只有我怕得不敢去想的理由。

我把項鍊留在流理台上，轉身前往洗衣間。雖然我告訴自己這只是推論，但當下雙手開始抖個不停。這條項鍊不一定是摩根．班恩斯的，也大有可能是屬於蜜雪兒的。或許奧圖暗戀某個女孩子，打算把這條項鍊送給她。一個名叫蜜雪兒的女孩。

我把籃子倒過來，髒衣服一下子全滾到地上。我替衣服分類，把白色和有色的衣服分成兩堆。我抱起一大把，開始塞進洗衣機。衣服太多，一次洗不完。但我想把這件事完成。我沒有特別在想哪一件事，而是好多好多的事，但其中脫穎而出的，是我該如何讓我的婚姻和我的家庭重回正軌。因為曾經有一段日子，我們過得很快樂。

緬因州本來代表著一個新的開始，一個展開新生活的契機。反之，所有一切卻因此產生不良影響，我和威爾的婚姻、我們的家庭、我們的生活。該是離開、前往其他地方的時候了。不是回芝加哥，而是另一個新地方。我們會賣掉房子，把伊莫金一起帶走。我想到那些我們可以去的地方。各種可能多不勝數。要是我能說服威爾離開就好了。

我的心思飄到別處，不在髒衣服上，幾乎完全心不在焉，只是下意識地把所有東西快速塞進洗衣機，把門關上。我伸手到旁邊的架子上拿洗衣精。就在這時，我瞥見幾樣掉出來的東西，遺漏在洗衣機外，軟趴趴躺在洗衣間的地板上。

我彎腰撿起，準備開門丟回洗衣機。就在我彎下腰，把東西撈到手中時，才注意到那樣東西。一開始，我把眼前所見怪罪於洗衣間的光線不佳。血，沾染在一塊毛巾上。大量的血，儘管我一再說服自己那不是血。

血漬不是紅色而是褐色的，因為血乾了之後會變色。但即便如此，那仍然是血，毫無疑問。

真要解釋很容易，可能是威爾刮鬍子的時候弄傷自己，或是泰特跌倒，膝蓋擦傷——或是最壞的情況——奧圖或伊莫金養成了割東西的習慣。只是毛巾上的血量說不過去。因為不只是一點點或微量，而是多到整條毛巾都濕透了，如今已經乾掉。

我把毛巾拿在手中翻看，血滲透兩面。

我讓毛巾從手中掉落。

我嚇得心都要跳出來了，覺得自己快要窒息，空氣彷彿從體內抽乾。

我一下子站起來，地心引力逼迫身體所有血液往下衝，淤積著，無法往上流回大腦。我感覺到一陣天旋地轉，所有事物開始變得模糊，眼睛冒著金星。我伸手扶牆站穩腳步，接著慢慢蹲低。我坐在染血的毛巾旁邊，只敢看，不敢摸，那條毛巾肯定沾滿了DNA的證據。摩根的血，以及殺人兇手的指紋。現在又多了我的。

我不知道這條血淋淋的毛巾是怎麼跑進我們家的。但肯定是有人放在這裡。可能性不多。

我忘了時間，坐在洗衣間的地板上好久好久，直到我聽見奔馳在屋裡的腳步聲。那屬於泰特的輕快腳步，隨後是較為沉重的步伐：威爾。

我到現在早該洗澡了。我應該要梳洗完畢準備上班。威爾輕聲喚我，注意到我已經不在床上。「莎蒂？」

「我來了。」我氣喘吁吁地回應，想把毛巾拿給威爾看，但泰特和他一起在廚房裡，所以無法。我聽見泰特吵著要吃法式吐司。毛巾的事得擱置一旁了。我暫時把毛巾藏在洗衣間，攤平塞進洗衣機底下沒人找得到的地方。毛巾因為乾掉的血而變得僵硬，很容易就塞進去了。

我勉強從地板上站起來，慢吞吞走進廚房，壓抑想吐的衝動。我家有個殺人兇手和我住在一起。

「妳上哪兒去了？」威爾一見到我便問。我唯一能告訴他的是「洗衣服」這三個字。一口氣說完，我又開始頭昏眼花，眼冒金星。

「為什麼？」他問。我告訴他髒衣服太多了。

「妳不用麻煩，我會去洗。」他說著，手伸進冰箱拿雞蛋和牛奶。我知道到頭來他一定會去洗衣服。他從來不會忘記。

「我只是想幫忙。」我說。

「妳臉色看起來不太好。」我緊握門框不讓自己跌倒的時候，他這樣對我說。我好想告訴他有人在洗衣籃裡留下了沾滿血的毛巾。但為了泰特著想，我不能說。

我聽見泰特在威爾旁邊問：「媽咪怎麼了？」

「我不太舒服。急性腸胃炎。」我擠出話來。威爾走向我，一手貼住我的額頭。我沒有發燒，但我仍覺得又熱又濕黏。「我得躺下。」我說著，捧著肚子離開。往二樓的路上，體內的膽汁開始湧起，我發現自己連忙往浴室奔去。

## 鼠兒

鼠兒嚇得僵住了。她等待一樓房門打開的聲音，等待假媽媽過來找她。鼠兒很害怕，可是發出聲音不是鼠兒的錯。人是沒辦法阻止自己打噴嚏的。

她怕得雙腳發抖，牙齒也開始打顫，儘管鼠兒並不覺得冷。

鼠兒不知道自己在樓梯上等了多久。她在腦海數到快要三百，只是途中數錯了兩次，不得不重新來過。

假媽媽一直沒出現，鼠兒便想說不定她沒聽見。說不定假媽媽睡得很熟，沒被噴嚏吵醒。她不知道這怎麼可能——噴嚏真的很大聲——但如果有所謂的幸運之神，鼠兒萬分感激。

她繼續上樓回到房間，爬進被窩。接著她躺在床上，像每晚一樣和她的真媽媽說話。她把假媽媽所做的事告訴她，說她是如何傷害鼠兒和熊熊先生。她告訴真媽媽她好害怕，她好希望父親快點回家。她在心裡默默地說。鼠兒的父親總是告訴她，只要她想的話，隨時可以和真媽媽說話。他告訴她無論真媽媽人在哪裡，都聽得見。於是鼠兒便這麼做。她時時刻刻都在和她說話。

不過有時候，鼠兒會進一步想像真媽媽如何回答她。有時候，她想像真媽媽和她在同一個房間裡，兩人在聊天，就像鼠兒和她父親的那種聊天方式，對方會回話的那一種。但那只是假裝。因為她不可能知道媽媽會回她什麼，但這讓鼠兒覺得沒那麼孤單。

有好一會兒，鼠兒知道肚子裡有食物而覺得滿足，但是三塊奶油餅乾根本稱不上晚餐。鼠兒知道光靠那些餅乾撐不了太久。但至少到目前為止，她很高興。

她暫時可以入睡了。

## 莎蒂

「妳覺得怎麼樣？」威爾湊到我上方問道。

「不太好。」我告訴他，嘴裡仍嚐得到嘔吐味。

他叫我繼續睡，說他會替我打電話請病假，然後載兩個孩子去上學。他坐在床邊，輕撫我的頭髮。我想把毛巾的事告訴他。但孩子們就在外面的走廊上，準備上學，我什麼都不能對威爾說。從我們敞開的房門，我能看見他們在房間和浴室之間進進出出。

但後來，剛好有那麼一刻，他們統統都在自己的房間裡，聽不見我說話，於是我心想，就乾脆點直接說了吧。

「威爾。」我的話剛到嘴邊，泰特就急急忙忙走進來，要威爾幫他找他最喜歡的那雙襪子。威爾抓住他的手，趁他有機會跳上床之前把他抱住。

「什麼事？」威爾轉向我問。

我搖搖頭，告訴他：「沒事。」

「妳確定？」他問。

「嗯。」我說。

威爾帶著泰特一起離開，前往泰特的房間尋找那雙失蹤的襪子。威爾臨走前回過頭，告訴我想睡多久就睡多久。他關上身後的房門。

我決定晚點再告訴威爾。

我聽見威爾、奧圖、泰特和伊莫金在房子裡走來走去。我在二樓聽見他們聊著普通的日常對話，比如火腿起司三明治和歷史小考等等的話題。他們說的話透過地板通風口傳到耳邊。泰特拋出一個謎語，回答的人是伊莫金，老天為證。伊莫金回答，在一間所有東西全是藍色的藍色平房裡──藍色牆壁、藍色地板、藍色桌椅──樓梯之所以不是藍色，是因為沒有樓梯。

「妳怎麼知道？」泰特問她。

「我就是知道。」

「這個不錯喔，泰坦克。」威爾說。泰坦克是泰特的暱稱。威爾吩咐他快去拿書包，否則上學就要遲到了。

外頭風勢猛烈，吹得牆板歪斜，威脅著把整間房子給掀了。現在連房子裡都冷，是那種沁入骨髓的冷。我無法讓自己暖起來。

「各位，我們走吧。」威爾叫道。我爬下床，站在門邊，聽著泰特在衣帽間找他的帽子和雪靴。我聽見玄關傳來伊莫金和他們在一起的說話聲。她要搭他們的便車一起去碼頭。我不知道為什麼，或許是因為天氣作祟，但我不禁注意到當中的諷刺。她願意讓威爾載她到碼頭，卻對我說不。

突然間，耳邊充斥的只剩腳步聲，好像一群奔騰的動物。接著前門開了又關，房子幾乎完全靜止。唯一的聲響是鍋爐的呼嘯聲、水管之間的水流聲，以及吹打著房子外牆的風聲。

一直等到他們出門後，我才離開房間。我剛剛來到走廊上，就被某樣東西吸引了目光。事實上是兩樣東西。率先引起我注意的，是洋娃娃那雙有如玻璃彈珠的眼睛。是泰特的娃娃，幾天前我在玄關找到並應威爾的要求被泰特粗魯帶回房間的那一個。

她棲身在走廊邊，木地板和牆壁的交接處。她穿著碎花褲襪和針織印花，端莊地坐在那裡。她的捲髮綁成兩條整齊的辮子披至肩頭，雙手擱在大腿上。有人找到了她掉了的那只鞋。

洋娃娃的腳邊放著紙和筆。我走過去，伸手拿起那張紙。

我做好心理準備，還沒看就大概心裡有數。我把紙翻面，果然在背面看見我預料中的畫面，那遭到肢解的屍體，與我在閣樓發現的那些畫如出一轍。在那具屍體旁邊，有個憤怒的女人緊握著一把刀。炭灰色的斑點填滿紙上大片的留白，但我不確定是淚或是血。可能兩者皆是。

我納悶今天清晨我拿髒衣服下樓的時候東西是否已經在這裡。但當時視線昏暗；就算在那裡我也不會發現。後來回二樓的路上，我反胃想吐，直奔浴室，差點來不及，所以也不可能注意到。

我納悶威爾出門前有沒有看到這些東西。但話說回來，他八成覺得洋娃娃是泰特的，而那張畫上下顛倒，他大概也沒看見畫裡的內容。

這些東西把我嚇壞了。假設這真是奧圖的東西，他等於在開倒車。這是一種防禦機制，一種應對方式，為了逃避眼前的問題而做出的幼稚行徑。我以前的心理治療師就這樣形容過我。她告訴我，我有時候不想處理成年生活中的問題時會表現得像個孩子。也許奧圖正是如此。但為什麼呢？他表面上看起來頗開心的，但他個性很靜；我從來不知道他的腦袋瓜在想什麼。

我回想起我的那位心理治療師。我一直不是非常喜歡她。我不喜歡她讓我覺得自己愚蠢又渺小，在我表達自己感受的時候貶低我。情況還不僅止於此。她甚至把我和其他病人搞混。

有一次，我在她的旋轉扶手椅坐下，蹺起二郎腿，喝一口她總是為我放在桌上的水。她如往常般詢問我最近發生了什麼事。*告訴我最近過得怎麼樣*。不等我回答，她開始建議我如何與我正在交往的有婦之夫斷絕關係。但我並沒有和有婦之夫交往。我已經結婚了。我嫁給了威爾。

我替她那個客戶感到尷尬，秘密被她洩漏的那一個。

*沒有這回事*，我解釋。

她問，*沒有？妳已經和他分手了？*

*從來就不存在什麼有婦之夫*。

不久後，我不再去見她。

奧圖在芝加哥看過一名心理治療師。我們決心在搬來緬因州之後繼續送他做治療，但一直沒有行動。我想現在該是時候了。

我跨過洋娃娃，下樓，把畫帶在身上。

廚房流理台上放著一盤法式吐司，以及一壺咖啡，就放在咖啡機保溫盤上保溫。我替自己倒了一些咖啡，但什麼也吃不下。我把馬克杯湊到嘴邊時，雙手不停顫抖，在咖啡表面掀起漣漪。

放在那盤法式吐司旁邊的是一張紙條。*保重身體*，上面寫著，最後以威爾的簽名作結，以及那從未消失的「*愛妳*」兩字。他替我把藥拿了出來。我把藥留在原處，打算肚子裝了點食物之後再服用。

我看見廚房窗外的狗。想必是威爾出門前把牠們放了出去，但這不打緊。牠們是哈士奇，生活在雪地的狗，像這樣的天氣牠們如魚得水。牠們還沒準備好回來以前，想把牠們叫進屋內簡直是天方夜譚。

後院，狂風拚命吹打枯樹，樹枝都被吹彎了。天空正在下雪，下著大雪。我沒料到會下得如此驚人，也很訝異今天學校沒有停課。但我同時覺得謝天謝地，因為我需要這樣獨處的時光。

因為風的關係，雪不是垂直落下，而是斜著紛飛。狂風肆意吹聚的雪堆遍布後院。廚房窗台上開始積雪，彷彿要把我活埋在屋內。我感覺到雪的重量壓在胸口，呼吸變得越來越困難。

我仔細喝下一口咖啡，發現今早我放在流理台上的項鍊不見了。我尋找地面、密封罐後方、放雜物的抽屜，卻遍尋不著。有人把它拿走了。我想像項鍊躺在我遺留的流理台上，精美鍊條盤成一團，最上方是一個字母M的墜飾。

如今項鍊消失了，更增添我的懷疑。今早我躺在床上時，他們四個人——威爾、奧圖、泰特和伊莫金——全都待在廚房。要伊莫金趁沒人注意的時候偷偷拿走流理台上的項鍊可謂易如反掌。我思索摩根收到的那些恐嚇信。有沒有可能是伊莫金寄的呢？起初我思索，為什麼呢？然後念頭一轉：為什麼不呢？我想起伊莫金對待我的方式，她嚇唬我的模樣。如果她能這樣對我，也能輕易這樣對待摩根。

我把畫留在原位，拿著咖啡來到洗衣間。到了那裡，我發現今早在我回房睡回籠覺之後，威爾已經幫我把衣服洗好。我留下的那堆衣物已經消失，替換成一只空洗衣籃和乾淨的磁磚地板。

我四肢貼地，在洗衣機旁邊跪下，往裡一看，所幸染血的毛巾仍在那裡，但看起來依舊與初次見到時一樣叫我害怕。所有情緒重新浮上心頭，我知道我非把這件事告訴威爾不可。

我把毛巾留在原來的地方，回到廚房等待。我在飯桌前坐下。奧圖的畫就在兩公尺外，那顆斷頭的雙眼凝視著我。我連正眼看一下都沒辦法。

我一直等到快九點才打給威爾。我知道他現在肯定已經帶泰特到學校了。他肯定已經放他下車。現在應該只剩他一個人，我們就可以好好私下聊一聊。

威爾接起電話時，他正在渡輪上，準備出發前往學校。

他一接起就詢問我的身體狀況。我告訴他：「不太好。」我聽見在他四周呼嘯的風聲，吹進手機裡。他在外面，站在渡輪上層甲板迎著雪。威爾大可待在溫暖的船艙裡，但他沒有，反而放棄自己在室內的位置讓給其他人。我心想這真是典型的威爾，如此大方無私。

「我們得聊一聊，威爾。」我說。他告訴我渡輪上很吵，現在時機不對，但我又說了一遍。「我們得聊一聊。」

「能不能等我到學校再打給妳？」他問。威爾隔著話筒大聲說，企圖壓過吵雜的風聲。我說不行。我告訴他這件事很重要，等不得。

「是什麼事？」他問。我直截了當地說我認為伊莫金和摩根的命案有關。他嘆出的那口氣又長又惱火，但他還是遷就我，問我為什麼這麼想。

「威爾，我找到一條血淋淋的毛巾。在洗衣間裡。沾了滿滿的血。」

話筒的另一端傳來的是一片死寂。

我繼續往下說，因為他不吭聲。我感覺到那些話在喉嚨震動。我的雙手變得汗涔涔的，儘管我內心冷得發抖。我告訴他我是在洗衣服的時候發現的。我告訴他我找到那條毛巾，把它藏在洗衣機底下，因為我不知道該拿它怎麼辦。「那條毛巾現在在哪裡？」他問，語氣盡是擔憂。

「還在洗衣機底下。問題是，威爾，我在考慮把毛巾交給貝爾格警官。」

「哇喔。」他說，「等一下，莎蒂。妳把我弄糊塗了。妳確定那是血嗎？」

「我確定。」

威爾企圖找藉口。說不定是誰把東西打翻了用那條毛巾去擦。油漆、泥巴，狗闖下的爛攤子。「說不定是狗屎。」他說。這樣冥頑不靈實在不像威爾。但也許他只是像我一樣害怕。「說不定是哪個孩子割傷自己。」他猜測。他提醒我有一次奧圖還小的時候，把大拇指劃過刮鬍刀鋒利的刀片，只為了想看看是什麼感覺，儘管我們和他說過絕對不能碰爹地的刮鬍刀。刀片直接劃開他的皮膚。奧圖遮遮掩掩，企圖不讓我們看到他湧出的大量鮮血。他不想惹上麻煩。我們發現圾垃桶裡裝滿了有血的衛生紙，幾天後他的大拇指化膿感染。

「這跟偷玩刮鬍刀是兩碼子事。」我告訴威爾，「根本差得遠了。威爾，那條毛巾滿滿都是血。不是幾滴血而已，而是完全濕透。伊莫金殺了她。」我果斷地說，「她殺了她，然後用那條毛巾把自己擦乾淨。」

「妳這樣對待她太不公平了，莎蒂。」他扯著喉嚨大聲說。我不知道他在對我吼，還是因為風太大而吼。但他在大吼，這不容質疑。「這根本是獵巫的行徑。」他說。

「摩根的項鍊也出現在家裡。」我繼續說，「我在樓梯上發現的。我踩到那條項鍊，放到廚房流理台上，但現在不見了。伊莫金把物證拿走藏了起來。」

「莎蒂。」他說，「我知道妳不喜歡她。我知道她也對妳不友善。但妳不能每件小事出差錯就怪到她頭上。」

他的用字讓我覺得非常奇怪。每件小事。

謀殺可不是無關緊要的小事。

「如果不是伊莫金，那就是這間房子裡的某個人殺了她。」我告訴威爾。「這是假設的事實。不然你要怎麼解釋她的項鍊出現在我們家的地板上，還有洗衣間的血毛巾。如果不是她，那是誰？」我問。起初這個問題是反問句。起初，我之所以這樣反問，是想讓他明白當然是伊莫金了，因為家中沒有別人有能力犯下謀殺案。如果她做過一次——從她母親腳下把矮凳抽開——就有可能再做一次。

但後來，在隨之而來的沉默下，我的目光來到奧圖那幅有斷頭和血泊的憤世畫，以及他退化到開始玩洋娃娃的情況。接著，我想起我那十四歲的兒子曾經帶刀上學。

我突然倒抽一口涼氣，思索伊莫金是否並非家中唯一有能力犯下謀殺案的人。我不是刻意要讓這個想法脫離腦海，但意外還是發生了。

「有沒有可能是奧圖？」我不小心說出心裡的話，出口的瞬間就恨不得能把話收回，塞回腦中那本屬於它們的地方。

「妳不是認真的吧。」威爾說，而我不想認真。我一秒也不願意相信奧圖會做出這種事。但這並非百分之百不可能。因為同樣的論點也適用於此：如果他做過一次，就有可能再做一次。

「可是奧圖的暴力前科要怎麼說？」我問。

「他沒有暴力前科。」威爾堅稱，「奧圖從頭到尾沒傷害任何人，記得嗎？」

「可是你怎麼知道他不會下手，如果他一開始沒有被逮到的話？如果那名學生沒有告發他，你怎麼知道他不會傷害他的同學，威爾？」

「我們不可能知道他本來會怎麼做，但我願意相信我們的兒子不是一個殺人兇手。」威爾說，「妳難道不是嗎？」

威爾說得對。奧圖從來沒有傷害過他以前那所學校的任何同學，但他有那個意圖、那個動機，以及武器。他刻意帶刀去學校。如果他的計畫沒有及時受阻，很難說他可能會做出什麼事。

「你怎能如此肯定？」

「因為我願意相信我們的兒子本性是善良的。因為我不願意讓自己相信奧圖有殺人的可能。」他說。我感到一股詭異至極的情緒，混雜恐懼和內疚，但不知是哪個佔了上風。是對於奧圖殺了一個女人感到比較恐懼？還是對於自己有這種想法感到比較內疚？

我現在說的可是我的親生兒子。我兒子有能力殺人嗎？

「妳難道不懂嗎，莎蒂？妳真的相信奧圖有可能做出這種事？」他問，而把他惹火的是我的沉默、我的不確定，以及我的默認，彷彿在說：沒錯，我確實相信奧圖有可能做出這種事。

威爾用力吐了一口氣，心情煩躁，接下來說的話清晰有力：「莎蒂，奧圖所做的事與謀殺有天壤之別。」威爾說著，字句犀利。「老天啊，他才十四歲，只是個孩子。他的行為是出於自我防衛。他用他唯一知道的方法為自己挺身而出。妳簡直無理取鬧，莎蒂。」

「萬一我不是呢？」我問。

威爾回答得很快。「妳就是。」他說，「奧圖只是為了自己挺身而出，因為沒有人願意支持他。」

他把話停在那裡，但我知道他還想說更多。他想告訴我，奧圖之所以把事情交給自己處理，全是因為我的緣故。因為奧圖明明把霸凌的情形跟我說了，我卻無所作為。因為我沒有聽進耳裡。學校有一支熱線電話；霸凌專用的熱線電話。我大可打電話過去，留下匿名投訴。我大可打給老師或校長，光明正大投訴一番。反之，我什麼也沒做。我忽視他，即便是無心之過也不可原諒。

威爾尚未拿這點指責我。然而我從那些沒出口的話中聽出來了。他默默地在譴責我。他認為奧圖帶刀去學校是我的錯，因為我沒有為我們十四歲的兒子提供更合理、更可行的方法。

奧圖不是殺人兇手。他絕對不會傷害那些孩子，我認為他不會。

他是個焦慮的孩子，膽小的孩子。

這當中是有區別的。

「我好害怕，威爾。」我坦承。於是他語氣放軟說：「我知道，莎蒂。我們都很害怕。」

「我必須把那條毛巾交給警方。」我哽咽地告訴他，泫然欲泣，這時威爾的態度才和緩下來。因為我的語氣。他和我一樣清楚，我整個人已經變得心神不寧。「我們留著這樣東西是不對的。」

「好吧。」他說，「我一到學校就立刻取消今天的課。給我一個小時，莎蒂。我很快就回家。在那之前，別拿那條毛巾輕舉妄動。」他再三叮嚀，接著語氣一轉，溫柔許多說道：「我們一起去找貝爾格警官。只管等我回家，我們就一起去找貝爾格警官談話。」

我結束通話，走進客廳等待，一屁股坐進印花沙發裡。我把腿伸直，心想要是閉上眼睛，我就會馬上睡著。憂慮和疲倦的重量一下子襲來，我忽然變得好累，眼皮沉沉下垂。

在我還沒睡著前，雙眼又啪地睜開。

前門傳來的聲音嚇了我一跳。門框晃了一下，發出咔啦咔啦的聲音。

我告訴自己，只是風在吹，攪動了門板。

但接著傳來鑰匙插進門鎖的噹啷聲。

我和威爾講完電話不過幾分鐘的時間，絕對不超過十或十五分鐘。他現在頂多剛抵達主島，等乘客下船後再重新登船的可能性更是微乎其微。橫渡海灣返回小島需要二十分鐘的通勤時間。他不可能有那個時間，更別說從渡輪碼頭開車回家了。

那不是威爾。

在門口的是別人。

我謹慎挪動腳步遠離前門，找地方躲起來。但我才走了一兩步，門就猛地打開。門板撞上另一邊的橡膠門擋反彈回來。

那兒，站在玄關的，是奧圖。他的書包拽在肩上，頭髮佈滿了雪，搞得整頭白髮。他的臉頰因為室外的冷冽而紅通通的，鼻尖也是。其他地方則凍得蒼白。

奧圖用力把門甩上。

「奧圖。」我走到一半吐了口氣，手按住胸口。「你在這裡做什麼？」我問。他說：「我病了。」依我看，他確實很憔悴，但我不確定他是不是病了。

「學校沒打電話來。」我告訴他，因為這才是正常程序。學校護理師應該打給我，通知我兒子生病了，然後我就能去學校接他。但實際上卻不是這麼回事。

「護理師直接叫你回家？」我問，對她感到生氣，竟允許一個孩子在上學日途中離開學校。但同時也感到害怕，因為奧圖臉上的表情令人惶恐。他不該在這裡。他為什麼出現在這裡？

他的回答很隨便。他一步踏進客廳。「我沒問。」他說，「我直接回來了。」

「了解。」我說著，感覺自己的腳慢慢往後挪。

「這是什麼意思？」他問，「我跟妳說我生病了。妳不相信我嗎？」這樣不客氣地向我頂嘴，實在不像奧圖的作風。

奧圖緊咬著牙，仰頭瞪著我。他用手指梳過頭髮，然後把手塞進牛仔褲的口袋。

「哪裡不舒服？」我問，腸胃糾結成塊。

奧圖再往前走近一步說：「喉嚨。」他的聲音聽起來不沙啞。他沒有像一般人一樣用手抓著喉頭。

但這當然不無可能。他可能真的喉嚨痛。他可能說的是實話。咽喉炎最近很流行，和流感一樣。

「你父親快回來了。」我不知為何這樣脫口而出。

「才沒有。」他說，聲音異常冷靜。「爸在教課。」

「他把課都取消了。」我說著，蹣跚退後。「他在回家的路上，應該很快就到了。」

「為什麼？」奧圖問。我在神不知鬼不覺往後退的途中，輕輕撞上了壁爐架。

我對奧圖撒謊，說威爾也覺得不舒服。「渡輪一抵達主島，他就立刻掉頭了。」我看了一眼時鐘說：「他隨時可能到家。」

「不，他不會。」奧圖又說了一次。他說得斬釘截鐵。

我吸進一口氣，再緩緩吐氣。「你這句話是什麼意思？」我問。

「渡輪因為暴風雪延誤了。」他告訴我，再次用手把頭髮往後一撥。

「那你怎麼回來的？」我問。

「我搭的是最後一班。」

「喔。」我說著，想到在渡輪交通恢復前，就只有我和奧圖一起困在這棟房子裡。交通恢復會花上多久時間？我納悶威爾為什麼還沒打電話告訴我船班延誤了。但話說回來，我的手機放在別的房間。就算他打了我也聽不到。

就在這時，一陣風吹得房子嘎嘎作響，晃個不停。邊桌上的檯燈跟著閃了一下。我屏住呼吸，等待客廳停電變黑。窗外透進些許微弱的光線，但隨著窗台開始積雪，視線也變得越來越模糊。外面的世界成了一片深灰色。狗開始狂吠。

「你要我幫你看看喉嚨嗎？」我問奧圖。見他不吭聲，我到玄關拿了包包裡的筆型手電筒，朝他走去。我來到奧圖旁邊，才驚覺他的身高彷彿在一夜之間超過了我。現在的他得低頭看我。他的體型不是特別壯碩，算是瘦長型的。他聞起來有青少年的味道：青春期從汗水分泌的那些大量賀爾蒙。但他很帥，跟威爾簡直是同個模子印出來的，只是比較年輕，比較瘦。

我伸手按壓他的淋巴結。淋巴結腫了起來。他可能是病了。

「張嘴。」我告訴他。雖然他猶豫了一下，還是乖乖照辦。奧圖張開嘴巴。說他懶還算好聽的了，張開的嘴只夠勉強讓我看見口腔內部。

我拿著筆型手電筒往裡照，看見一顆紅腫發炎的喉嚨。我用手背貼上他的額頭，查看是否有發燒。一陣回憶突然湧上心頭，我想起奧圖四、五歲大的時候，曾經染上流感，病得很重。當時我測量溫度的方式不是用手，而是嘴巴，對我而言更為準確。只要親一下我就能知道我的寶貝兒子有沒有發燒。此外，還有他們全身癱軟，無助地躺在我的懷裡想對我撒嬌的時候，也是徵兆之一。這些日子已經一去不復返。

忽然之間，奧圖強壯的手握住我的手腕，嚇得我身子往後一抽。

他握得很用力。我無法從他手裡掙脫。

筆型手電筒從我手中掉落，電池散落一地。

「你在做什麼，奧圖？快放手。」我大叫著說，拚命扭動想要掙脫他的手。「你弄痛我了。」我告訴他。他抓得很緊。

我抬頭發現他的眼睛在看著我。今天的眼睛說是藍色倒更像棕色，眼神說是生氣倒更像悲傷。奧圖開口，音量細如螻蟻。「我永遠不會原諒妳。」他說。我停止掙扎。

「原諒我什麼，奧圖？」我輕聲說，仍想著那條毛巾和項鍊。家中的燈再次閃爍不定。我屏息以待，等著停電。我的目光來到一盞檯燈上，但願找到什麼可以拿來保護自己的東西。那盞檯燈擁有美麗的陶瓷底座，堅固，夠硬，足以造成傷害卻又不會重得讓我拿不起來。但檯燈在將近兩公尺外拿不到的地方，而且我不知道我有沒有勇氣抓住燈柱，把沉重的底座用力砸上我親生兒子的腦袋。即便是自我防禦。我不知道我是否辦得到。

奧圖的喉結飛快地上下晃動。「妳明明知道。」他說著，忍住想哭的衝動。

我搖搖頭說：「我不知道。」不過下一秒我就恍然大悟。他永遠不會原諒我那天在校長辦公室沒有為他挺身而出。沒有配合他的謊言。

「原諒妳說謊。」他大喊，情緒降到谷底。「謊稱那把刀不是妳的主意。」

「我從來沒有說謊。」我告訴他。我很想說，他才是說謊的那一個，但現在似乎不是責怪的好時機。反之我說：「要是你當初來找我就好了。我本來可以幫你，奧圖。我們可以好好談一談，我們本來可以想出一個辦法。」

「我有。」他插嘴，聲音顫抖。「我有找妳。我只有跟妳一個人說。」我盡量不去想像奧圖對我敞開心房訴說學校發生的事，而我卻對他不理不睬。我拚了命想要記起這件事，正如事情發生後的日日夜夜。奧圖告訴我他被霸凌的時候我在做什麼？我到底在忙什麼，竟然在他對我坦承學校同學用難聽字眼罵他、推他去撞置物櫃、把他的頭塞進骯髒的馬桶裡時，沒能專心聽他說話？

「奧圖。」我低聲說著，滿是愧疚。因為奧圖最需要我的時候，我卻沒有在他身邊支持他。「我真的很抱歉，沒有好好聽你說，對你置之不理。」我開始告訴他，那些日子我被工作搞得應接不暇，累得不勝負荷。但這對一個需要母親的十四歲男孩而言，算不上什麼安慰。我不會對我的行為找藉口。這是不對的。

我還沒能說得更多，奧圖開口了，這是第一次我聽到了以前沒聽過的細節。他把霸凌的情況告訴我的時候，我們人在外面。那天已是深夜，奧圖睡不著。他出來找我。他告訴我，他發現我在公寓大樓外的防火梯上，就在廚房的窗戶外頭，穿得一身黑，抽著一根菸。

那些細節簡直荒謬。

「我不抽菸，奧圖。」我告訴他，「你知道的。還有防火梯的高度。」我搖搖頭，發了個抖。我不需要說更多；他知道我的意思。我有懼高症，一直都有。

我們芝加哥的公寓位於六樓，普林特斯洛區一棟樓高中等的建築物頂樓。我從來不搭電梯，只走樓梯。我從來沒有踏出陽台外一步，威爾早晨時分喜歡在那裡喝咖啡，享受一望無盡的市景。過來陪我，威爾過去常說，一邊拉著我的手，一邊調皮地微笑。我會保護妳。我一直都保護著妳，不是嗎？他問。但我從來沒有出去陪他。

「可是妳真的在那裡。」奧圖堅稱，於是我問：「如果是大半夜的，你怎麼知道我在那裡？你怎麼看得見我？」

「打火機的火。」

但我沒有打火機，因為我不抽菸。但我默不作聲，讓他繼續說。

奧圖說他爬出窗外，在我身邊坐下。他花了好幾個禮拜才鼓起勇氣過來告訴我。奧圖說他告訴我學校同學是如何對待他的時候，我大發雷霆，整個人氣到不行。「我們策畫了復仇計畫。我們寫了一張最好辦法的清單。」

「什麼的最好辦法？」我問。

他說得明確，彷彿這是全世界最顯而易見的問題。「殺死他們的最好辦法。」他說。

「誰？」

「學校同學。」他告訴我。因為有些孩子即使不嘲弄他，仍跟著哈哈大笑。於是乎，那晚我和他決定他們統統得死。我的臉頓時失去血色。我之所以順著他問，只是因為我覺得這多多少少給了奧圖宣洩的機會。

「我們要怎麼做？」我問，不確定我想知道我和他可能想出了哪些殺死同學的方法。因為那是奧圖的主意，裡裡外外，全部都是。我想相信在他內心深處仍是我的兒子。

他聳聳肩說：「不知道，方法有很多。我們講到在學校放火，用點火液或汽油。妳說我可以在學生餐廳的食物裡下毒。我們講了好一陣子。講到後來最好的辦法似乎是一次解決掉一大群。」

「我們計畫怎麼做？」我問。他開始鬆懈，不小心放開我的手腕。我企圖把手抽走，但眨眼間他又重新抓住我的手腕，手勁更緊了。

他的回答是如此肯定。「肉毒桿菌。」他再次聳聳肩說，「妳說妳弄得到。」肉毒桿菌。肉毒桿菌毒素。我們在醫院裡備有存貨，因為能治療偏頭痛、帕金森氏病的症狀和其他許多疾病，但也可能致命。肉毒桿菌毒素是世界上最危險的物質之一。

「或把他們全部捅死。」他說我們後來決定這是最好的方法，因為他不必等毒藥的取得，而且比起一瓶瓶的點火液，刀子要更容易藏進他的書包裡。他馬上可以行動。就在隔天。

「我們進到屋內。」奧圖提醒我，「記得嗎，媽？我們從窗戶爬回來，仔細審視每一把刀，看看哪一把最好。是妳決定的。」他告訴我，解釋我選擇了主廚刀是因為它的尺寸剛好。

根據奧圖的說法，我接下來拿出威爾的磨刀石，把刀子磨利。我老謀深算地說鈍刀比鋒利的刀更危險，接著對他微微一笑，把刀放進他書包用來放置筆電的柔軟夾層，藏在他其他物品的後面。最後拉上書包拉鍊，對他眨眼。

你不必擔心有沒有刺中器官，奧圖說我這樣說。任何一條動脈都行得通。

光用想的，我的胃就不舒服。我舉起空出來的那隻手摀住嘴巴，感覺膽汁沿著食道湧上來。我想尖聲大叫，不！他錯了。我從來沒說過那種話。這全是他編出來的。

但我還來不及回應，奧圖就接著告訴我，那晚他要上床睡覺前我對他說，別讓任何人取笑你。誰敢笑你，就讓他們閉嘴。

那天夜晚，奧圖已經很久沒有睡得那麼好。

但隔天早上，他又動搖了。他突然覺得很害怕。

但我不在家，無法與他詳談。我那天出門上班去了。他打電話給我。這個我記得，我等到傍晚才在手機上發現那通留言。媽，他說。是我，我真的得和妳聊聊。

等我聽到留言的時候木已成舟。奧圖已經帶了那把刀到學校。謝天謝地，沒人受傷。

聽著奧圖說話，我恍然領悟一個令人心痛的事實。他不覺得這個故事是他編出來的。他真心相信。在他心中，我是那個把刀放進他書包的人；我是那個說謊的人。

我無法克制自己。我舉起空出來的那隻手，撫摸他的下顎輪廓。他的身體緊繃，但沒有抗拒。他讓我觸摸他。下巴那裡長了細毛，只有一小撮，但有一天會變成鬍鬚。那個曾經被威爾的刮鬍刀劃傷拇指的小男孩，怎麼已經長得那麼大，準備刮鬍子了？他的頭髮遮住眼睛。我把頭髮往後撥，發現他以往充滿敵意的眼神全部消失了，取而代之的是滿滿的悲傷。

「如果我傷害了你，」我低聲說，「我很抱歉。我絕對不會做任何事刻意去傷害你。」

直到這時，他才默然接受。他放開我的手腕，我很快退後一步。

「你何不去房間躺著休息一下。」我建議道，「我送吐司過去給你。」

「我不餓。」奧圖咕噥道。

「果汁怎麼樣？」

他沒吭聲。

所幸，我看著他轉過身，有氣無力地走上他在二樓的房間，書包仍掛在背上。

我走進一樓書房，把門關上，匆匆來到書桌上的電腦前，點開瀏覽器。我輸入渡輪公司的官網，查看班次延誤的消息。我焦急希望威爾快快回家。我想把我和奧圖的對話告訴他。我想去警局。這些事得立刻去做，我不想再等了。

若非天氣的關係，我會馬上出門。告訴奧圖我出門辦點事，等威爾到家後再回來。

我開始在瀏覽器上打字時，一串搜尋歷史紀錄映入眼簾。

我一下子無法呼吸，因為艾琳・薩賓的名字出現在搜尋紀錄上。有人一直在查尋威爾的前任未婚妻。我猜是她過世二十週年引發了威爾的懷舊之情。

我沒有自制力。我點下連結。

一張張圖片映入眼簾。還有一篇文章，二十年前關於艾琳意外身亡的報導。文章裡包含許多照片。其中一張是從結冰的池塘裡挖出一輛車的照片。急救人員嚴肅地在背景徘徊，靜待拖吊車把車子從水中拖出來。我讀完整篇文章，內容就像威爾跟我說過的那樣。艾琳遇上一場如同於我們今天外頭的嚴峻暴風雪。車子失控打滑，她因而溺斃身亡。

第二張是艾琳和她家人的合照。他們一家有四口人：爸爸、媽媽、艾琳和妹妹。依我看，妹妹的年紀大概介於奧圖和泰特之間，十歲，頂多十一歲。照片拍得很專業。一家人站在一條林蔭大道上。媽媽坐在一張為了這張照片特地擺在那裡的鮮黃色椅子上。其他家人站在她四周，女孩撒嬌地靠著她們的母親。

我無法移開目光的是那位母親。她是一個留著及肩棕髮的豐滿女人，卻不知哪裡困擾著我，某種特質勾起我的回憶，但我不知道是什麼。就這樣盤旋在腦際，叫我怎麼也想不起來。她到底是誰？

就在這時，狗開始吠叫。從這裡就聽得一清二楚。牠們總算受夠了這場暴風雪。牠們想進房子裡了。

我起身離開書桌，走出書房，放輕腳步匆匆走進廚房，接著拉開後門。我踏出門外，來到平台上，發出嘶嘶聲叫狗過來。但牠們沒有過來。

我走進後院，兩隻狗像雕像般在角落一動也不動。牠們抓到了某樣東西，兔子或松鼠吧。我得趁牠們把那可憐的小東西吃下肚之前阻止牠們。我在腦海彷彿看見了沾上動物鮮血的白雪。

後院到處是一堆又一堆的積雪，在某些位置積了三十公分高，其他位置則仍是綠色草坪。狂風不停把我往後吹，我拖著腳步艱難地穿過後院，朝狗走去。後院佔地寬廣，牠們在遠處刨着某樣東西。我拍拍手，再次呼喚牠們，但牠們仍然不肯離開。大雪紛飛，往上吹進褲管，灌進睡衣領口。僅僅穿著拖鞋的雙腳因為這嚴寒的天氣而凍得發疼。我來到外面之前沒想到要穿上鞋子。我視線不佳，幾乎什麼也看不見。樹木、房子、地平線統統消失在雪中，連眨眼都很困難。我想起仍在學校的孩子。他們該如何回家？

往狗的方向走到一半，我考慮掉頭。我不確定我有勇氣走到底。我再次拍手，呼喚牠們。牠們還是不過來。威爾在這裡的話，牠們早過來了。

我強迫自己繼續往前走。呼吸變得好痛；空氣好冷，冷得在喉嚨和肺裡燃燒。

狗再次吠叫，最後六公尺的路我拔腿用跑的。到的時候，牠們膽怯地看著我。我大概料到會看見牠們兩腳之間躺著吃了一半的動物屍體。

我伸手抓住其中一隻狗的項圈，邊拉邊說：「好了，我們走吧。」我不在乎那裡是否躺了一隻受傷的松鼠，只想趕快回到屋內。但狗只是呆站在那裡，對我哀號，不肯跟我走。牠太重了，我沒辦法把牠一路拖回房子裡。我仍決定放手一試，但我一拉就因為牠的重量變得步伐踉蹌，失去平衡。我手腳朝下，往前仆倒在地。而出現在我眼前的，在狗的腳掌之間的，是某樣在雪地裡閃閃發亮的東西。那不是兔子，也不是松鼠。以兔子或松鼠來說，體型太小了。

加上那東西的形狀，纖長又銳利。

我的心跳加快，雙手發麻，眼冒金星的情形再次發生。我覺得我要吐了。說時遲那時快，跪在地上的我，開始對著雪地嘔吐。我的橫膈膜快速收縮，但只是一陣乾嘔。我除了喝幾口咖啡外，完全沒進食。我的胃是空的，根本沒東西可吐。

其中一隻狗用鼻子磨蹭我。我扶著牠，穩住自己，清楚看見狗的兩腳之間是一把刀。那把失蹤的剔肉刀。是刀上的血激起了狗的興趣。刀身約莫十五公分長，與殺死摩根．班恩斯的那把刀一樣。

刀子旁邊是狗這陣子拚命挖土挖出的一個洞。

這把刀是狗找出來的。這把刀一直埋在我們的後院。這段時間以來，牠們在後院挖個不停，就是為了挖出這把刀。

我匆匆回頭看了房子一眼。儘管實際上我什麼也沒看見，只能隱約辨識出房子本身的模糊輪廓，但我想像奧圖就站在廚房的窗前注視著我。我不能回家。

我把狗留在原地，刀子也留在本來的地方，碰也沒碰。我緩慢地穿過後院，雙腳冷得刺痛，快要失去感覺，行動也因此變得更困難。我笨重地繞到房子的側邊，因為腳麻而不小心失足。我跌進雪堆裡，又逼自己重新站起來。

我們家門前那條路往下走到底大約是四百公尺的路程。市區和公共安全大樓就坐落在那裡，我能找到貝爾格警官的地方。

威爾說過再等等，但我再也等不下去了。

說不準威爾什麼時候會回家，或是等他回家之際，我可能會發生什麼事。

街道看起來荒涼慘澹，望出去是一片銀白色的世界。這裡除了我沒有別人。我蹣跚走下斜坡，鼻子流出鼻涕。我用衣袖一把抹去。我只穿著睡衣，沒披外套，沒戴帽子，也沒有手套。睡衣完全無法保暖，無法替我禦寒。我冷得牙齒打顫。風吹得我幾乎睜不開眼睛。雪從四面八方同時襲來，不斷飄在半空中，有如龍捲風盤旋打轉。我的十指都凍僵了，起了疹子紅通通的。我感覺不到我的臉。

遠方傳來鏟子與人行道碰撞的刮擦聲。

伴隨那聲音而來的是一絲希望。

這座島上除了我和奧圖以外還有別人。

我埋頭繼續走，因為除了繼續走，我別無選擇。

# 鼠兒

半夜，鼠兒聽見一個她再熟悉不過的聲音。樓梯的嘎吱聲。但現在沒道理發出聲音，因為鼠兒已經窩在床上。就鼠兒所知，這棟舊房子的二樓只有一個房間。夜裡，在她上床睡覺後，照理除了她以外，沒人會上樓。

但有人正準備上樓。假媽媽正準備上樓，那些樓梯對鼠兒發出警告，要她快逃。要她快躲起來。

但鼠兒沒機會逃，也沒機會躲。

因為一切發生得太快，剛睡醒的她仍昏昏沉沉的。鼠兒才剛睜開眼睛，房門就被推開，假媽媽站在那裡，走廊的燈從她背後照亮。

伯特住在鼠兒房間地板上的籠子裡。牠發出一記刺耳的尖叫聲，接著為了安全起見，跑到半透明圓頂底下。牠在那裡有如雕像，天真地以為只要牠按兵不動，就沒人能看見牠躲在不透明塑膠盒的另一邊。

鼠兒在床上也企圖讓自己一動也不動。

但假媽媽看見她了，也看見了伯特。

假媽媽把房間的燈打開。光線亮得讓鼠兒瞳孔放大的疲倦雙眼難以直視，所以一開始她什麼也看不見。但她聽得見。假媽媽開口說話，那異常冷靜的口吻反而更叫鼠兒害怕。她進房時，腳步刻意放得緩慢，鼠兒恨不得她衝進來，破口大罵後掉頭離開。因為這樣反而很快就結束了。

我是不是說過自己的東西自己收，鼠兒？假媽媽問。她經過籠子裡的伯特，離床越來越近。她抓住床罩的一角用力一拉，露出底下穿著獨角獸睡衣的鼠兒，那套不用人催促她就乖乖穿上的睡衣。躺在鼠兒床邊的，是熊熊先生。妳以為自己的東西自己收不包括上廁所要沖水或把妳尿在馬桶上的尿擦乾淨嗎？那個馬桶我也要用耶。

鼠兒心一涼。她不用想就知道假媽媽在說什麼。她很清楚。她也很清楚解釋無益，但她還是決定一試。她說話時聲音在顫抖。她把事情經過告訴假媽媽，說她想保持安靜，說她不想吵醒假媽媽，說她不是故意尿到馬桶上的，又說她沒沖水是因為她知道水聲會很吵。

但鼠兒說話時很緊張。她很害怕。她的聲音又小又抖，說出來的話叫人難以理解。假媽媽不喜歡她這樣喃喃自語。她對鼠兒咆哮，說大聲點！

接著她翻了個白眼，說鼠兒根本沒有她父親想的那麼聰明。

鼠兒努力再解釋一遍。把音量放大，讓咬字清晰。但這都不重要，因為假媽媽根本不想聽她解釋，無論她說得清不清楚。她問的問題是反問句，是那種不需要答案的問題，但鼠兒明白得太晚。

妳知道狗在屋子裡亂尿尿會怎麼樣嗎？假媽媽問鼠兒。鼠兒不太確定。她從來沒有養過狗，但她想大概是有人會清乾淨，然後事情就結束了。問題就此解決。因為伯特就是這樣。伯特一天到晚在鼠兒的腿上大便尿尿，這從來不是什麼嚴重的事。鼠兒把穢物擦乾淨，清洗雙手，然後回頭繼續和伯特玩。

但如果答案那麼簡單，假媽媽就不會問這個問題了。

鼠兒告訴她她不知道。

我示範給妳看會怎麼樣，假媽媽說著，抓住鼠兒的手臂，把她拉下床。鼠兒不想去假媽媽要她去的地方。但她沒有反抗，因為她知道只要順著假媽媽的意，准許她把自己拉下床，拖下那嘎吱作響的樓梯，受的傷會比較小。於是她乖乖照辦。只可惜假媽媽走得太快，鼠兒跟不上，結果絆了一跤，一路滾到一樓。假媽媽很生氣，她大叫：起來！

鼠兒爬起來。她們一起走下樓。房子近乎一片漆黑，但有微弱的夜光從窗戶透進來。假媽媽帶鼠兒來到客廳，拉著她到客廳正中央，把她轉向某個特定的方向。放在客廳角落的，是一個空狗籠。籠門和過去不一樣，是打開的。

我以前養過一隻狗，假媽媽說。一隻史賓格犬。我替牠取名麥克斯，主要是因為我想不到更好的名字。牠是一隻很乖的狗。很蠢，但很乖。我們一起散步。有時候我們在看電視的時候，牠會坐在我身邊。但後來，麥克斯趁我不在家的時候，在家裡的角落亂尿尿。麥克斯這樣很壞，她說。

她繼續說：聽著，我們不能讓動物在家裡隨地大小便。這樣很髒，鼠兒。妳懂嗎？教狗最好的方法是籠內訓練。因為狗不想和自己的尿尿和便便坐在一起好幾天。所以牠就學會了憋住。妳也一樣，假媽媽說著，抓住鼠兒的手臂，把她一路從客廳拉到敞開的狗籠前面。

鼠兒拚命掙扎，但鼠兒只是個孩子，不過才六歲。她的體重不及假媽媽的一半，幾乎沒有半點力氣。

鼠兒沒吃晚餐，只吃了三片薩勒諾奶油餅乾。她才剛剛從睡夢中醒來。現在是半夜時分，她覺得好累。她不停扭動，但頂多只能這樣，所以假媽媽輕而易舉就能拉走她。她被迫進入狗籠，籠子甚至不及她坐下的高度。她無法在籠裡坐直身體，所以她只能歪著脖子，頭頂摩擦著狗籠的堅硬鐵條。她沒辦法躺下，沒辦法伸直雙腿。她必須把腳收著，所以腳一下子就麻了。

鼠兒在哭。她求假媽媽放她出去。她保證她會乖，絕對不會再尿在馬桶座上。

但假媽媽沒在聽。

因為假媽媽正掉頭準備上樓。

鼠兒不明就裡。她想假媽媽可能上樓去拿她可憐的熊熊先生。

但假媽媽回來時，手上沒有熊玩偶。

她拿了伯特。

這讓鼠兒放聲尖叫，看見她親愛的天竺鼠在假媽媽的手裡。伯特向來不喜歡被鼠兒以外的人抱。牠在假媽媽的手中拚命踢著小腳丫，扯著尖嗓放聲大叫，鼠兒從來沒聽過牠叫得那麼大聲。這跟牠看見胡蘿蔔時的尖叫聲不同。那是另一種尖叫聲。一種非常害怕的尖叫聲。

鼠兒的心狂跳不已。

她用力拍打狗籠的鐵條，卻怎麼也出不去。

她試著強行把籠門打開，門卻紋風不動，因為籠門用掛鎖給鎖住了。

鼠兒，妳知不知道鈍刀比鋒利的刀更危險？她問，把她的其中一把刀高舉空中，就著月光檢視刀身。

我要跟妳說幾遍？她不等剛剛問的問題得到解答，就接著繼續問。我不喜歡這個家有老鼠，何況是兩隻？

鼠兒閉上眼睛，摀住耳朵，不讓自己看見或聽見接下來發生的事。

不到一個禮拜，鼠兒的父親又準備出差洽公。

他站在門口道別，假媽媽就站在鼠兒旁邊。

我只離開幾天。妳還來不及想我，我就會回來了，她父親凝視著鼠兒哀傷的眼睛說，答應等他回家後，他們就一起去挑一隻新的天竺鼠給她，作為伯特的補償。她父親以為伯特只是逃跑了，在家中某個他們找不到的洞裡玩耍去了。

鼠兒不想要新的天竺鼠。現在不要，以後也不想要。只有鼠兒和假媽媽知道原因。

假媽媽在鼠兒身邊揑著她的肩膀。她輕輕撫摸鼠兒的暗褐色頭髮說：我們會相處融洽的，是吧，鼠兒？快跟爸爸說再見，爸爸要出門了。

鼠兒淚眼汪汪地說再見。

她和假媽媽站在彼此身邊，目送她父親的車開出車道，消失在街角。

接著，假媽媽把前門一踢關上，轉向鼠兒。

## 莎蒂

公共安全大樓是市中心的一棟紅磚建築。我很慶幸發現大門沒鎖，一道溫暖的黃光從裡面散發出來。

我逕自進門時，一個女人正坐在辦公桌後方敲打鍵盤。看到大門突然打開，加上我的出現，把她嚇得捧住胸口。像這樣的天候，她沒料到有人外出。

我才進去，就被門檻絆了一跤，沒看見那高起來的兩公分。我手腳著地，跪倒在剛進門的地方，沒力氣及時站穩腳步。地板不像雪地那般柔軟；這樣一跌痛得不得了。

「喔，天啊。」女人說著，連忙起身想過來扶我一把。她差不多是用跑的繞過辦公桌，向地上的我伸出援手。她驚訝得目瞪口呆，不敢相信眼前見到的我有多狼狽。我身處的房間如箱子般四四方方的，非常狹小。黃色牆壁、鋪了地毯的地板、一張雙排抽屜辦公桌。空氣不可思議地溫暖。一台小型電暖器立在角落，對整個房間吹出熱氣。

我一能走，就來到電暖器旁邊，在擺動的風扇前跪下。

「貝爾格警官。」我勉強擠出話來，嘴唇凍得不聽使喚。我背對那個女人。「我要找貝爾格警官。」

「好。」她說，「好，沒問題。」我還沒反應過來，她就高聲叫喚他。她客氣地從我旁邊伸長手，調高電暖器的溫度，我把冰冷的雙手貼上去，彷彿著了火。

「有人找你。」她不安地說，我回過頭。

貝爾格警官出現時，一句話也沒說。他走得很快，因為助理那高聲的呼喊、尖銳的嗓音在警告他有事不對勁。他從我身邊走過拿取咖啡壺的時候，仔細看了一眼我的睡衣。他用免洗杯倒了一杯咖啡遞給我，希望能讓我身子暖起來。他攙扶我起身，把杯子塞進我手裡。我沒喝，但杯子散發的溫暖摸起來很舒服。我為此感激不盡。暴風雪在外頭鍥而不捨地狂吹，整座建築物偶爾會跟著震動。燈光閃爍不定；四周牆壁發出悲鳴。他從衣架取下一件外套替我披上。

「我有事要跟你說。」我告訴他，語氣中明顯流露出絕望和疲倦。

貝爾格警官帶我往走廊前進。我們肩並肩坐在一張折疊小桌前。整個房間空蕩蕩的。

「妳來這裡做什麼，福斯特醫師？」他問我，語氣體貼又擔憂，同時也很困惑。「這種天氣還跑到外面。」他說。

我發現自己不由自主地發抖。儘管我再怎麼努力，身體就是暖不起來。我的雙手捧著咖啡杯。貝爾格警官用手肘輕輕推我一下，要我喝光。

但我之所以頻頻發抖不是因為冷。

我準備把事情一五一十告訴他。但開口前，貝爾格警官說：「不久前我剛接到妳丈夫打來的電話。」我的話頓時卡在喉頭。我感到不知所措，納悶威爾為什麼打給他，我們明明說好要一起來見他的。

「是嗎？」相反地，我坐直身子問道，因為我沒料到會聽見這番話。貝爾格警官慢條斯理地點點頭。他有一種保持眼神交流的特殊才能。我竭盡所能不要把臉別開。我問：「他想幹嘛？」

同時鼓起勇氣等待警官的答覆。

「他很擔心妳。」貝爾格警官說。我感覺自己鬆了一口氣。威爾打給他是因為他很擔心我。

「當然了。」我說著，在椅子上放鬆下來。也許他先打給我，看我沒接才打給貝爾格警官。也許他想請貝爾格警官去看看我是否安好。「這樣的天氣，加上渡輪延誤，導致我們上次講電話的時候我的心情很糟。」

「是。」他說，「福斯特先生都跟我說了。」

我再次坐直身子，開始說話。

「他跟你說我心情很糟？」我防備地問，因為這是私事，威爾不是非得告訴警方不可。

他點頭。「他很擔心妳。他說妳為了一條毛巾心煩意亂。」就在這一刻，對話的氛圍改變了，因為他說這句話的口氣居高臨下，彷彿我是什麼蠢蛋，為了一條毛巾喋喋不休。

「喔。」我說完，沒繼續說下去。

「我正準備跑一趟妳家看看妳。妳省了我一次麻煩。」他說。貝爾格警官告訴我下午的交通會很亂，因為當地學校沒有趕在暴風雪前停課。唯一值得高興的是這場雪在接下來幾個鐘頭內會和緩下來。

接下來，貝爾格警官開始打探消息。「妳想告訴我什麼毛巾的事？」

「我發現一條毛巾。」我放慢速度告訴他。「上面沾滿了血。就在我家的洗衣間裡。」由於我已經說了那麼多，乾脆繼續往下說。「我發現那把刀埋在我家後院。」

他連眼睛也沒有眨一下。「用來殺死班恩斯太太的刀？」他問。

「我想是的。」我說，「刀子上面有血。」

「那把刀現在在哪裡，醫師？」

「在我家後院。」

「妳把刀留在那裡？」

「是。」

「妳有用手碰嗎？」

「沒有。」我說。

「在妳家後院的哪個位置？」他問。我盡力描述給他聽。不過我想，那把刀現在八成已經被雪埋沒了。

「那毛巾呢？毛巾在哪裡？」

「在洗衣間的洗衣機底下。」我告訴他。他問上面是否仍沾了血，我說是。他暫時告辭走出房間，離開了差不多三十秒。回來後，他告訴我比瑟特警官準備前往我家取那把刀和毛巾。我對他說：「我兒子在家。」但他向我保證沒問題，比瑟特警官會速戰速決。他不會打擾到奧圖。

「可是警官，我想——」我才開口又很快打住。我不知道該怎麼說。我在免洗杯的邊緣剝下一塊塊的保麗龍，在桌面堆成一堆好像雪。

然後，我冷不防地把話說出口。「我覺得可能是我兒子殺了班恩斯太太。」我說，「又可能是伊莫金幹的。」

我預期他有所反應。反之，他卻繼續往下講，彷彿我剛剛沒說話似的。

「有件事我想妳該知道，福斯特醫師。」他說。於是我問：「什麼事？」

「妳先生……」

「是？」

「威爾——」

我討厭他這樣拐彎抹角的樣子，簡直叫人抓狂。「我知道我先生的名字。」我厲聲說。有那麼一會兒他只是盯著我看，不發一語。

「當然。」他及時說，「我想也是。」

一陣沉默過去了。這段時間，他一直看著我。我在椅子上挪動姿勢。

「他打電話來，收回先前關於班恩斯太太遇害那晚的證詞。當時的他說那晚你們兩人一起在家看電視，然後直接上床睡覺。但根據妳先生的說法，不全然是這麼回事。」

我大驚失色。「不是嗎？」

「根據福斯特先生的說法，不是。」

「福斯特先生是怎麼說的？」我沒好氣地問。這時警用對講機傳來聲音，刺耳卻模糊不清。貝爾格警官走過去，把對講機的音量調低，讓我們能繼續交談。

他回到椅子上。「他說那天晚上，妳看的節目結束後，妳並沒有像妳說的直接上床睡覺。他說妳去遛狗。妳帶狗出門散步，同時他到二樓的房間梳洗。妳先生說，妳離開了好一陣子。」

我感覺到我的內心開始動搖。

有人在說謊，但我不知道是誰。

「是這樣嗎？」我問。

「是的。」他說。

「但這不是真的。」我反駁。我不知道威爾為什麼要這麼說。我只想得到一個原因。那就是威爾願意不惜一切去保護奧圖和伊莫金。不惜任何代價。即使這意味著把我扔進鯊魚池。

「他說妳帶狗去散步。但時間一分一秒過去，妳卻一直沒回家，他開始擔心妳。尤其是他聽到狗在叫。他往外看，想知道是怎麼一回事，結果發現只有狗在外面，妳人不見了。那晚妳前往班恩斯他們家的時候，把狗留在後院了對吧？」

我心一沉，出現一種自由落體的感覺。那種坐雲霄飛車時第一次爬升後垂直落下、內臟在體內翻來覆去的感覺。

我一字一句仔細地說：「那天晚上我沒有去班恩斯他們家。」

但他佯裝沒聽見。他繼續往下說，彷彿我剛剛根本沒說話。他開始直呼威爾的名字。他是威爾，而我是福斯特醫師。

貝爾格警官已經選邊站好了。只是不是站在我這一邊。

「威爾試圖打妳的手機，但妳沒接。他開始想像妳發生不好的事。他匆匆跑進房間穿上衣服出門找妳。但正當他開始手忙腳亂之際，妳回家了。」

貝爾格警官停下來換口氣。「我必須再問妳一次，醫生。班恩斯太太被殺那晚的晚上十點到凌晨兩點之間妳人在哪裡？」

我搖搖頭，不發一語。根本沒什麼好說的。我已經告訴他我人在哪裡，只是他不再相信我。

直到現在，我才注意到貝爾格警官剛才進房間時拿的那只大信封袋。這段時間內，信封袋一直放在桌上，只是手搆不到。他起身拿起信封袋，用一根手指翻開。貝爾格開始在桌上擺放照片給我看。隨著照片一張張抽出來，畫面也跟著越來越可怕，簡直令人髮指。照片都經過放大處理，至少有八乘十吋。即便我轉移目光依舊看得見。有張照片是一扇敞開的大門——門框和鎖頭完好無缺。還有一張是噴在牆上的血跡往下流淌的照片。客廳整齊得嚇人，讓我不禁想像這裡沒有發生太多扭打。唯一看起來不對勁的地方是倒在一旁的傘架，以及裱框的照片，歪歪斜斜掛在牆上，彷彿在激烈爭吵時被挨了一拐子。

整個客廳的正中央，躺著摩根。她以不自然的姿勢攤在一張小地毯上，一頭褐髮遮住她的臉，雙手高舉在頭頂，彷彿用盡最後一絲力氣，企圖保護自己的臉不被刀傷害。一條腿看起來摔斷了，歪成不自然的角度。她穿著睡衣，法蘭絨長褲和一件發熱衣，從頭到腳一片鮮紅，所以幾乎無法分辨哪裡是血、哪裡是睡衣。她左腿褲管被拉到膝蓋處。

小小的腳印踏在一灘又一灘的血泊上。腳印離屍體越遠，也越來越不密集。我想像一名警官哄著小女孩，伸手帶她離開那女人的屍體。

「醫師，就各種跡象所見，這不是一場隨機犯罪。」貝爾格警官告訴我，「兇手希望摩根受苦。這是憤怒的攻擊行為。」

我無法將目光從這張照片上移開，兩隻眼睛在摩根的屍體上游移，來到血跡斑斑的腳印，再回到歪歪斜斜掛在牆上的那張照片。我抓起桌上的照片，湊到眼前把掛在牆上的相框看個仔細，因為我曾經見過，而且是在不久以前。那條林蔭大道看起來很眼熟。那是一家四口的全家福照。

父親、母親和兩個女兒，年紀分別是十歲和二十歲左右。

那女人，也就是照片中的母親，穿著一件漂亮的綠色洋裝，坐在正中央的鮮黃色椅子上，家人站在她的周圍。

「喔，天啊。」我大氣一喘，伸手摀住嘴巴。因為這張照片——裱框掛在摩根．班恩斯家中牆上的——與艾琳意外身亡那篇報導所用的照片是同一張。在我電腦裡的那一張。那將近二十歲的少女，是威爾以前的未婚妻艾琳。照片大概是她死前的幾個禮拜所拍的。那比較年輕的女孩是她的妹妹。

我被自己的口水嗆到。貝爾格警官拍拍我的背，問我還好嗎？我點點頭，因為我沒辦法說話。

「慘不忍睹，對吧？」貝爾格警官問，以為把我嚇成這樣的是那具屍體。

我現在看出來了，看出我之前沒注意到的跡象。因為照片中的女人——那坐在椅子上的母親——現在蒼老許多。她的棕髮如今灰白，而且瘦了一大圈。事實上瘦太多了，顯得她很憔悴。這實在太不可思議了，叫人難以消化，不可能的吧。

這張照片裡的女人是摩根的母親，我在追悼會上遇見的女人。幾年前失去另一個孩子，在那之後就變得不太一樣了的那個女人，根據她的朋友凱倫和蘇珊的說法。

但我不明白。如果真是這樣，就表示摩根是艾琳的妹妹。摩根就是照片中的小女孩，年紀大約十歲的那個。

為什麼威爾不把這件事告訴我？

我想我知道原因。因為我缺乏安全感的性格。如果我得知艾琳的妹妹住得與我們那麼近，我會做出什麼事？我這才明白，威爾和摩根的友情，他們之間的親暱感是真實的，不是憑空想像的。因為他們對一個女人擁有共同的熟稔感。比起我，威爾更愛的那個女人。艾琳。

房間開始移動，陷入模糊。我用力眨眼，努力想讓房間停下來。貝爾格警官坐在我旁邊的椅子上開始前後搖晃。他沒有動；是視覺上看起來他在動。這全是我腦中的想像。他的臉部輪廓開始變得柔和。房間突然擴大，牆壁變寬，向外延伸。警官講話時，字字句句差不多都被我腦中發生的不明狀況給埋沒了。我看見他的嘴唇在動，但那些話越來越難聽得懂。

他最初說那句話的時候，我沒有聽清楚。

「你說什麼？」我提高音量大聲問。

「威爾跟我們說妳很容易吃醋，缺乏安全感。」

「他這麼說是吧？」

「沒錯，福斯特醫師，他是這麼說的。他說他絕對不相信妳會因為那些感覺而做傻事，但他也說妳最近過得很辛苦，不太像妳自己。他提到恐慌症發作，被迫辭職。照威爾的說法，妳不是生性暴力的那種人。不過，」他把他的話重複一遍，「他說妳最近不太像妳自己。」

「妳對此有什麼想說的嗎？」他問。

我沒說話。就在這時，頭部突然一陣疼痛，沿著頸背一點一點往上延伸，刺痛我的眉心。我緊閉眼睛，指尖壓住太陽穴減緩痛楚。這肯定是血壓驟降的緣故，因為突然之間，我的耳朵難以聽得清楚。貝爾格警官在說話，問我好不好。但聲音比之前模糊許多。我彷彿在水面之下。

有扇門開了又關。貝爾格警官在和另一個人說話。警方什麼也沒找著。但他們準備在我家大肆搜查，因為威爾給了他們許可。

「福斯特醫師？福斯特醫師？」

一隻手在搖我的肩膀。

等我睜開眼睛，某個老人在看著我。說他簡直是看得痴迷了也不為過。我低頭看我的上衣，一件釦子扣到頂的藍色睡衣襯衫，讓我想吐。我簡直不能呼吸。她有時候真的有夠假正經。我解開最上面三顆釦子透點氣。「這裡他媽的有夠熱。」我說著替自己搧風，瞥見他偷看我乳溝的德性。

「一切都還好嗎？」他問。他臉上掛著典型的表情，彷彿對眼前所見感到不知所措。他的眉毛糾在一塊兒。他用手掌丘搓揉眼窩，確定自己看到的不是幻覺。他又問了一次我好不好。我想應該是我要問他好不好──他看起來比我焦慮得多──但即便如此我也不太在乎。所以我沒問。

相反地，我說：「有什麼不好的呢？」

「我不知道，妳看起來，有點恍神。妳感覺還好嗎？我可以替妳拿杯水，如果妳不想喝咖啡的話。」

我看了看面前的咖啡。那不是我的。

他只是看著我，默默不語，直勾勾盯著。我說：「好啊。」接受了來杯水。我用手指繞著一束頭髮，仔細環顧這個房間。冷淡、乏味、一張桌子、四面牆壁。沒什麼東西，沒什麼可看，沒有什麼讓我分辨得出自己身在何方。只有眼前這個穿著一身正式制服的傢伙。一看就是條子。

就在這時，我看見我旁邊桌上的照片。

「去吧。」我告訴他，「替我拿點水來。」

他去了又回，給了我一杯水，放在我面前的桌上。「告訴我，」他說，「妳帶狗去散步的時候發生了什麼事。」

「什麼狗？」我問。我向來喜歡狗。我討厭人，但挺喜歡狗的。

「妳養的狗，福斯特醫師。」

聽到這句話，我開始捧腹大笑。他竟然把我誤認成莎蒂，太可笑了。沒有什麼比這個更羞辱人的了。我們一點都不像。髮色不一樣，眼睛顏色也不一樣，年紀更是差了一大截。莎蒂很老。我可不老。他難道瞎了嗎？竟然看不出來。

「拜託。」我說著，把一束頭髮塞到耳後。「別羞辱我。」

他一時沒反應過來，問道：「妳說什麼？」

「我說別羞辱我。」

「不好意思，福斯特醫師。我——」我立刻打斷他，因為我實在受不了他一直叫我莎蒂，叫我福斯特醫師。莎蒂要是我可就幸運了。但莎蒂不是我。

「別再那樣叫我。」我厲聲說。

「妳不希望我叫妳福斯特醫師？」

「對。」我告訴他。

「那我應該怎麼稱呼妳呢？」他問道，「還是妳希望我叫妳莎蒂？」

「不！」我氣得搖頭，態度堅決。我告訴他：「你應該叫我的名字。」

他瞇起眼，直盯著我。「我以為莎蒂是妳的名字。莎蒂・福斯特。」

「那麼就是你搞錯了，是吧？」

他看著我，不疾不徐地問道：「如果妳不是莎蒂，那妳是誰？」

我向他伸出手，告訴他我的名字叫卡蜜兒。他與我握手時一面環顧房間，一面問莎蒂到哪裡去了。

我告訴他：「莎蒂現在不在這裡。她得走了。」

「可是她剛剛還在這裡。」他說。

「是啊。」我告訴他，「可是她現在不在了，現在就只剩下我。」

「抱歉，我沒聽懂。」他說完，又問了一次我好不好，有沒有哪裡不舒服，一邊鼓勵我把水喝完。

「我很好。」我說著，喝了一大口水。我覺得又熱又渴。

「福斯特醫師——」

「是卡蜜兒。」我提醒他，一邊在房間尋找時鐘，想看看現在幾點，我失去了多少時間。

「好吧，卡蜜兒。」他說。他拿了桌面上的一張照片給我看，那張她全身沾滿自己的血、眼睛睜得大大的、一命嗚呼的照片。「關於這張照片，妳知道多少？」

我不吭聲，吊足他的胃口。還不是真相大白的時候。

# 莎蒂

我獨自待在一個房間裡，坐在一張椅背靠牆的椅子上。房間東西不多，只有四面牆、兩張椅子和一扇上鎖的門。我之所以知道門上了鎖，是因為我已經試過離開。我轉動門把，門把卻紋風不動。最終，我只好敲門，用力捶著門板，大叫救命。但全是徒勞無功，因為根本沒人來。

現在房門輕易打開了。一個女人走了進來，手中拿著一杯茶。她走向我，把一只公事包放在地上，替自己拉來另一張椅子，在我對面坐下。她沒有自我介紹，而是直接開口說話，彷彿我們已經認識對方，彷彿我們已經見過面。

她問我各種問題，全是有侵略性的私事。我坐在椅子上大為惱怒，對那些問題充耳不聞，納悶她為什麼要詢問我的父母親、我的童年和某個名叫卡蜜兒的陌生女子。我這輩子從來不認識叫卡蜜兒的人。但她看著我，一臉不敢置信的模樣。她似乎覺得我認識她。

她告訴我許多事，關於我和我的生活，但全是大錯特錯。她說那些事情把我惹得又生氣又激動。

我質問她憑什麼肯定這些事情與我有關，就連我自己都不知道。這是貝爾格警官搞的鬼，是他派她來和我說話。因為前一分鐘他還在小房間偵訊我，下一分鐘我就來到這裡。儘管我不知道現在幾點，今天幾號，我也不記得在這之間所發生的任何事。我是怎麼來到這裡、進入這個房間、坐上這張椅子的？我是自己走過來的，還是他們下藥把我帶來這裡的？

這個女人告訴我，她有理由認為我患有多重人格障礙症，那些交替人格——她稱之為人格——有時候會控制我的思想和行為。她說那些人格控制了我。

我深吸一口氣，讓自己冷靜下來。「這是不可能的。」我氣若游絲地說，「更別提有多荒謬了。」我說著，兩手往空中一攤。「是貝爾格警官跟妳說的嗎？」我問，覺得越來越生氣，失去了沉著。為了把摩根的命案推到我頭上，還有什麼是貝爾格幹不出來的嗎？「這是不專業、不道德的，甚至是違法的行為。」我厲聲說，詢問這裡的負責人是誰，我要他或她出來和我說話。

她沒回答我半個問題，反而問我：「妳容易出現短暫失憶嗎，福斯特醫師？妳記不起來的三十分鐘、一個小時？」

這點我無法反駁，但我仍矢口否認。我告訴她從來沒發生過那種事。

但與此同時，我也不記得是怎麼來到這裡的。

這個房間沒有窗戶，沒辦法靠直覺得知現在的時間。但我看得見女人的錶面。雖然是上下顛倒的，但我看見了，指針落在兩點五十分的範圍，但是上午或下午，我就不得而知了。但無論如何都不打緊，因為我很清楚在我走進公共安全大樓的時候，時間大約是早上十點，接近十一點。

這意味著我有四——或六——小時的時間不知道自己在做什麼。

「妳記不記得今天稍早和我說過話？」她問。答案是不記得。我不記得我跟她說過話。但我還是跟她說我記得。我宣稱那段對話我記得挺清楚的。但我向來不善於說謊。

「我們不是第一次對話了。」她告訴我。我從她的問話方式蒐集情報，不過這不表示我相信她的話，不表示這一切不是她瞎掰的。「但上次我來到這裡的時候，我不是在和妳說話，醫師。

我是在和一個名叫卡蜜兒的女人說話。」她說完，對我說明有一個霸道又多話、名叫卡蜜兒的年輕女子，連同一個性格畏縮的孩子，住在我的體內。

我這輩子沒聽過比這更扯的事情。

她告訴我那孩子的話不多，但喜歡畫畫。她說女人和孩子兩人今天一起作畫。她把畫拿給我看，從她的公事包裡抽出一張紙遞給我。

又出現了，這次用的是鉛筆，畫在從筆記本撕下來的一頁紙上：肢解的屍體、那個女人、刀子、血。奧圖的作品，跟我在房子四周找到的畫一模一樣。

我告訴她：「這不是我畫的，這是我兒子畫的。」

但她說：「不對。」

這幅畫是誰畫的，她有另一套理論。她聲稱是我體內的小孩人格畫的。我為這荒謬至極的言論大笑出聲。如果這是住在我體內的某個小孩人格畫的，那她的意思就是這幅畫是我畫的。我在閣樓和走廊畫了這些畫，然後留在房子四周讓我自己去找。

我沒有畫這幅畫。沒有一張畫是我畫的。

如果有，我肯定會記得。

我告訴她：「這幅畫不是我畫的。」

「當然不是妳畫的。」她說，有那麼一瞬間，我以為她相信我。直到她說：「嚴格來說不是妳。不是莎蒂・福斯特。所謂的多重人格障礙症，意思是妳的個性遭到分裂，變成許多碎片。這些碎片各自形成獨特的人格，擁有自己的名字、外表、性別、年齡、筆跡、說話方式等等。」

「那她叫什麼名字？」我挑戰她。「如果妳和她聊過天，和她一起畫了這些畫，那她叫什麼名字？」

「我不知道。她很害羞，莎蒂。這些事情需要一點時間。」她說。

「她多大？」我問。

「六歲。」

她告訴我這個孩子喜歡著色和畫畫。她喜歡玩洋娃娃。有個遊戲她很喜歡玩，是這女人為了讓她敞開心房而陪她玩的一種遊戲。遊戲療法，這女人告訴我。她們會在這個房間裡手牽手轉圈圈。等兩人都暈得不得了的時候，就一起停下來，像雕像一樣定格在原地。

「她說那叫雕像遊戲。」這個女人告訴我，因為她們像雕像一樣靜止不動，直到有人失去平衡為止。

我努力想像她告訴我的畫面。我想像那孩子和這女人在繞圈圈。只是所謂的小孩人格——如果我選擇相信她的話——並不是真正的小孩。而是我。

想到這裡，我不禁羞愧臉紅。我，一個三十九歲的女人在這個房間和另一個成年女性手牽手繞圈圈，像雕像一樣停住不動。

這個想法簡直荒謬。我光想都受不了。

直到泰特的話重新在我腦海浮現：雕像遊戲！雕像遊戲！才觸動了我的神經。

媽咪是大騙子！妳明明就知道，妳騙人。

「一般來說，患有多重人格障礙症的人，體內大約住有十個人格。」她告訴我，「有時候更多，有時候比較少。有時候甚至多達一百個。」

「就妳推測，我有幾個？」我問。我不相信她。因為這只是精心設計的騙局，目的是醜化我的名聲、我的性格，讓我更容易成為摩根那樁命案的代罪羔羊。

「目前為止我見到了兩個。」她說。

「目前為止？」

「可能還有更多。」她接著往下說，「多重人格障礙症的起因通常來自於幼年時期受到家暴，因而形成替代人格作為應對機制。不同的人格提供不同的目的，例如保護主人、為主人挺身而出、替主人辯護、埋藏痛苦的回憶。」

她說話的同時，我想到自己，體內窩藏著寄生蟲。我想起牛椋鳥，牠們會吃掉河馬背上的壁蝨。一般以為那是一種共生關係，直到科學家發現牛椋鳥其實有如吸血鬼，會在河馬背上挖洞喝血。

到頭來算不上什麼共生關係。

「跟我說說妳的童年，福斯特醫師。」她說。

我告訴她我對童年的記憶不多，差不多都忘了。事實上，直到十一歲左右才有印象。

她只是看著我，不發一語，等我自己拼湊一切。

*妳容易出現短暫失憶嗎，福斯特醫師？*

但短暫失憶在字面上只是短暫失去記憶，肇因有很多，例如飲酒、癲癇發作、低血糖。我小時候並沒有發生短暫失憶，純粹只是記不得了。

「這是多重人格障礙症很典型的情況。」過了一會兒，她告訴我：「置身事外是一種脫離創傷經歷的方法，一種應對機制。」她又說了一次，彷彿幾分鐘前沒說過似的。

「跟我說說這個女人。」我說。我打算逮到她說謊的小辮子。我敢說她遲早會自相矛盾。

「這個叫卡蜜兒的女人。」

她告訴我人格有百百種。迫害者人格、保護者人格等等。她尚未確定這個年輕女人是哪一種。因為有時候她會替我挺身而出，但更多時候她對我充滿恨意。她憤世嫉俗，態度挑釁。這是一種愛恨交織的關係。她恨我。同時也想變成我。

小女孩不知道我的存在。

「貝爾格警官擅自做了一些研究。」她說，「妳母親死於難產，對嗎？」她問。我說沒有錯。子癇前症。我父親從未聊過這件事，但每次提起她的名字，他目光含淚的樣子，我就知道這對他而言肯定很難熬。失去她，獨自撫養我長大。

「六歲的時候，妳父親再婚。」她說，但我反駁這個說法。

「不，他沒有。」我說，「一直都只有我和我父親。」

「妳說妳不太記得妳的童年，醫師。」她提醒我，但我把還記得的事告訴她：十一歲的時候，和爸爸住在城裡。他搭電車上班，然後在十五、六個鐘頭後，醉醺醺地回家。

「我記得。」我說，儘管我不記得在這之前的事，但我相信情況一直以來都是如此。

她從公事包拿出文件，告訴我在我六歲那年，我父親娶了一個名叫夏綠蒂．施耐德的女人。我們住在印地安納州的霍巴特，我父親在一間小公司當銷售員。過了三年，在我九歲的時候，我父親和夏綠蒂離異。原因是無法化解的歧見。

「妳能跟我談談妳的繼母嗎？」她問。接著我告訴她：「不能。妳搞錯了，貝爾格警官搞錯了。從來沒有什麼繼母，一直都只有我和我父親兩個人。」

她給我看一張照片。我、我父親和某個美麗的陌生女子站在一棟我不認識的房子前。房子很小，只有一樓半，幾乎被四周的樹林給吞沒。車道上停了一輛車。我不認識那輛車。

父親看起來比我印象中年輕，帥氣又有活力。他側眼看著女人，目光沒有對上鏡頭。他的笑容發自內心，讓我有種奇怪的感覺。我父親不是一個愛笑的人。這張照片裡，他有一頭濃密的黑髮，眼角和臉上也沒有後來佈滿的那些鋸齒狀皺紋。

我還小的時候，父親給我取了一個小名。他叫我鼠兒。因為我是那種有妥瑞症傾向的孩子，總是喜歡皺鼻子，就像老鼠一樣。

「今天稍早我拿出這張照片時，那個小孩人格非常不能接受，莎蒂。她跑到房間的角落，開始在紙上瘋狂塗鴉。她畫了這個。」她說著，把畫舉起來，再讓我看一次。那肢解的屍體、那一灘灘的血泊。

「這時候妳大約十歲。妳父親聲請了保護令禁止妳繼母的騷擾。他賣掉你們在印第安納州的房子，帶著妳搬到芝加哥。他換了一份工作，在百貨公司重新開始。這妳記得嗎？」她問，但我不記得。起碼不是全都記得。

「我得回去我家人身邊了。」反之，我這樣告訴她。「他們肯定很擔心我，納悶我跑去哪裡了。」但她說我的家人知道我在哪裡。

我想像威爾、奧圖和泰特待在家裡，身邊少了我的陪伴。我好奇暴風雪是否減弱，渡輪是否恢復航行，威爾是否來得及接泰特放學回家。

我想起警方前往家中取毛巾和刀子的時候，奧圖在家。

「我兒子在這裡嗎？奧圖在這裡嗎？」我問，懷疑我是不是已經不在公共安全大樓裡了，他們是不是把我帶到了其他地方。

我環顧四周，只見一個沒有窗戶的房間、一堵牆、兩張椅子和地板，完全沒有辦法得知我人在哪裡。

我問女人：「我在哪裡？我什麼時候可以回家？」

「我只剩下最後幾個問題。」她說，「妳好好跟我配合的話，我們就能讓妳快點離開這裡。當初妳抵達警局的時候，妳告訴貝爾格警官妳家有一條沾滿血的毛巾，連同一把刀。」

「對。」我告訴她，「沒有錯。」

「貝爾格警官派人去妳家，把整棟房子進行徹底搜查，但一樣都沒找著。」

「他們搞錯了。」我提高音量說，血壓瞬間升高，在眉間形成一股輕微的疼痛。我按壓著頭痛的地方，眼見房間四周開始移動，陷入模糊。「我兩樣東西都看到了。我非常肯定在那邊。警方找得不夠仔細。」我很堅持，因為我知道我沒錯。真的有毛巾和刀子，那不是我的幻覺。

「另外還有一件事，福斯特醫師。」她告訴我，「妳先生給予警方許可去搜查你們家。他們在那裡發現了班恩斯太太失蹤的手機。妳能告訴我們手機怎麼會在你們家，還有妳為什麼沒有交給警方呢？」

「我不知道她的手機在我們家。」我防備地說，聳聳肩膀，告訴她我無法解釋。「警方在哪裡找到的？」我問，心中出現一線生機，摩根命案的解答可能就在她的手機裡。

「說來奇怪，警方發現那支手機放在妳家壁爐架上充電。」

「什麼？」我不敢置信地問。這時，我想起那支沒電的手機，我以為是愛麗絲的那支手機。

「我們問過妳先生。他說不是他放的。是妳把手機放在壁爐架上的嗎，福斯特醫師？」她問。

我告訴她是我放的。

「妳拿走班恩斯太太的手機做什麼？」她問。這我可以解釋，儘管說出來令人難以置信，但我告訴她我是在床上發現了摩根的手機。

「妳在妳的床上找到班恩斯太太的手機？妳先生跟警方說過妳愛吃醋，疑心病很重，無法忍受他和其他女人說話。」

「才沒有這回事。」我激動地說，很氣威爾這樣形容我。每次我指控他外遇，都有很好的理由。

「妳是不是嫉妒妳先生和班恩斯太太的關係？」

「沒有。」我說，但想當然耳那是謊言。我是有點嫉妒。我很沒有安全感。有鑑於威爾的過往，我完全有權這麼想。我試圖向她解釋，告訴她威爾的過去，威爾的婚外情。

「妳認為妳先生和班恩斯太太在搞婚外情嗎？」她問。老實說，我確實這麼想。我懷疑過一陣子。但我絕對不會因此而有所行動。現在我知道他們之間所擁有的不是婚外情，而是另外更深層的感情。威爾和摩根與他的前任未婚妻擁有共同的羈絆、共同的情感。他聲稱絕對沒有多過我的那份愛。但不知怎地，我想他比較愛她。

我越過桌子，牽起她的雙手說：「妳一定要相信我。我沒有做出任何傷害摩根的事。」她把手抽開。

那個當下，我感覺我的靈魂出竅了。我看著另一個我癱坐在椅子上，對著一個女人說話。「我相信妳，福斯特醫師。真的。我不認為這件事是莎蒂做的。」那女人說著說著，聲音越來越模糊，我跟著漸漸溜走，沒入水中，直到整個房間完全消失在視線之外。

# 威爾

警方讓我進那個房間。莎蒂在裡面。她背對著我，坐在一張椅子上。她的肩膀下沉；雙手捧著腦袋。從背面看，她看起來大概只有十二歲。她的頭髮亂成一團；身上穿著睡衣。

我放輕腳步。「莎蒂？」我輕聲詢問，因為那也許是她，又也許不是她。在我能好好看她一眼之前，不會知道她是誰。生理特徵不會改變。永遠是褐色頭髮和褐色眼珠，一樣修長的身材，一樣的膚色和鼻子。改變在於她的態度、她的舉止，以及她的姿態：她站立和走路的方式。在於她說話的方式，她的遣詞用字和音調。在於她的行為。她是挑釁或端莊、掃興或笨拙、輕鬆自在或緊張兮兮。是過來挑逗我還是躲在角落，在我每次碰她的時候像個小女孩哭著找爸爸。

我太太是一條變色龍。

她看著我，一臉狼狽。她眼底含著淚水，我就是這樣知道她要嘛是那孩子，要嘛是莎蒂。因為卡蜜兒絕對不會哭。

「他們認為是我殺了她，威爾。」

是莎蒂。

莎蒂說話時語氣很慌張，就像平常一樣神經兮兮的。她從椅子上起身，朝我走來，湊到我身邊，雙手摟住我的脖子，表現得很黏人，不像莎蒂平時會做的事。但現在她已經是狗急跳牆，心想我會像往常一樣幫她說話。但這次不會了。

「喔，莎蒂。」我摸著她的頭髮，表現得溫柔如常。「妳在發抖。」我說著，把身體抽開，與她拉開一隻手臂的距離。

我已經是表達同情心的專家。眼神接觸，主動聆聽。多問問題，避免批評。我連閉著眼睛都做得到。偶爾使用眼淚攻勢也有益無害。

「我的天啊。」我說。我放開她的雙手，伸手拿我早先放在口袋裡的面紙，上面沾了足夠讓我哭出來的薄荷腦劑量。我輕擦雙眼，再放回口袋，讓淚腺開始上工。「總有一天貝爾格會後悔這樣對待妳。我從沒見過妳那麼傷心。」我捧著她的臉對她說，深情款款看著她。「他們對妳做了什麼？」我問。

她開口說話時，聲音十分尖銳。她很慌，我從她的眼神看得出來。「他們認為是我殺了摩根，說我這麼做是因為我嫉妒你和她的關係。我不是殺人兇手，威爾。」她說，「你是知道的。你得告訴他們。」

「當然了，莎蒂。當然了。」我說謊，我總是她的救星。總是。每次都是同一套戲碼。「我會告訴他們。」我說，但我並不會。我可沒打算為了她而冠上妨礙司法的罪名，儘管莎蒂本人絕對不可能殺人。這就是卡蜜兒派上用場的時候了。

老實說，比起莎蒂我更喜歡卡蜜兒。她第一次對我表明身分的時候，我以為莎蒂在逗著我玩。但不是。這是真的。簡直美好得難以置信。因為我發現有個活潑狂野的女人住在我老婆的體內。比起我娶回家的女人，她更讓我神魂顛倒。這就像在礦山中發現黃金。

症狀發作的時候，改變極為徹底。我已經經歷了夠長的時間，很清楚什麼時候蛻變正在發生。我只是永遠不知道在她蛻變後我會遇見誰，最後會和蝴蝶還是青蛙在一起。

「你得相信我。」她祈求著說。

「我當然相信妳，莎蒂。」

「我覺得警方企圖要陷害我。」她說，「但我有不在場證明，威爾。她遇害的時候我和你在一起。他們把不是我做的事怪到我頭上！」她激動大叫。我走向她，把她美麗的小腦袋捧在手裡，告訴她一切都會沒事的。

就在這時，她想起某件事，往後縮了一下。

「貝爾格說你打電話給他。」她說，「他說你打給他，收回你那天晚上的證詞。他說你坦承我其實沒有和你在一起，我出門遛狗了，而你不知道我去了哪裡。你說謊，威爾。」

「他們是這樣跟妳說的嗎？」我問，嚇得目瞪口呆。我張大嘴巴，眼睛圓睜，搖搖頭說：「他們騙人，莎蒂。他們在說謊，企圖讓我們反目成仇。這是一種計謀。妳不能把警方說的話照單全收。」

「你為什麼不告訴我摩根是艾琳的妹妹？」她轉移話題問道，「你何必隱瞞我。我會諒解的，威爾。我會諒解你需要與某個艾琳心愛的人聯絡。要是你有告訴我就好了。我絕對會支持你的。」她說。這些話聽起來簡直可笑，真的。我以為莎蒂還算聰明呢。她還沒按現有事實做出合理的推論。

我不需要和摩根聯絡。我需要的是切斷聯絡。我們搬來這裡的時候，我根本不曉得她住在這座島上。要是我知道的話，我們就不會來了。

想像我在十年後第一次見到她有多驚訝。我本來也是可以讓過去的事過去，但摩根就是不肯既往不咎。

她威脅要告發我，告訴莎蒂我幹過的好事。她留下艾琳的照片讓莎蒂發現。但被我先發現了，放進我以為莎蒂絕對不會去看的地方。她會看見純粹是我運氣差。

我殺死艾琳的那晚，摩根還是個小屁孩。她聽見我們在吵架，因為艾琳在校外愛上了別的傢伙。她返鄉是為了解除婚約。她打算把婚戒還給我。艾琳才離開幾個月，但到了寒假，她整個人已經變得趾高氣揚。她以為她比我優秀，是姊妹會的成員。而我仍住在家裡，上社區大學。

摩根打小報告對所有人說她聽見我們前一晚在吵架，但比起我，沒人會相信一個十歲小孩說的話。我也把心急如焚的男友角色扮演得很好。我竭盡所能表現得傷心欲絕。當時沒人知道艾琳已經和別人交往。她只有告訴我。

那晚的證據——暴風雪，街道上的結冰路面，視線不佳的環境——也難以追溯。我做足了預防措施。他們找到她的時候，她的身體沒有外傷，也沒有掙扎的痕跡。窒息是極度難以察覺的死因。基於天氣的狀況，警方也沒有做毒物測試。沒人考慮到艾琳可能是死於體內有大量的鎮定劑贊安諾；死於缺氧，死於套在她頭上的塑膠袋。這些警方完全沒考慮。他們一次也沒想過是我在她死後，抽掉她頭上的塑膠袋，把她搬到駕駛座上，替車子打上D檔，目睹她的屍體一路開進池塘。然後我沿路走回家，感激大雪掩蓋了我的足跡。不，他們只考慮到結冰的路面，艾琳的腳她在路面打滑掉進冰冷湖水的不爭事實——但歸根究柢，還是有待商榷。因為事情根本不是那樣發生的。

蓄意謀殺簡直易如反掌，輕輕鬆鬆就能逃離法律的制裁。

我繼續過我的日子，遇見莎蒂，墜入愛河，然後結婚。接下來換卡蜜兒登場。她用莎蒂絕對辦不到的方式照顧我。我不敢想像這些年來她為我所做的一切。摩根不是她第一個為了我殺掉的女人。還有凱莉．萊姆爾，在我班上一個指控我性騷擾的學生。

莎蒂再度開口說話。「他們說我有人格分裂症，說我只是眾多人格中的一個，說我體內住了其他人格。」她說，「這實在太扯了。我是說，如果身為我丈夫的你都不知道，他們怎麼可能看得出來？」

「這也是我愛妳的眾多原因之一。妳變幻莫測，天天都有不同面貌。我可以告訴妳，莎蒂——妳永遠充滿新鮮感。我只是從沒依妳的狀況提出判斷。」我說。不用說，這是個謊言。我對於她的狀況知情已久。我學會善用這個狀況做出對我有利的事。

「你知道？」她不敢置信地問。

「這是好事，莎蒂，是不幸中的大幸。妳看不出來嗎？警方不認為是妳殺了摩根。他們相信是卡蜜兒下的手。妳可以用精神障礙為由進行無罪辯護。妳不必去坐牢。」

她大口喘氣，面如槁木。從旁邊看太有趣了。「可是我會被送進精神病院，威爾。我就不能回家了。」

「總比坐牢來得好，是吧，莎蒂？妳知道在牢裡會發生哪些事嗎？」

「可是威爾，」她告訴我，如今顯得絕望。「我沒瘋。」

我從她身邊走開。我走到門邊，因為我們兩人唯獨我擁有離開的自由。這是一種權力。我回頭看她一眼，臉色明顯變得冷淡，因為我已經受夠了虛偽的同情。

「我沒瘋。」她又對我說了一遍。

我不發一語。說謊可是不道德的。

# 莎蒂

威爾離開一段時間後，貝爾格警官走進房間陪我。他讓房門開著。

我知道我的權利。我要求見律師。

但他只是心不在焉地聳聳肩說：「沒必要。」因為他們準備要放我走。他們沒有羈押我的證據。我說我發現的兇器和毛巾到處遍尋不著。目前警方的推論是我為了擺脫偵查而編造出這兩樣東西。但這他們也無法證明。他們說我殺了摩根，說我轉變成另一個人格，親手殺了她。但警方需要合理依據才能逮捕我。他們要的不只是嫌疑。就連尼爾森先生的證詞都不夠充分，因為那無法證明我有出現在犯罪現場。家中的手機也一樣。這些全是間接證據。

一切感覺有如幻象，我無法向我部分的人生負責，包括那天晚上。我不是沒可能謀殺了那可憐的女人——或許是我某個人格做的——儘管我不知道為什麼。貝爾格警官拿給我看的那些照片浮上腦海，我忍住想哭的衝動。

「需要打電話聯絡妳先生來接妳嗎？」貝爾格警官問，但我說不用了。老實說，我有點氣威爾把我獨自留在警局。儘管外面天氣仍舊惡劣，但我需要獨自思考。我需要新鮮空氣。

貝爾格警官提議載我一程，但我也婉拒了他。我需要擺脫他。

我準備脫掉貝爾格警官給我的外套時，他阻止了我，說我應該穿著。他改天再去拿回來。

外面天色漆黑。太陽已經下山。整個世界一片雪白，但目前雪已經停了。車流移動得很緩慢，車燈照射著路邊的雪堆。輪胎刮擦在被壓實的雪地上。街道一片混亂。

雖然我的腳上穿著拖鞋，但拖鞋可稱不上鞋子。拖鞋是有假皮草的針織鞋，只會吸收水氣，讓我的雙腳紅腫發麻。我的頭髮今天還沒梳過。我不曉得我看起來是什麼樣子，不過我敢猜大概和瘋婆子沒兩樣。

我走在相隔短短幾條街的回家路上時，稍微拼湊整理過去幾個鐘頭的時間線。我留奧圖跟毛巾和刀子獨處。警方到家中搜查，但等他們開始找的時候，東西已經不見了。有人確實對毛巾和刀子動了手腳。

朝我們家那條街走去的時候，我把頭低下，交叉雙臂，以抵禦夜晚的強風。地面的雪依舊被風吹個不停。大街上到處是一塊塊結冰的路面。我在上面打滑，摔了一次、兩次、三次。直到第三次才有好心人過來扶我起來，把我當成了醉漢。他問需不需要打電話請某人來接我，但這時我已經差不多快到家了，只剩我們家前面的斜坡要爬，我卻走得如此笨拙。

到家時，我透過窗戶看見威爾坐在沙發上，壁爐燒得火熱。他蹺著二郎腿，陷入沉思之中。泰特在屋內跑來跑去，開心地笑著。他經過威爾身邊時，威爾搔他的肚皮，他開懷大笑。泰特拔腿跑上二樓，離開威爾身邊，然後就不見了，到房子別處我看不見的地方。威爾回到沙發上，緊扣十指擱至後腦勺，往後一躺，似乎心情很好的樣子。

二樓窗戶亮著燈，是奧圖和伊莫金面對街道的房間，然而窗簾是拉上的。除了窗戶發光的外緣，我什麼也看不見。不過我很訝異伊莫金竟然在家。傍晚這個時候，她通常不在家的。

房子從外面看起來完美無瑕，詩情畫意，正如我們第一天搬來的模樣。屋頂和樹梢被白雪覆蓋，草坪也不例外，一片閃爍的銀白色。雪雲已經散開，月光照亮著這幅如畫一般的景色。壁爐從煙囪噴出煙霧。儘管外面的世界冰天雪地，屋內卻看起來舒適又溫暖，無庸置疑。

眼前的場景毫無瑕疵，彷彿威爾和孩子們不等我就自己搬了進來，沒人注意到我不在家。但就是這毫無瑕疵的事實讓我直覺認為有事不對勁。

# 威爾

大門砰一聲打開。她站在那裡，整個人彷彿歷經風霜，狼狽不堪。

幸好貝爾格有事先告訴我警方會釋放她。

我掩飾我的驚訝之情，起身走向她，用雙手捧住她冰冷的臉。「喔，謝天謝地。」我說著，把她擁入懷裡。我憋住呼吸，她聞起來有股酸臭味。「他們總算恢復理智了。」我說。但莎蒂冷淡地掙脫我的懷抱，說我把她丟在那裡，說我拋棄了她，把整件事搞得非常戲劇化。

「我才沒有。」我說著，從她容易失憶的弱點下手。莎蒂大約有四分之一的對話都不記得自己說過。這情況對我而言已是稀鬆平常，但對她的同事之類的人來說相當麻煩。這讓莎蒂很難交朋友，因為表面上她看起來喜怒無常又冷漠。

「我跟妳說過我確定孩子們平安無事後就立刻趕回去啊。」我說，「妳不記得了嗎？我愛妳，莎蒂。我絕對不會拋棄妳。」

她搖搖頭。她不記得。因為壓根兒沒有發生。

「孩子們在哪裡？」她邊問邊探頭尋找他們。

「在他們的房間裡。」

「你本來打算什麼時候回警局？」

「我一直在打電話找人過來幫忙看孩子。我不想放他們整晚獨自在家。」

「我為什麼要相信你？」她問。好一個懷疑主義者。她想看看我的手機，看我打電話給誰。還好幸運之神眷顧我，最近的通話紀錄裡正好有一些莎蒂不認識的號碼。我替那些號碼一一安上名字。安德魯、同事，還有莎曼莎，我的研究生。

「妳為什麼不相信我？」我反問，扮演受害人的角色。

我們聽見泰特在二樓的床上跳來跳去。整棟房子因此隆隆作響。

她覺得筋疲力盡，搖搖頭說：「我不知道還能相信什麼了。」她揉揉前額，試圖整理思緒。她這天過得夠折騰的了。她不明白刀子和毛巾怎麼會平白無故消失。她氣急敗壞地問我。她在做垂死的掙扎。

我聳聳肩反問：「我不知道，莎蒂。妳確定妳真的看見了嗎？」偶爾故弄玄虛有益無害。

「我看見了！」她說，迫切想要讓我相信她。

這件事如今有了警方的涉入變得有點難搞，不像上次進行得如此順利。我做這種事通常很乾淨俐落。舉凱莉．萊姆爾的例子來說好了。當時我要做的，就只是等卡蜜兒現身，把想法灌輸到她的腦袋裡。卡蜜兒耳根子軟，莎蒂也容易受影響，只不過莎蒂不是那種使用暴力的人。我大可自己動手，但眼前有個人對我唯命是從，我何必自找麻煩呢？我把眼睛都哭腫了，把凱莉的威脅一五一十告訴她，說她是怎麼控訴我對她性騷擾，說我真恨不得她能消失，離我遠遠的。要是凱莉履行她的威脅，我的事業和名聲都將毀於一旦。他們會把我從她身邊帶走，把我關入大牢。我告訴她，*她打算毀了我的生活。她打算毀了我們的生活。*

我沒有具體要求卡蜜兒去殺了她。

然而，幾天後，凱莉還是死了。

事情發生在可憐的凱莉．萊姆爾失蹤的那一天。那是一場大規模的搜索。據說前一天晚上她參加了一個兄弟會的派對縱酒狂歡。她獨自離開派對，喝得醉醺醺，跌跌撞撞離開屋子。派對上有幾個人親眼看見她跌落門廊的階梯。

凱莉的室友一直到隔天早上才回家。她到家時，發現凱莉的床沒有睡過的痕跡，才明白凱莉前一晚沒有回家。

校園內的監視攝影機拍到凱莉步履蹣跚經過圖書館，以及摔進學院旁邊院子裡的畫面。這實在不像凱莉，她平常酒量非常好，至少觀看監視影片的學生是這麼說的。彷彿酒量好是什麼值得吹噓的事情。她的父母要是知道他們每年支付五萬美金得到了什麼，肯定會非常驕傲。

監視影片裡有許多盲點，攝影機拍不到的黑洞區。那天晚上，我出席了一場教職員活動。大家都有看到我。倒不是說我曾經被當成嫌疑犯，因為根本沒人遭到懷疑。不同於這次，那次事情進行得如魚得水。

離校園不遠處有一條提供校隊練習划船的污穢運河。水深超過三公尺，據說水源遭到污水污染，如果謠言屬實的話。一條枝繁葉茂的慢跑小徑與運河平行，整條小徑都被樹蔭遮蔽。

失蹤了三天後，凱莉從運河浮現。警方根據她尋獲的樣子稱她為漂浮女。她被發現的時候，大部分的身體隨著運河水面輕快地上下起伏，沉重的頭部則沒入水中。

死因：意外溺水。每個人都知道她喝醉了，走起路來跌跌撞撞。每個人都看見了。警方很容易假設她是因為喝醉了，獨自摔進運河裡。

全校學生齊聲哀悼。運河邊的一棵樹下放了許多花束。她的父母從波士頓飛來，在事發現場留下她兒時的泰迪熊。

卡蜜兒告訴我的是，凱莉從頭到尾都沒有在水中激烈掙扎。她壓根兒沒有拚命喘氣，大叫救命。相反地，她只是虛弱無力地在水面浮浮沉沉了一陣子。她的嘴巴沉到水裡，然後又浮上來，然後又沉下去。

就這樣持續好一陣子，頭往後仰，眼睛呆滯無神。

就算她有使勁踢水，卡蜜兒說，她也看不出來。

她像那樣掙扎了將近一分鐘，最後沒入水中，靜悄悄地沉進水底。

照卡蜜兒的說法，溺水聽起來實在平淡無奇，讓人沒勁，真要我說的話，挺無聊的。

這次只能算我倒楣，莎蒂趕在我之前拿走那籃髒衣服。

我一時疏忽了。因為解決掉摩根的那一晚，卡蜜兒轉變成莎蒂的過程發生得太快，害我得清理爛攤子。她的衣服我燒了，刀子我也埋了。我只是沒料到莎蒂會去洗衣服。我怎料得到呢？她從來沒做過。我也一直不知道卡蜜兒拿走了摩根的項鍊，直到今天早上才看見項鍊擱放在流理台上。

那晚，卡蜜兒應該對自己站立的位置更加注意。她早該料到鮮血會飛濺而出。畢竟這不是她初次犯案。但她回家時，渾身沾滿了血，必須由我幫她擦乾淨，在刀子和毛巾上留下自己的指紋。這我可不能讓警方發現。

莎蒂搓搓臉，又說了一遍。「我只是不知道還能相信什麼了。」

「今天過得很漫長，壓力很大的一天。而妳到現在都還沒吃藥。」我說。這句話突然讓她恍悟，她沒吃藥就去睡了。她今天早上完全忘記得吃藥。我之所以知道，是因為那些藥仍在我所放置的地方。

這就是她會有這種感覺的原因，她沒吃藥的時候總是有種失控感。她迫切伸手把藥吞下，知道過不久她就會重新感覺像她自己。

我差點大笑出聲。這些藥根本沒用。藥有效與否只是莎蒂的想像，所謂的安慰劑效應。她以為只要吞顆藥就能自然讓她舒服一點。頭痛，吞幾顆泰諾鎮痛藥。流鼻水呢？吞幾顆速達菲。

你以為身為醫師的莎蒂會比一般人理智吧。

我在網路上買了這些空膠囊，換掉醫生開立的藥粉，在裡面填入玉米澱粉。莎蒂像個乖孩子按時服用。有時候她會抱怨這些藥讓她疲倦昏沉，但那只是因為那些原本的藥會有這些副作用。

她有時實在很容易受他人影響。

我替莎蒂煮晚餐。我替她倒一杯紅酒。我帶她到餐桌前坐下，並在她吃東西時按摩她冰冷骯髒的雙腳，看起來斑駁又蒼白。

她在餐桌前打盹，累得坐著睡著了。

但她頂多睡了幾秒鐘。醒來時，她累得口齒不清，昏沉沉問了一句：「你怎麼冒著暴風雪回家的？奧圖說渡輪沒開。」

一堆問題，一堆該死的問題。

「我搭水上計程車。」

「幾點的時候？」

「我不確定，時間剛好來得及接泰特。」

她慢慢清醒過來，說話變得清楚。「他們把孩子留在學校一整天？外面是暴風雪耶？」

「學校把他們留到家長來接他們為止。」

「所以你直接去學校？你沒有先回家？」她問。我告訴她沒有。她在編湊一條時間線。我好奇為什麼。我告訴她我搭了水上計程車回到小島，接泰特放學，回家，然後去公共安全大樓找她。

這些只有部分是實話。

「你回家的時候，奧圖在幹嘛？」她問。

我得快點讓她閉嘴。因為她的好奇心是阻止我逍遙法外的唯一變數。

# 莎蒂

我站在房間裡，翻遍抽屜，找一套乾淨睡衣來替換身上這一套。我需要沖個澡。我的雙腳發疼，雙腿青一塊、紫一塊。但這些事全都不足掛齒，因為我心上還有其他更大的擔憂。那靈魂出竅的經歷，那正在發生的事，不可能真的是發生在我身上的吧。

我突然轉身，意識到自己不是一個人。那是一種抽象的感覺，彷彿有東西爬上我的脊髓。

奧圖無預警走進主臥室。本來不在那裡的他，突然就出現了。我被他嚇了一跳，伸手按住心臟的位置。我走到他面前。他的病徵如今已經清楚可見。

他沒有說謊。他病了。他摀嘴咳嗽，眼神空洞，發著高燒。

我想起上次和奧圖的對話，他提到是我把刀子放進他的書包。萬一那個女警所說屬實，那不是我做的，而是我體內一個叫卡蜜兒的人格做的呢？我的內疚感深如大海。奧圖不是殺人兇手。更有可能的人，是我。

他對我說：「妳去哪裡了？」接著再次咳嗽，嗓音前所未有的沙啞。

威爾沒有告訴孩子們我在哪裡。他沒有告訴他們我不會回家。他準備等多久才要告訴他們？他會怎麼說，他會用哪些字眼告訴我們的孩子我遭到警方逮捕？他們詢問原因時，他又會怎麼說？說他們的母親是殺人犯嗎？

「妳就這樣一聲不響地走了。」他說。我看見他內心始終是個孩子。我想他很害怕，擔心自己找不到我。

我含糊地說：「我有些事必須處理。」

「我以為妳在家。我在外面看見爸，才知道妳不見了。」

「你看見他和泰特從外面回來？」我猜想。我想像威爾那輛小轎車在暴風雪中披荊斬棘往前開，無法想像那輛小車是怎麼辦到的。

但奧圖告訴我不是，那是在泰特回家之前的事。他說我們在客廳聊完不久，他就改變主意了。他很餓。他終究還是想吃那片吐司。

奧圖說他下樓找我。但我不在。他到處找我，瞥見威爾在後院的雪地裡走來走去。

但奧圖搞錯了。他在後院雪地裡看見的不是威爾，是我。

「那是我。」我告訴他，「我打算把狗帶進屋子。」我說。我沒有告訴他那把刀的事。

現在我才明白當初在芝加哥的時候，關於那把刀的真相。一定是卡蜜兒把刀放進了奧圖的書包裡。他告訴我那晚在防火梯上，我說服他拿刀刺殺他同學的故事並不是幻覺。從奧圖的觀點，事情就如他所說的發生過。因為他看見我了。

而那些令人毛骨悚然的畫，那些奇怪的洋娃娃，都不干奧圖的事。那同樣是我的作為。

「是爸沒錯。」他搖搖頭說。

我發現我的雙手在顫抖，手心在出汗。我把雙手在睡褲大腿上抹了抹，再問一次奧圖在說什麼。

「爸在家。」他重複道，「在後院拿鏟子在鏟東西。」

「你確定是你爸爸嗎？」我問。

「為什麼不確定？」他問，對我的問題有點不爽。「我知道爸長什麼樣子。」他說。

「當然了。」我說，覺得頭暈喘不過氣。「你確定你是在後院看見他的嗎？」

我很慶幸他願意和我說話。經過今天下午的開誠布公，我很驚訝他還會這麼做。我想起他說的話。我永遠不會原諒妳。他有什麼理由原諒我呢？連我都無法為我做過的事原諒自己。

奧圖點頭，大聲地說：「我確定。」

威爾在鏟草坪？到底有誰會在這時候鏟草？

這時我才驚覺，威爾不是在鏟草。他是在雪地上挖找那把刀。

但威爾怎麼會知道那把刀的存在？我只有跟貝爾格警官說過。

答案呼之欲出，令我震驚不已。

威爾會知道那把刀，唯一可能就是把刀放在那裡的人是他。

## 威爾

莎蒂很快發現我的故事充滿漏洞。她知道是這間房子的某個人殺了摩根。她知道有可能是她自己。只要稍做調查，她很快就會發現——說不定她已經發現了——我才是在背後操控一切的木偶大師。這麼一來，她會把實情告訴貝爾格。

我不會讓這件事發生。我會先把她處理掉。

莎蒂吃完晚餐後，上樓梳洗準備睡覺。她很疲倦，但她的神經緊繃。今晚她不會輕易入睡。雖然她服的藥只是安慰劑，但這不表示我在藥局買的藥——那些我買來以備不時之需的藥丸——是假貨。只要把那些藥加上一點紅酒，瞧，我就替自己調了一杯致命的雞尾酒。

計畫最棒的部分是，在我們搬來緬因州前，莎蒂的精神狀況已經有完善的紀錄。加上今天發現的種種真相，她會自殺想起來也不為過。

一樁看起來像自殺的謀殺案。這是莎蒂說過的話，不是我說的。

我在櫥櫃最上方找到那些藥丸。我用研缽和研棒把藥丸磨碎。我轉開水槽的水掩飾研磨的聲音。那些藥丸不太容易溶解，但我自有辦法。每次莎蒂服藥後，向來樂意來一杯紅酒。雖然她應該比誰都清楚這些東西不適合混在一起吃。

我預期的症狀是某種形式的呼吸窘迫症。但誰說得準呢？服下致命劑量有太多可能出錯的情形。

我在腦海擬了一份遺書。要偽造遺書簡直易如反掌。我不能原諒自己。我不能繼續這樣過日子。我做了一件很糟、很糟的事。

莎蒂死後，整個家將只剩我、兩個孩子和伊莫金。這對我的家人是頗大的犧牲。因為身為負責養家餬口的莎蒂，壽險是保在她的身上。保險內有一項自殺條款，寫道如果莎蒂在保險生效的兩年內自殺的話，保險公司將不予理賠。我不知道保單是不是滿兩年了。如果是的話，保險公司將一次給付我們五十萬美金。想到這樣的前景，我不禁湧上一絲興奮。想到我用五十萬美金可以買哪些東西。我一直覺得我會喜歡住在船屋上的生活。如果還不滿兩年，我們什麼也拿不到。

但即便如此，我安慰自己，莎蒂的死仍有其價值，不算完全白費——其中最重要的是，我的自由。只是沒有任何財務上的收穫。

我暫時停止磨藥粉。一想到這我就傷心。我想也許在我查過條款前，最好先把莎蒂的自殺計畫擱置一旁。因為五十萬美金可是一筆不小的數目，浪費掉太可惜了。

但後來我重新想了一下。我暗自譴責自己。我不應該那麼貪心，物質欲望那麼強。還有更多重要的事情得考慮。

在莎蒂犯下那麼多罪行之後，我不能讓我的孩子繼續和一個怪物住在一起。

# 莎蒂

為什麼威爾要把刀埋進後院？有什麼理由讓他非得把刀挖出來，藏著不讓警方發現？

如果他拿走了刀，是不是也是他拿走了毛巾？拿走那條項鍊？

威爾騙我。他說他先去學校接泰特放學才回家，但事實完全相反。威爾知道我的情況，知道我會轉變成另一個人格，而他沒有告訴我。如果他知道我有潛在暴力的一面，為什麼不替我尋求幫助？

妳永遠充滿新鮮感，他說。有鑑於我現在已知的真相，說這種話簡直不負責任。

威爾在隱瞞某件事。我想，威爾隱瞞了很多事。

我好奇刀現在在哪裡，毛巾和項鍊又在哪裡。如果警方確實徹底搜過我家，那麼東西就不在這裡，而是在別的地方。除非警方搜查我們家的時候，威爾把這些東西帶在身上，過後再藏起來。這樣的話，東西可能還在家裡。

但萬一我才是殺死摩根的兇手，威爾為什麼要把這些東西藏起來呢？他是想保護我嗎？我不覺得。

我考慮貝爾格警官跟我說過的話，說威爾打給他，收回那晚他替我背書的不在場證明。威爾說摩根遇害的時候，他沒有和我在一起。

貝爾格警官是如威爾所說的在撒謊嗎？企圖讓我們彼此對立？

還是一切就像貝爾格警官所說的那樣發生過？威爾在陷害我嗎？

我把我對摩根那場命案所知的一切重新思考。那把剔肉刀。那些恐嚇信。妳什麼都不知道。敢告訴任何人，妳就死定了。我在看著妳。這麼做有幫助，但實在難以置信。我甩不掉艾琳和摩根是姊妹的這個想法。沒有比這更有力的證據了。因為她們兩人都已經死了。

我的心思迷失在我們結婚那一天，在我們迎接寶貝來到世上的那些日子。想到總是體貼善良的威爾、人見人愛的威爾、我認識了半輩子的威爾，可能是殺人犯，讓我心碎欲絕。我開始哭泣。但那是安靜無聲的哭泣，因為我非得如此。我用手摀住嘴巴，靠在臥室牆邊，身體差點倒下。我摀得用力，把哭聲抑制在內心深處。我的身體抽搐，淚流滿面。

我不能讓其他人聽見我在哭，不能讓他們看見我這副德性。我冷靜下來，嚐到威爾的晚餐湧上來進入食道的滋味。謝天謝地，我沒有吐出來。

現在我知道威爾涉入摩根的命案，因為當初艾琳的命案也跟他有關。我想艾琳並非喪生於一場可怕的不幸事故，而是被殺害的。但為什麼要殺了摩根呢？我回想那些恐嚇信，定下結論：她知道某件他不想讓這世界其他人發現的事。

趁威爾人在一樓，我開始在房間搜找那些失蹤的證物：那把刀、那條毛巾、摩根的項鍊。威爾太聰明了，不可能把這些東西藏在顯眼的地方，例如床墊底下或抽屜櫃裡。

我來到衣櫃前，在威爾的衣物內裡尋找秘密口袋，但一無所獲。

我趴下來，沿著木地板爬行。木板很寬，底下很有可能藏有秘密隔間。我用手指摸找有沒有鬆掉的木板，用眼睛掃視木板之間的高度和木紋是否有哪裡不同，但並沒有立刻引起我注意的地方。

我蹲在地上，開始思考。我讓目光在房間四周游移，想像如果威爾想把東西藏起來不讓我知道，還可能藏在哪裡。我考慮過傢俱、地板通風口、煙霧偵測器。我的目光來到電源插座上，每面牆的正中央都平均安裝了一個插座，總共四個。

我站起來，尋找梳妝檯裡面、床底下和窗簾後方。就在這時，第五個電源插座吸引了我的目光，就躲在厚重的窗簾後方。

這個插座不像其他插座平均安裝在每面牆的正中央。位置非常詭異，在我看來很不合理。就在另一個插座左邊三十公分處，湊近一看，與其他插座略有不同，不過一般人絕對不會注意到。只有深信自己老公有事欺瞞的人才注意得到。

我把目光停留在門口。我仔細聆聽，確定威爾沒有準備上樓。走廊漆黑空蕩，但並不寧靜。泰特今晚很皮。

我跪下，雙手撐地。我手邊沒有螺絲起子，便用拇指指甲插進螺絲頭。我轉啊轉，轉得指甲都歪了，手指頭也流出血。螺絲掉了出來。但插座蓋沒有從牆上掉落，而是打開，露出後面的小保險箱。裡頭沒刀、沒毛巾，也沒有項鍊，而是裝了一捆捆的鈔票，大多是百元鈔，百元鈔沾上我手指的鮮血。我的心在體內狂跳。

為什麼威爾要把這筆錢藏在牆內？

為什麼威爾要瞞著我藏這筆錢？

裡頭沒有其他東西。

我沒有替換保險箱裡的東西。我把錢藏在我的梳妝檯抽屜，把窗簾拉回原位。我從地上站起來，一手扶住牆壁穩住腳步。四周的世界天旋地轉。

鎮定下來後，我輕手輕腳走出房間，來到一樓。我屏住呼吸，緊咬著唇，一次走一階。

我快走到最後一階時，聽見威爾正在愉快地哼歌。我想他正在廚房洗碗盤。水槽流著水。

我沒有前往廚房，而是走進書房，轉動門把，輕輕關上身後的門，不讓彈簧門收縮時發出聲音。我沒鎖門；要是威爾發現我鎖門躲在書房，一定會引起懷疑。

我率先檢查搜尋紀錄，裡面什麼也沒有。所有紀錄都被刪得一乾二淨，包括早些時候我找到艾琳那篇死亡報導的搜尋紀錄，也跟著消失了。有人在我之後坐在這台電腦前，刪除了搜尋歷史紀錄，就像除掉了刀子和毛巾那樣。

我打開搜尋引擎，輸入艾琳的名字，想看看能找到什麼。但全是我之前看過的內容，有關暴風雪和她那場事故的詳細報導。這下子我才發現警方從來沒有對她的死進行調查，光憑天氣狀況就判定是一場意外。

我查了一下我們的財務狀況。我不明白威爾為什麼要把那麼大筆的錢藏在我們家的牆壁裡。威爾負責支付帳單。除非他剛好把帳單放在流理台上讓我看見，否則我一向不太注意。帳單就在我不知情之下來來去去。

我來到銀行網站。我們帳號和密碼差不多都是一樣的，依奧圖和泰特的名字及出生日做些變化。我們的活存帳戶和儲蓄帳戶看起來很完整。我關掉網頁，查看我們的退休帳戶、小孩的大學基金和信用卡結算餘額，看起來也很合理。

我聽見威爾在叫我，聽見他的腳步上樓又下樓，到處在找我。「我在這裡。」我大叫，但願他沒聽出我語氣中的恐懼。

我沒有縮小視窗，反倒輸入了另一個關鍵字：多重人格障礙症。他走進書房問起這件事時，我告訴他我想對我的病有更多了解。我們還沒談過為什麼他知道而我卻不知道我有這個病。這又是他一直以來隱瞞我的另一件事。

但既然現在我知道了，又出現了新的擔憂：我隨時可能憑空消失，讓另一個人取代我的位置。

「我替妳倒了一杯梅貝克紅酒。」他站在書房門口說，手裡拿著一只無梗酒杯。他走進書房，用沒拿酒杯的那隻手輕撫我的頭髮。他這樣一碰，我全身爬滿雞皮疙瘩。我費盡千辛萬苦不讓自己躲開他的觸摸。「卡本內喝完了。」他說。他知道那是我最愛的紅酒。梅貝克絕對比我喜歡的味道來得苦澀，但今晚不打緊。我什麼酒都願意喝。

他隔著我的肩膀看我登入的網站，那是一個條列各種症狀和治療方法的普通醫療網站。「希望妳沒生氣我對妳隱瞞這件事。」他帶著歉意說，「妳受到很大的打擊，我知道。但妳把這個病控制得很好。我一直看顧著妳，確保妳平安無事。早知道事情會演變成這樣——」

他驟然打住不繼續往下說。我抬頭看他。

「謝謝你。」我在他把酒杯放上桌面時，為那杯紅酒向他道謝。接著他告訴我：「妳今天經歷了那麼多，我想或許妳想喝一杯。」

我絕對可以好好喝上一杯，喝點能讓我平靜下來的東西。我拿起酒杯，微傾杯身湊到嘴邊，想像紅酒滑過喉嚨麻痺感官時那輕飄飄的感覺。

但我拿起酒杯時，手抖個不停，於是又立刻放回桌面，不希望威爾發現我因為他的緣故緊張得要命。

「這事妳別太過操煩。」他說著，伸出兩隻手，按摩我的肩頸。他的雙手溫暖又果決。他的手指慢慢往上來到我的頭皮，伸進我的頭髮，搓揉著後腦勺下方，我那經常因為緊張而頭痛的位置。

「我自己做了一些研究。」威爾說，「心理治療是最為推薦的療法，這種病沒有藥物可醫。」說得一副我得到的是癌症。

我納悶要是他那麼了解，為什麼過去從來沒建議我做心理治療。也許是因為我以前看過心理治療師。也許是因為他誤以為我已經在接受治療了。

又或者是因為他從來不想讓我好起來。

「我們明天早上再想辦法。」他說，「妳先好好睡一覺。」

他抽開放在我頭上的雙手。他來到椅子旁，輕輕把椅子一轉，讓我直視他。

我不喜歡他這樣輕易支配我的感覺。

威爾等了一下，然後雙膝跪下，直勾勾看著我的雙眼，溺愛地說：「我知道今天很難熬。明天會好一些的，對我們兩人都是。」

「你確定嗎？」我問。他告訴我：「我確定。我向妳保證。」

他用雙手捧住我的臉，溫柔地、小心地吻上我的唇，彷彿我一碰就會碎。他告訴我，我是他的全世界，他愛我的程度筆墨無法形容。

二樓傳來咚的一聲。泰特開始大叫。他從床上摔下來。

威爾往後退，閉起雙眼。過了一下子，他站起來。

他朝那杯紅酒仰了仰頭。「還想再喝一杯的話儘管叫我。」

一直等他離開後，我才敢大口呼吸。我聽見他上樓的腳步聲，聽見他大聲對泰特說他就來了。

## 威爾

連莎蒂這麼精明的人，很多事情一樣毫無頭緒。她不知道的還有很多。比如說，如果我用另一個裝置登入她的Google帳號——像現在我就在房間這麼幹——就能看見她的搜尋紀錄。

她一直在偷偷摸摸做壞事，到銀行官網查看。雖說她在那裡什麼也找不著。

不過她找到了其他東西。

幾分鐘前我進房的時候，是血害事情露餡的，從房門到窗簾的地面上不小心留下四滴血。我走向主臥室的窗簾，往後方探頭，看見插座蓋有些傾斜。我打開保險箱，錢不見了。

*那貪得無厭的母豬*，我心想。*她把那筆錢怎麼了？*

莎蒂如今找到了錢，不用多久她就會明白我一直在竊取伊莫金的信託基金。那女孩是個害蟲，但目前為止值得留在身邊。我正一步一步建立起自己的養老金。

根據莎蒂的搜尋紀錄，她也上網調查了艾琳和摩根，把所有疑點串聯起來。

也許她不是我所想的那般無知。

我把泰特哄上床睡覺。他因為摔了跤而悶悶不樂。我給他抗組織胺藥苯海拉明，告訴他這能讓他的小腦袋瓜舒服一些。我給的劑量比建議劑量略高一些。今晚他可不能醒來。

我在泰特頭部的摔傷處親一下，送他上床睡覺。他要求聽睡前故事，我答應了。我不擔心。不管莎蒂找到什麼，在她喝下紅酒的那瞬間都不再是問題。

一切只是遲早的事。

## 莎蒂

我必須想個辦法打電話給貝爾格警官，把我發現的證據告訴他。他不會相信我，但我還是得告訴他。他有義務調查。

從早上到現在，我還沒看見我的手機。我最後一次是在廚房見到它，就與我們的市內電話放在一起。那裡就是我要去的地方。

但想到離開書房令我害怕。因為威爾能殺了艾琳，也能殺了我。

我出發前深吸了幾口氣。我努力保持冷靜。我把紅酒帶在身邊，拿了一把刀刃夠鋒利的開信刀以防萬一。我把開信刀塞進睡褲的鬆緊帶褲頭，擔心會掉。

來到書房外頭的我，感到脆弱無助。房子感覺出奇安靜，異常陰暗。孩子們都睡了。沒人來和我說晚安。

廚房亮著一盞燈，光線微弱，不過是瓦斯爐上的光源罷了。我走過去，有如飛蛾撲火，一邊努力甩掉威爾站在我身後、威爾正看著我、威爾人就在此的錯覺。

如果是他殺了艾琳，他是如何下手的？是一怒之下的後果，還是另有預謀？摩根又是怎麼回事？她究竟是怎麼死的？

我感覺到開信刀滑進褲子裡。我把它往上推，但雙手不聽使喚，抖個不停，結果酒杯往一邊傾斜過度，酒灑了出來。我舔了舔杯緣，把酒擦乾淨。我噘起嘴，不喜歡梅貝克紅酒的苦澀味。

話雖如此，我又喝了一口，硬吞下肚，淚水刺痛我的眼睛。

後方傳來一個聲音把我嚇壞。我一轉身，只看見陰暗的玄關和模糊的餐廳。我定住不動，觀察是否有任何動靜，等待是否有任何聲響。這棟老房子有太多漆黑的角落，太多可以躲藏的地方。

「威爾？」我輕聲說，預期他會回應，但他沒有。沒有人回應。沒有人在那裡，至少我想應該沒有人在那裡。我屏息以待，聆聽腳步聲或呼吸聲。一片死寂。頭痛的感覺始終揮之不去，隨著時間過去越來越強烈，我發現自己因此變得燥熱煩悶。腋下和兩腿間的皮膚又濕又黏。我又喝了一口酒，企圖鎮定我緊張的神經。這次喝起來沒那麼苦了。我已經習慣了那股苦澀味。

我看見我的手機放在桌上。我匆匆穿過客廳，一把抓起手機，翻面一看發現電池再度沒電，差點哭出來。手機要充電充到能用的程度，得花上好幾分鐘的時間。還有另一個選項，室內電話，我們家的是有線電話。在廚房使用是唯一的辦法。我得動作快。

我走回廚房，拿起過時的室內電話。貝爾格警官的名片塞在流理台的信插架上，為此我深感慶幸，因為少了手機，我無法取得聯絡人資料。我撥打名片上的號碼，焦急等待警方快點接電話，一邊緊張地喝著那杯紅酒。

## 威爾

她從客廳走向廚房的時候，我跟在她後面。她在找我。她不知道我在這裡，比她想像的更近。

現在她在廚房裡走上走下，東摸西找。但我一聽見撥號盤快速旋轉的聲音時，就知道該是出面阻撓的時候了。

我走進廚房。莎蒂飛快轉身面對我，杏眼圓睜。她就像車頭燈下的一頭鹿，話筒緊緊握在耳邊。她嚇得屁滾尿流。髮際線冒著涔涔汗珠。她的臉色蒼白，呼吸急促。我幾乎看得見她的心臟怦怦作響，撞擊著胸口，像一隻害怕的小鳥。很高興看見三分之一的酒已經被她喝下肚。

我已經盯上她了。但她知道我的意圖嗎？

「妳要打電話給誰？」我平靜地問，只是想看她絞盡腦汁編造謊言的窘樣。但莎蒂從來不善於說謊，於是她只好裝聾作啞。這就是鐵證，不是嗎？我就是這樣得知她已經知道我在打什麼算盤。

我改變語氣。我已經玩膩了這場遊戲。

「把話筒放下，莎蒂。」

她不肯。我走近一步，從她手中搶過話筒，掛上電話。她企圖緊握不放，但莎蒂缺乏力氣。話筒毫不費力被我奪下。

「那可不是什麼好主意。」我告訴她。因為現在我生氣了。

我衡量我的選擇。要是她還不夠醉，我可能得脅迫她喝完那杯酒。但噁心嘔吐反而造成更大的麻煩。我想到另一個辦法。我還沒想到如何棄屍，今晚不行，不過把現場弄得像畏罪自殺，跟貝爾格以為她畏罪潛逃的效果差不多。比原先設想的計畫辛苦得多，但仍然可行。

別誤會我，我愛我的老婆。我愛我的家人。我內心其實是很掙扎的。

但事到如今已經無法回頭，這是莎蒂打開潘朵拉盒子的必然後果。要是當初她別多管閒事就好了。發生這種事都是她的錯。

## 莎蒂

我覺得頭昏眼花，驚慌失措，無所適從。因為威爾生氣了，整個人怒形於色，我從來沒見過他這樣的一面。我不認識站在我面前惡狠狠瞪著我的這個男人。他看起來依稀像是與我結婚的威爾，但又不太一樣。他的字句簡潔，口氣充滿敵意。他搶走我手中的話筒，這時我才確定一切不是我的幻覺。即使我對威爾是否涉嫌摩根的命案有過疑慮，如今也煙消雲散。威爾確實有鬼。

我每退一步，他就靠得更近。我知道我的背很快就會貼上牆壁。我得快點思考。但我的腦袋昏昏沉沉的。眼前的威爾開始失焦，但我看見他的雙手以慢動作朝我而來。

就在這時，我想起塞在褲頭的開信刀。我摸找那把刀，但雙手不停在顫抖，軟弱無力，卡在褲頭的鬆緊帶上，結果不小心把開信刀弄丟，沿著褲管往下滑，掉落地面。

威爾的反射速度比我快得多。他沒有喝酒。我卻老早覺得醉了，酒精比往常更快發作。威爾早我一步彎下腰，敏捷地從地上撿起開信刀。他把刀舉高讓我看清楚，問：「妳以為妳拿這東西要做什麼？」

廚房的微光映在不鏽鋼刀身上閃閃發光。他拿刀指著我，賭我會怕得退縮，我也如他所願。他嘲笑著我，笑聲令人髮指。

我們對身邊最親近的人到底有多了解。

到了這個節骨眼，我們才驚覺我們一點也不了解他們。

他那張憤怒的面容，看起來不再熟悉。

我不認識這個男人。

「妳以為妳可以用這個東西傷害我嗎？」他問，用刀刺他的手心。我這才發現，儘管刀刃鋒利得足以劃開紙張，但其實刀尖很鈍。除了把他的手心戳紅之外一無所用，連痕跡也沒有。「妳以為妳可以用這個東西殺了我嗎？」

我的舌頭開始在嘴裡腫脹，說話變得越來越困難。

「你對摩根做了什麼？」我問。我不會回答他的問題。

他仍在哈哈大笑。他告訴我，重點不是他對摩根做了什麼，而是我對摩根做了什麼。我的雙眼變得乾澀。我用力眨眼，連續眨了好幾下。這是緊張造成的痙攣。我停不下來。

「妳不記得了，對吧？」他問，伸手觸摸我。我連忙退後，腦袋撞上櫥櫃。疼痛自頭皮蔓延，我忍不住皺眉蹙額，伸手觸摸。

他大言不慚地說：「唉唷，看起來還真痛。」

我把手放下。我不會吭聲，讓他稱心如意的。

我想起過去他是如此溫柔體貼、善解人意。我以前認識的威爾，會在我受傷時飛奔拿冰塊，把我扶到椅子上，把冰塊敷在我撞痛的頭上。難道一切都是在演戲嗎？

「不是我對摩根做了什麼，莎蒂。」他說，「下手的人是妳。」

但我不記得了。我對此猶豫不定，不知道自己到底有沒有殺害摩根。不知道自己有沒有奪取另一個人的性命，是一件很慘的事。「你殺了艾琳。」我說。這是我唯一想得到的反駁。

「她是我殺的沒錯。」他說。雖然我已經心知肚明，但聽見他親口承認，不知怎地讓我感覺更糟了。淚水湧上眼眶，險些滑落。

「你愛艾琳。」我說，「你本來要娶她的。」

「都沒說錯。」他說，「問題是，艾琳不愛我。我處理分手的反應不太好。」

「那摩根有哪裡對不起你了？」我放聲大喊。他露出邪惡的微笑，提醒我殺死摩根的人是我。

「妳該問的是，摩根有哪裡對不起妳？」他諷刺地說，我只能拚命搖頭作為回應。

他告訴我：「我不想說太多細節煩妳，不過我還是說吧。摩根是艾琳的妹妹，她的人生目標就是要把艾琳的死怪到我頭上。全世界都把她的死視作一場不幸的事故，但摩根不這麼想。她就是不肯放棄。妳親自處理了這件事，莎蒂。多虧有妳，我才能毫髮無傷度過這個難關。」

「沒這種事！」我尖聲大叫。

他有如冷靜的化身。他的聲音平淡，不像我起伏不定。「可是是真的。」他說，「妳回來的時候，曾經有那麼一刻對自己完成的任務自豪不已。妳說了好多，莎蒂，像是她永遠沒辦法阻礙我們了，因為妳解決了她。」

「我沒有殺她。」我堅稱。

他笑得咯咯作響。「妳有。」他說，「而妳是為我下的手。我想那天晚上應該是我這輩子最愛妳的時候了。」他燦笑著說，「我唯一做的只是據實以告。我告訴妳萬一摩根履行她的威脅，我會有什麼下場。如果她能向警方證明我殺了艾琳，我就得吃上好長一段時間的牢飯，說不定要一輩子。他們會把我從妳身邊奪走，莎蒂。我告訴妳我們再也無法見到彼此，永遠不會在一起了。如果發生這種事，將全是摩根的錯。摩根才是犯人，不是我。我向妳傾訴，而妳懂我。妳相信我。」

他擺出得意洋洋的表情。「妳沒有我就活不下去，對吧？」他問，像個瘋子戲謔地看著我。

「怎麼了，莎蒂？」見我不發一語，他問道：「妳成啞巴了嗎？」

他那些話、那冷酷無情的態度讓我火冒三丈，笑聲更是讓我勃然大怒。最終讓我失去理智的，就是那個笑聲，那泯滅人性的可憎笑聲。是威爾臉上那沾沾自喜的表情，是他歪著頭站在那裡的姿態。是那志得意滿的笑容。

威爾利用我的病情操弄我。是他逼我這麼做的。他在我腦海植入想法——植入到我體內某個叫卡蜜兒的女人腦中——他知道這個可憐的女人，這個版本的我，願意不惜一切為他做任何事。因為她非常愛他。因為她想和他在一起。

我為她感到難過，為我感到憤怒。

這股情緒打從心底油然而生，完全不經思索。

我用盡所有力氣衝向威爾，但才踏出一步我就後悔了。因為儘管他步伐不穩，仍比我高大得多。也比我強壯，比我結實。而且再重申一次，他沒喝酒。我用力推他，推得他退後一步，但並沒有摔倒在地。他跌跌撞撞退後，扶住流理台重新站穩腳步。他因為我這微不足道的攻擊而笑得更囂張了。

「這，」他告訴我，「可真是糟糕的主意。」

我看見流理台上的木製刀座。他跟隨我的目光望過去。

我好奇我們之中誰會率先把刀奪下。

# 威爾

她虛弱得像隻小貓。太有趣了，真的。

但該是時候把這件事徹底了斷，再拖下去也沒有意義。

我很快衝向她，雙手繞住她那纖細優雅的頸子，用力一掐。她的空氣立即受阻。我看她瞬間變得慌張，首先是從她的眼神看出來的，那驚恐睜大的模樣。她的雙手往下抓住我的手，用她小小的貓爪拚命抓，要我把手放開。

花不了多久時間的，只要十秒左右她就會失去意識。

莎蒂無法大叫，因為壓在她喉嚨上的重量。除了幾次淺薄的喘息聲外，一切悄然無聲。反正莎蒂從來不是什麼健談的人。

親手掐死一個人是很親密的一件事，跟其他的殺人手法大不相同。你必須和被害人靠得非常近，還得用上體力活。不像槍殺，只要從房間的另一頭開個三槍就能收工了。也因為得費上一番功夫，讓人有一種自豪的成就感，就像替房子漆油漆或搭一個棚子或劈柴。

當然了，沒有需要善後的混亂場面也是一大好處。

「事情演變至此，我無法形容我有多抱歉。」我對莎蒂說，一邊看她可悲地企圖反擊，不停揮動手腳。她的體力快要耗盡了。她的雙眼往後翻，反擊力道越來越弱。她企圖用指尖挖出我的眼珠，但她的動作不夠快，力氣也不夠大。我身體往後抽，她只是在浪費體力。莎蒂的皮膚出現了漂亮的色調。

我加重力道，接著說：「妳太聰明了，反而害了自己，莎蒂。要是妳願意視而不見，這一切都不會發生。我不能放任妳到處跟別人說我所做的事。我相信妳懂的。既然妳沒辦法乖乖閉嘴，」我告訴她，「就得由我來讓妳永遠說不出話來。」

## 莎蒂

我假裝昏厥過去，重量一股腦兒懸在他環繞我頸子的雙手上。這是孤注一擲的非常手段，是最後的背水一戰。因為倘若失敗了，我就必死無疑。正當我的視線模糊，在最後幾分鐘內忽隱忽現之際，我看見我的孩子。我看見獨自和威爾住在一起的奧圖和泰特。

我必須奮戰到底。為了我的孩子，我不能死。我不能把他們交付給他。

我必須活下去。

本來減緩的疼痛瞬間急轉直下。因為少了雙腿和脊椎的力氣支撐我，等於增強了我的頸子在他手中的重量。他用雙手撐著我全身的重量。我的四肢出現刺痛感，開始越來越麻。我的頭和脖子承受著劇痛，我以為我就要死了。我想這就是快死的感覺。

被他掐在兩手之中的我，身體癱軟無力。

威爾以為自己大功告成了，於是鬆開手，慢慢把我的身體放到地上。他起初很溫柔，但來到最後幾公分的距離時把我用力摔下。他不是想表現溫柔，而是想保持安靜。我的身體往下掉，撞上冰冷的磁磚。我努力不做任何反應，但實在痛得叫人難以承受——不是摔落在地的皮肉痛，而是這男人對待我的方式造成的心痛。我亟欲咳嗽、喘氣，伸手撫摸喉嚨。

但要是我想活下去，就得抑制這股本能，動也不動躺在那裡，不眨眼也不呼吸。

威爾轉身背對我。只有這時，我才敢偷偷吸一口短而淺的空氣。我聽著他的一舉一動。他開始盤算該如何處理我的屍體。他走得很快，因為孩子們就在樓上，他知道他拖不得。一個可怕的念頭浮現腦海，我立刻滿懷恐懼。如果現在奧圖或可愛的小泰特剛好下樓看見我們，威爾會怎麼做？他也會殺了他們嗎？

威爾解開門鎖，把玻璃落地門拉開，接著點開手機螢幕。我不敢看。但我仔細聽著他做這些事。

他在流理台上找到鑰匙，傳來金屬在流理台上的刮擦聲。鑰匙在他手中叮噹響，接著周遭恢復寧靜。我想像他把鑰匙塞進牛仔褲口袋，計畫把我拖出後門，扛進他的車內。但接下來呢？我不是威爾的對手。他輕而易舉就能壓制我。廚房裡還有一些我可以拿來自我防衛的東西。但到了外頭，就什麼也沒有了。只有愛威爾比愛我還多的兩隻狗。

如果威爾把我拉出門外，我肯定一點機會都沒有了。我得思考，而且得快，趁他把我帶到外面之前。

如雕像般動也不動躺在廚房地板上的我，對他而言跟死了沒兩樣。

他沒有檢查脈搏。他唯一的錯誤。

事實明顯擺在眼前，威爾完全沒表現出懊悔或自責。

他毫不悲傷。我死了，他一點也不難過。

威爾非常專業。他湊到我身體上方，迅速評估現場情況。我感覺到他離我好近。我憋住氣息。二氧化碳在我體內堆積燃燒，多得快要無法承受。我怕我會出於本能吸氣，怕我沒辦法再繼續憋氣了。如果我呼吸的話，一定會被他發現。如果以我現在平躺的姿勢，被他發現我還活著的話，我將無力反擊。

我怕得心臟狂跳。我納悶他怎可能沒聽見，怎可能沒看見隔著輕薄上衣的心臟在跳動。唾液積在喉嚨，令我哽咽，想要吞嚥和呼吸的衝動，如排山倒海般襲來。

他抓起我的雙手用力一拉，後來又放下重新考慮，最後改而抓住我的腳踝，粗魯地把我拖走。磁磚地板硬邦邦抵著我的背，我用盡全力不讓自己因為皮肉痛露出痛苦的表情，而是放軟全身重量，變得死沉。

我不知道我離後門有多遠，也不知道我們還得走多久。威爾氣喘吁吁，邊走邊發牢騷。我比他想像中重得多。

快想啊，莎蒂，快想。

他把我拖了幾公尺後，停下來喘口氣。我的雙腿掉回地面；他重新抓牢我的腳踝，用短暫的爆發力粗魯地拖拉。我在地上滑行，一次前進幾公分，知道自救的時間已經所剩無幾。

我離後門越來越近。冷風比之前貼近許多。

鼓起勇氣反擊，讓威爾知道我還活著，需要極大的意志力。要是不成功的話，我必死無疑。但我非反擊不可。因為要是不行動，橫豎一樣是死路一條。

威爾再次放開我的雙腳，停下來換氣。他直接就著水龍頭喝起水來。我聽見流水聲，聽見他的舌頭像狗一樣舔著水。水龍頭關上了。他用力吞嚥，回到我身邊。

趁他彎腰重新伸出雙手握住我的腳踝時，我用盡全身力量冷不防坐起來。我做足準備，往他的腦袋用力一撞，企圖利用他越來越疲憊的身軀和沒站穩的腳步作為我的優勢。他瞬間失去平衡，因為他正準備彎下腰拉我。就這麼一秒，我略佔上風。

他雙手抱頭，突然一個失足，步伐搖擺不定，往後跌在地上。我把握僅有的時間往地板一撐，強迫自己站起來。

但血液一下子往上衝，周圍開始天旋地轉。我的視線逐漸變暗，差點倒下。這時腎上腺素及時湧入，才讓我又恢復視力。

我感覺到他的雙手抓住我的腳踝。他趴在地上，企圖把我一起拖到地上。他邊拉邊對我破口大罵，不再擔心吵到別人。「妳這賤貨，妳這愚蠢的賤貨。」這與我共結連理的男人說。這個曾經發誓一輩子愛我，至死不渝的男人。

我的膝蓋一彎，一下子摔在他旁邊的地板上。我面朝下跌落，鼻子撞上地板，開始流血。鼻血源源不絕地湧出，染紅我的雙手。

我迅速撐著身體站起來。威爾從後方追趕我，企圖伸手搆住我的脖子。我拚了老命從他身邊爬開，用力往後踢啊踢，我得趕快遠離他。

我把雙手伸向流理台，一把抓住，企圖把自己拉起來，但沒一會兒就滑掉。我的手心都是汗，力氣微弱。到處都是血，從我的鼻子和嘴裡流出。我沒抓住流理台，手一滑，往後一仰跌落在地。

木製刀座就放在手搆不到的地方，嘲笑著我。

我再試一次，又被威爾抓住腳踝。他握著我的小腿往後拉。我拚命踹個不停，但這樣是不夠的。這麼做只會讓他暫時暈眩。但我越來越累，體力也逐漸下降。我再次面朝下摔倒在地，咬傷我的舌頭。這樣下去是行不通的。我體內的腎上腺素已經緩和下來，被酒精和睏意取代。

我不知道我還能撐多久。

但就在這時，我想起奧圖和泰特，我知道我非得撐下去。

我面朝下趴在地上時，威爾爬到我的背上。整整九十公斤的重量壓在我身上，逼得我臉貼上廚房地板。我想尖叫也叫不了，連呼吸都有困難。我的雙手卡在身體底下，被威爾和我自己的體重越壓越緊。

我感覺到他的雙手伸進我的頭髮，按摩我的頭皮。手勁出奇溫柔，感性。我感覺到以這個姿勢壓制我讓他有種滿足感。

時間慢了下來。我企圖把身體往上撐，抵抗他的重量，但根本動彈不得。我找不到我的雙臂。

威爾把手指伸進我的頭髮，上氣不接下氣地喊我的名字。「喔，莎蒂。」他吐著氣說。他很享受我被壓在地上，無能為力的樣子。彷彿他是主人，我是奴隸。「我親愛的老婆。」他說。

他往前湊得好近，我能感覺到他在我脖子上的氣息。他貼上他的唇，沿著頸背往上滑。他輕咬我的耳垂。我任由他為所欲為。我無法阻止他。

他在我耳邊低聲說：「要是妳當初別多管閒事就好了。」

話才說完，他用他濕黏的手抓住我一把頭髮，把我的臉拉離地面幾公分，再重重撞回磁磚地上。

我這輩子從來沒有那麼痛過。如果說我的鼻子剛剛沒斷，現在也一定斷了。

他又做了一次。

我不知道這樣最終是否足以殺了我。但我很快就會失去意識。到時候他會幹出什麼事，誰也說不準。

一切都結束了，我告訴自己。我準備死在這裡了。

但就在這時，有事發生了。

不是我，而是威爾，他發出了某種奇怪又含糊的痛苦尖叫聲。我突然覺得身輕如燕，搞不懂是怎麼一回事。

沒一會兒，我發現這股身輕如燕的感覺是因為他從我的身體上跌落。他躺在我旁邊幾公分外的地方，掙扎著想要站起來。但他雙手抱著頭，而且就像我一樣，血流不止。他的血從頭部湧出，忽然出現之前沒有的撕裂傷。

我歪過我疼痛的脖子一探究竟，隨著他的目光——如今充滿恐懼——看見伊莫金站在廚房門口。壁爐撥火棒握在她堅定的手中，正高高舉過她的頭頂。她在我面前忽隱忽現，我不確定她是真實的，或只是腦部受創的後遺症。她面無表情，沒有流露出半點情緒。沒有憤怒，也沒有恐懼。她快步走來，我為撥火棒即將打在我身上的那股劇痛做好準備。我緊閉雙眼，緊咬著牙，知道生命已到盡頭。伊莫金會殺了我。她會把我們兩人都殺了。她從來不希望我們出現在這裡。

我咬牙等待，但痛楚始終沒有到來。

相反地，我聽見威爾在呻吟。我張開眼睛，看見他步履蹣跚，跌落在地，一面對伊莫金破口大罵。我朝她看去。我們眼神交會的瞬間我就知道了。

伊莫金不是來殺我的，她是來救我的。

我看見她第三次舉起武器時，那眼神中的堅定。

但背負一條人命已經讓伊莫金的良心備受煎熬。我不能讓她為我這麼做。

我撐著搖晃的雙腳猛地站起來。這不容易，我的全身各處都在發疼。血量之多流入我的雙眼，讓我幾乎看不見。

我往前衝，撲上那座木製刀架，擋在威爾和伊莫金之間。我一把抓住主廚刀；刀柄握在手中一點真實感也沒有。

我幾乎沒怎麼留意威爾的臉和他的眼睛。他起身站起來的同時，我轉身面對他。

我看見他的嘴巴有動靜，他的嘴唇在動。但我的耳朵嗡嗡作響，叫我受不了。我以為聲音永遠不會停止。

但後來確實停下來了。我聽見某個聲音。

我聽見他那令人髮指的大笑聲，聽見他對我說：「妳絕對不敢下手的，妳這愚蠢的八婆。」

他衝向我，企圖奪取我手中的刀。他暫時抓住了一會兒。我心想，以我虛弱的狀態，刀子肯定會被他搶走。要是我失敗了，他會用刀雙雙殺死我和伊莫金。

我猛力往回拉，重新奪回刀的所有權。

他再次朝我衝來。

這次我不加思索。我直接動手，做出反應。

我把刀刺進他的胸口。主廚刀穿透他的身體時，順暢得毫無感覺。我親眼目睹事情的發生。

在我後方的伊莫金也看見了。

接下來，鮮血從他的身體噴湧而出，他那九十公斤的軀體瞬間垮地，發出低沉的一聲咚。

最初，我愣在原地，看著鮮血在他身邊匯集。他的雙眼是睜開的。他還沒死，但生命跡象正快速離開他的身體。他看著我，眼神楚楚可憐，彷彿以為我可能會做點什麼幫助他活下去。

他舉起一隻手，虛弱地伸向我，卻碰不到我。

他再也別想碰到我了。

我的工作不是索命，而是救命。但有規矩就有例外。「你沒資格活下去。」我說，覺得大權在握。因為我說這句話的時候，語氣中沒有恐懼，毫不顫抖。我的語氣猶如死亡般平靜。

他眨一次眼，兩次眼，然後就停了。眼睛不再有動靜，胸口也不再起伏。他停止呼吸。

我雙手扶地，在他旁邊跪下，檢查他的脈搏。

直到確定威爾死後，我才起身轉向伊莫金，把她抱進懷裡。我們一起放聲大哭。

# 莎蒂

一年後……

我站在海灘上，向外凝視大海。海岸線岩石嶙峋，形成一窪窪的潮池，讓泰特在裡頭赤足踢水。這天天氣沁涼，大約十二、三度左右。這樣的月分，比起我們過去所習慣的溫度已經是異常暖和。現在是一月。一月通常寒冷刺骨，白雪皚皚。但這裡不一樣，為此我很慶幸，正如我慶幸現在的生活在各方面都與過去的生活大相逕庭。

奧圖和伊莫金走在前面，爬上向大海延展的連綿岩層。兩隻狗繫著繩子和他們在一起，一如往常急著往上爬。我留下來陪泰特，看他玩耍。他玩著玩著，我跪坐下來，用雙手仔細研究這片岩灘。

自從我們把想去的地點丟進帽子裡至今已經過了一年。像那樣的決定不該草率決定。但我們沒有其他家人要報備，沒有親戚，沒有牽連。全世界都是我們的遊樂場。把手伸進帽子裡挑選地點的人是伊莫金。在得知結果前，我們正在開往加州的路上。

我從來不是說話委婉或會說謊的人。如今奧圖和泰特已經知道，他們的父親不是他們心中所想的那種男人。但他們不知道所有細節。

威爾死後幾天，警方最終判定這是自我防衛。儘管我不知道如果那晚伊莫金沒有躲在廚房門後，設法用手機錄下威爾的自白，貝爾格警官會不會相信我。

她也設法拯救了我的人生。

威爾死後幾個鐘頭，伊莫金把錄音檔播給貝爾格警官聽。當時我人在醫院接受治療，後來才得知此事。

妳太聰明了，反而害了自己，莎蒂。要是妳願意視而不見，這一切都不會發生。我不能放任妳到處跟別人說我所做的事。我相信妳懂的。既然妳沒辦法乖乖閉嘴，就得由我來讓妳永遠說不出話來。

我和伊莫金沒聊過為什麼那天晚上她沒有錄下整段對話，錄下威爾澄清身體力行殺死摩根的人其實是我的部分。只有我和她知道全部的真相。警方沒有發現任何證據，證明我有涉入摩根的命案。我宣告無罪。威爾被指控犯下兩名女子的謀殺案。

但事情還沒結束。接下來我接受了好幾個月的心理治療，以及後面更多的療程。我的心理治療師是一個叫貝弗莉的女人。她染了一頭紫髮，與她五十八歲的年紀似乎有些不協調，然而卻非常適合她。她有刺青，操著一口英國腔。我們相處時的共同目標是找出我的其他人格，確認她們的身分，把她們重新結合成一個可運作的整體。另一個目標是坦然面對藏在我心底的記憶，關於繼母和受虐的那些記憶。我們慢慢有了進展。

我和孩子們也找了一個家庭治療師。他的名字叫海綿，泰特很喜歡，因為這讓他想起了海綿寶寶。伊莫金也有她自己的心理治療師。

奧圖到一間私立美術學院就讀，總算找到讓他覺得不會格格不入的世界。送他去那裡上學犧牲不少。學費昂貴，通勤時間又長，但全世界沒有人比奧圖更值得這份幸福。

我看著海浪拍打著海岸線。陣陣浪花把泰特濺濕，他開心得咯咯笑。

這片海灘曾經是一座城市的垃圾場。很久以前，居民把自家垃圾從懸崖往下倒，丟進太平洋。接下來的數十年間，垃圾經過大海的打磨和拋光，又被吐回岸上。只是這一次，時間和大自然把垃圾變成了某個意想不到的東西。如今，那些東西不再是垃圾，而是變成美麗的玻璃海灘，吸引全國各地的人前來收集海玻璃。

我望著岩層頂端的奧圖和伊莫金，兩人肩並肩坐著聊天。奧圖面露微笑，風吹過伊莫金的長髮時，她也開懷大笑。我看著泰特咧嘴笑著，在潮池裡一股腦兒地拍打戲水。他的旁邊還有另一個小男孩；他交了個朋友。我感到愉快，樂觀。我閉上雙眼，仰頭面向太陽。陽光溫暖了我的全身。

威爾偷走了我多年的人生。他偷走我的幸福，讓我做出一些不可饒恕的事情。雖然花了點時間，但我逐漸找到方法，原諒自己過去所做的一切。剛開始，威爾把我給毀了。可是在療傷的過程中，我慢慢變成比以前更堅強、更有自信的自己。熬過威爾的剝削和虐待之後，我發現了一直埋在內心深處的那個女人，那個讓我自豪、讓我的孩子可以景仰和欽佩的女人。

現在我知道什麼是真正的幸福。我天天都體會其中。

我脫下球鞋，赤腳踩進海水，一面看著這片玻璃海灘思考。

如果時間可以把不受歡迎的垃圾變成這樣深受喜愛的東西，那同樣的情況也可以發生在所有人身上。同樣的情況也可以發生在我身上。

現在已經發生了。

# 作者筆記

每年，心理疾病對四千六百萬個以上的美國人造成影響。這對美國社會是一項非常重要的議題，對我個人而言也是，因為我經歷過心理疾病對一個家庭可以產生哪些衝擊。在《有人在說謊》這本書中，莎蒂是一名受害人，被那些企圖利用她疾病的人殘忍操弄。到了故事尾聲，她努力奪回了控制權，最終得到她所需要的幫助。身處同一個社會的我們，如果能夠持續提升社會大眾對這項重要議題的意識，是我最大的希望。這麼一來，未來我們就能夠更加重視那些需要幫助的人擁有管道獲得妥善的照顧和治療。想知道更多心理健康或解離性身分障礙症（dissociative identity disorder）的相關資訊，請洽國立精神衛生研究所（National Institute of Mental Health）及克里夫蘭醫學中心（Cleveland Clinic）。

# 謝辭

感謝我的編輯Erika Imranyi引導我走在正確的方向上，感謝妳對這本書的努力和奉獻，以及對我的無比耐心。感謝我的經紀人Rachael Dillon Fried在寫作和修稿過程的期間提供深刻的見解和無數的鼓勵。我對我們完成的作品感到自豪，也期待之後更多本書的合作。感謝Loriana Sacilotto、Margaret Marbury、Natalie Hallak和HarperCollins出版集團裡許多其他人提供寶貴的編輯意見。謝謝HarperCollins出版集團、Park Row Books出版社和Sanford Greenburger Associates文學經紀公司的每一位優秀人才。我很感激可以加入這些勤奮又努力的團隊。感謝我的公關Emer Flounders和Kathleen Carter；感謝Sean Kapitain和你帶領的團隊再次設計出精美的書籍封面；感謝Jennifer Stimson的巧手編輯；感謝行銷和業務人員；感謝我的校對人員、書商、圖書館員、部落客、IG上的書評網紅，以及幫我推廣《有人在說謊》、讓更多人看見這本書的每一個人。少了你們，這一切都不會發生。大力感謝我的好萊塢夢幻團隊，Shari Smiley和Scott Schwimer，感謝你們的辛勞和熱情。一如往常，我要感謝我的家人在精神上的支持；感謝我的孩子在我大聲說出小說布局的時候甘願被我嚇得半死；感謝那些願意放下手邊工作，興致高昂閱讀這本小說的初稿，並提供寶貴意見的貴人：Karen Horton、Janelle Kolosh、Pete Kyrychenko、Marissa Lukas、Doug Nelson、Vicky Nelson、Donna Rehs、Kelly Reinhardt、Corey Worden和Nicki Worden。少了你們的洞察力和精準的眼光，這本書不會有今天的樣貌。

Storytella 120

# 有人在說謊

The Other Mrs

有人在說謊/瑪麗・庫碧卡作；周倩如譯. -- 初版. -- 臺北市：春天出版國際文化有限公司, 2021.10
面；　公分. -- (Storytella ; 120)
譯自：The Other Mrs
ISBN 978-957-741-466-3(平裝)

874.57　　110015362


ISBN978-957-741-466-3
Printed in Taiwan



作　者　瑪麗・庫碧卡
譯　者　周倩如
總編輯　莊宜勳
主　編　鍾靈

出版者　春天出版國際文化有限公司
地　址　台北市大安區忠孝東路四段303號4樓之1
電　話　02-7733-4070
傳　眞　02-7733-4069
E－mail　frank.spring@msa.hinet.net
網　址　http://www.bookspring.com.tw
部落格　http://blog.pixnet.net/bookspring
郵政帳號　19705538
戶　名　春天出版國際文化有限公司
法律顧問　蕭顯忠律師事務所
出版日期　二〇二一年十月初版

定　價　410元

總經銷　楨德圖書事業有限公司
地　址　新北市新店區中興路二段196號8樓
電　話　02-8919-3186
傳　眞　02-8914-5524
香港總代理　一代匯集
地　址　九龍旺角塘尾道64號 龍駒企業大廈10 B&D室
電　話　852-2783-8102
傳　眞　852-2396-0050